WARRIORS 貓戰士

新預言

二部曲之IV

星光指路

Starlight

晨星出版

特別感謝基立・鮑德卓。

葉掌：琥珀色眼睛、白色腳掌、嬌小的淺褐色母虎斑貓。導師：煤皮。

蛛掌：琥珀色眼睛、四肢修長、肚子是棕色的黑色公貓。導師：鼠毛。

白掌：綠眼睛的白色母貓。導師：蕨毛。

貓后　（正在懷孕或照顧幼貓的母貓）

蕨雲：綠眼睛、身上有深色斑點的淺灰色母貓。

長老　（退休的戰士和退位的貓后）

金花：淡薑黃色的毛，也是最年長的貓后。

長尾：蒼白帶有暗黑色條紋的公虎斑貓，因視力退化而提前從戰士退休。

本集各族成員

雷族 *Thunderclan*

族長　**火星**：有火焰般毛色的薑黃色公貓。

副手　**灰紋**：灰色的長毛公貓。

巫醫　**煤皮**：暗灰色的母貓。見習生：葉掌。

戰士　（公貓，以及沒有年幼子女的母貓）

鼠毛：嬌小的暗棕色母貓。見習生：蛛掌。

塵皮：黑棕色的公虎斑貓。見習生：鼠掌。

沙暴：淡薑黃色的母貓。

雲尾：白色的長毛公貓。

蕨毛：金棕色的公虎斑貓。見習生：白掌。

刺爪：金棕色的公虎斑貓。

亮心：白色帶薑黃色斑點的母貓。

棘爪：琥珀色眼睛、暗棕色的公虎斑貓。

灰毛：深藍色眼睛、灰白色帶深色斑點的公貓。

雨鬚：藍眼睛的深灰色公貓。

黑毛：琥珀色眼睛、淺灰色的公貓。

栗尾：琥珀色眼睛、玳瑁色加白色的母貓。

見習生　（六個月大以上的貓，正在接受戰士訓練）

鼠掌：綠色眼睛、暗薑色的母貓。導師：塵皮。

風族 *Windclan*

族長　高星：尾巴很長的黑白花公貓。

副手　泥爪：雜毛的暗棕色公貓。

巫醫　吠臉：尾巴很短的棕色公貓。

戰士　一鬚：棕色的公虎斑貓。

網足：暗灰色的公虎斑貓。見習生：鼬掌。

裂耳：公虎斑貓。見習生：鴞掌。

鴉羽：藍眼睛的灰黑色公貓。

灰足：灰色母貓。

見習生

鼬掌：有白掌的薑黃色公貓。導師：網足。

鴞掌：之前叫小夜鷹。導師：裂耳。

貓后　白尾：嬌小的白色母貓。

長老　晨花：母玳瑁貓。

燈芯草尾：黃褐色公貓。

暗足：老母貓。

影族 *Shadowclan*

族長　**黑星**：白色大公貓，腳掌巨大黑亮。

副手　**枯毛**：暗薑黃色的母貓。

巫醫　**小雲**：非常嬌小的公虎斑貓。

戰士　**橡毛**：嬌小的棕色公貓。

褐皮：綠色眼睛的母玳瑁貓。

花楸爪：薑黃色公貓。見習生：爪掌。

杉心：暗灰色公貓。

見習生

爪掌：導師：花楸爪。

貓后　**高罌粟**：有雙長腿、淡褐色的母虎斑貓。

長老　**鼻涕蟲**：矮小的灰白色公貓，之前是巫醫。

族外的貓 *cats outside clans*

小灰：灰白相間的公貓，出生在附近的馬廄裡。

黛西：乳黃色的長毛母貓，和小灰、絲兒住在一起。

絲兒：瘦小的灰白母貓，和小灰、黛西住在一起。

大麥：黑白花色公貓，住在離森林很近的農場裡。

烏掌：烏亮的黑貓，和大麥一起住在農場上。

莎夏：黃褐色的母無賴貓。

其他動物 *other animals*

午夜：一隻懂占卜的母獾，住在海邊。

急水部落 *The Tribe of Rushing Water*

部落巫師　尖石巫師：琥珀色眼睛的棕色虎斑貓。

河族 *Riverclan*

族長　**豹星**：帶有少見斑點的金色母虎斑貓。

副手　**霧足**：藍眼睛的暗灰色母貓。

巫醫　**蛾翅**：琥珀色眼睛、漂亮的金色母虎斑貓。

戰士　**黑爪**：煙黑色的公貓。

鷹霜：肩膀很寬的深棕色公貓。

燕雀尾：綠眼睛的暗棕色母貓。

長老　**沉步**：強壯的公虎斑貓。

被遺棄的兩腳獸窩
月池
舊雷族小徑
雷族營地
空地
風族營地
斷半橋
兩腳獸地盤
馬兒地盤
轟雷路
雷族
河族
影族
風族
星族

綠葉
兩腳獸地盤
兩腳獸窩
兩腳獸小徑
空地
兩腳獸小徑
影族營地
半橋
小轟雷路
綠葉
兩腳獸地盤
湖
半橋
小河
小島
河族營地

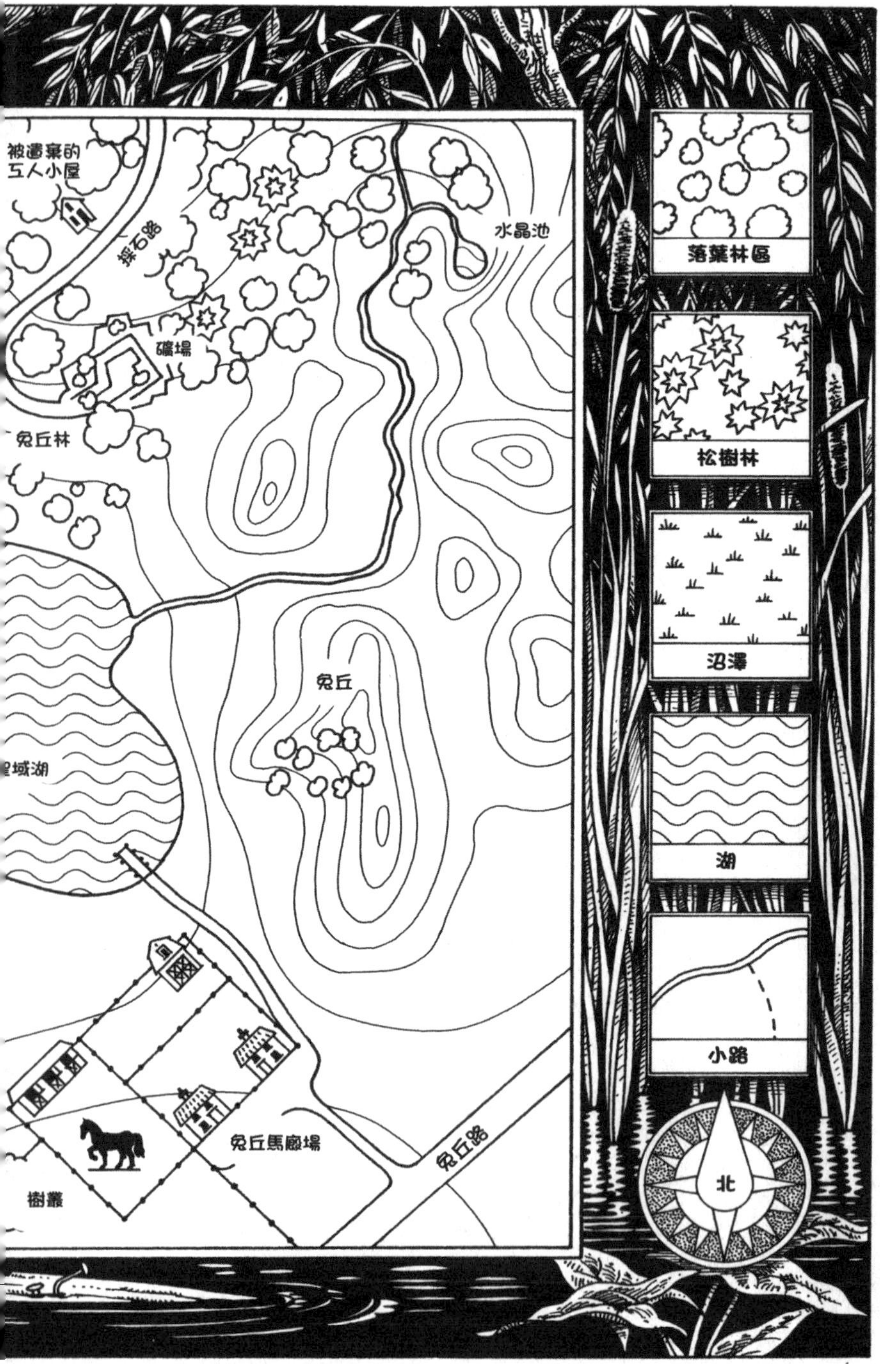

被遺棄的
五人小屋
採石路
礦場
水晶池
兔丘林
兔丘
域湖
兔丘馬廄場
兔丘路
樹叢
落葉林區
松樹林
沼澤
湖
小路
北

觀兔露營區
聖域農場
塞德勒森林區
小松路
小松乘船中心
小松島
艾柏河
飆特高奇路

序章

月光洗滌山腰，在厚實的棘叢高牆周圍投射出濃密的陰影；被灌木包圍的山谷中，有條滿布岩石的陡坡，往下則通往一個滿月形的水塘；半山腰上，有道涓流在披覆著苔蘚的石塊間潺潺流瀉；流水注入下方的圓池，宛如星辰閃爍著耀眼光芒。

灌木叢窸窣作響，此時枝葉一分為二，只見貓兒們從山谷中現身，往溪邊移動。祂們的毛髮閃耀著柔和的微光，祂們身後的苔蘚地上也印著冰冷的腳步。

一隻玳瑁色的母貓率先走到池邊，祂盈滿熾熱火焰的雙眼環顧四周。「是的，」祂發出滿足的低鳴。「就是這裡沒錯。」

「斑葉，妳說的對。當初我們經過深思熟慮，精挑細選了四隻能夠帶領全貓族撤離森林的貓兒。」一隻走近水池的藍灰色戰士答道。祂從一塊突起的岩石跳了下來，隔著月光照耀的水池與玳瑁色的貓兒正面相對。「不過，未來還有層層艱鉅的關卡等著族貓去面對。」

斑葉若有同感地點了點頭。「是啊，藍星。這項考驗將測試他們勇氣、信念的極限；但他們已經克服了這麼多磨難——我相信他們絕對不會輕言放棄。」

更多星辰般閃亮的貓戰士加入祂們倆，一起聚集在水池周圍，山谷儼然已被祂們閃亮光潤的形體團團包圍。

「我們的旅程也是困難重重。」一隻貓兒喵道。

「離開行走多年的路，我好難過又捨不得。」另一隻貓兒也附和道。

「現在我們必須學習在嶄新的天際遊走。」斑葉信心十足地說道。祂端坐在潺潺小溪旁的岩石上，尾巴收在腳邊。「我們勢必得引領族貓到這個新的大集會地點，只有在這兒我們才能和族長、巫醫溝通；然後這裡會成為五族真正的家園。」

贊同的低語聲浪此起彼落，斑葉身旁的群貓眼中也都散發出一絲希望的光輝。

「他們可以在湖裡捕魚，」其中一隻貓兒喵道。

「山林裡、池塘中，到處可見活蹦亂跳的獵物，」另一隻貓兒也附和道：「整個貓族即使在禿葉季，也不愁沒食物可吃了。」

一隻藍灰色的戰士似乎仍然有些不安。「活命比飽食獵物重要多了，」祂喵道。

一隻紅褐色的公貓從群貓之中擠出一條路，走到大夥兒前面。「他們又不是乳臭未乾的小貓，」祂不耐地說道：「他們知道該怎麼閃避兩腳獸和牠們的惡犬，當然也曉得該怎麼躲開狐狸跟獾。」

「橡心，並非所有紛擾的源頭都來自兩腳獸，」藍星厲聲叫道。祂轉過頭來怒氣沖沖地與公貓對視。「或來自狐狸跟獾。你應該跟我一樣清楚，部族之間也會引發許多爭端。」

貓戰士們個個不安地面面相覷。只見橡心溫順地低下頭。「妳說的是。他們向來如此。這也是戰士存在的其中一項意義。」

「麻煩都從最險惡的事物而來。」一個低沉粗啞的新嗓音加入談話。

藍星猛然轉頭，頸部的毛髮豎得筆直。祂專注地凝視著山谷頂端的新訪客。普通的貓兒不可能像他這般龐大結實──他看起來就像一團走入棘叢、全身漆黑的龐然大物，群貓只能辨認出他肌肉發達、寬闊健壯的四肢，和他一雙明亮的小眼所散發出的微光。

過了幾秒，藍星終於鬆了一口氣。「朋友，歡迎大駕光臨，」祂喵道：「星族欠你一份人情。你做得很好。」

「對我而言，只是舉手之勞，」新訪客答道：「這些貓兒勇敢無畏地面對了他們的命運。」

「族貓跋涉千山萬水、吃盡苦頭，我們無力平復他們心中深切的悲痛。」斑葉也表示贊同。「即使當他們走進異族的屬地，我們無法看見他們的身影、聽見他們的聲音，這些貓兒仍然勇往直前、毫不退縮。現在他們必須知道，他們又回復到四個不同的部族了。」祂神情肅穆地說。「尤其對那些曾經一起攜手走向太陽沉沒之地的貓兒來說，格外痛苦難耐。想要忘卻彼此間深厚的友誼，談何容易？」

「他們必須盡快劃定各部族的領域及邊界。」橡心嘟噥道：「到時候麻煩還多著咧。」

「每位忠心耿耿的戰士，都想為他們的部族爭取到最好的地盤。」藍星喵道。

「只要他們是為各自的部族奮鬥，」橡心反駁道：「而非為一己之利你爭我奪，都還說得過去。」

「這就是暗藏危機之處，」一個焦慮的聲音說道。一隻毛髮烏黑亮麗的公貓凝視著波光粼粼的銀色池水，彷彿能看見危險如一條大魚般浮出水面。「我看見一隻貓野心勃勃地追求不屬於他的權力……」

「不屬於他的權力？」一隻體型精瘦、嘴巴扭曲變形的公貓走到水池另一頭，只見祂雙肩怒髮衝冠、十分不悅。「夜星，你竟敢說『不屬於他的』權力？」

在月光的照耀下，黑色公貓的毛髮宛若激起陣陣漣漪。「好吧！曲星。我要說的是：還不屬於他的權力。」祂喵道：「這隻貓得學學耐心的美德。權力並非一隻獵物，非得趁它溜走前把它抓住。」

那隻貓沉住性子再度坐下，但怒火仍在祂的眼中熊熊燃燒。「難不成你希望我們的戰士全跟老鼠一樣膽小怕事嗎？」祂低聲抱怨道。

夜星瞇起雙眼、尾端微微抽動一下，不過在祂還沒來得及回話之前，另一隻貓兒踱步向前：祂是隻毛髮濃密的黑灰色母貓，有張大圓臉和銳利的目光。祂走到生苔的池畔，站在斑葉身邊凝視著池水。過沒多久，水池中央的朵朵漣漪開始向外擴散、拍打著池畔。

這隻黑灰色的母貓抬起頭來。「我已經預見了未來，」祂咆哮道：「黑暗時代即將來臨。」

一陣憂慮的騷動，宛如在蘆葦間蕩漾的微風，開始在眾貓間發酵；但沒有半隻貓敢扯開嗓門大聲質問祂。

「所以？」場面再度回到鴉雀無聲的靜默後，藍星提出疑慮。「黃牙，告訴我們妳言下之意究竟為何吧。」

黑灰色母貓此時顯得有些猶豫不決。「我不能確定自己所見的事物。」祂厲聲說道：「而且，我想你也不會想聽我的預言。」祂閉上雙眼，當祂再度開口時，嗓音變得比以往更加低沉平靜，貓兒們無不聚精會神、仔細聆聽。「和平降臨之前，血，依舊要濺血，而湖水將會染成血紅一片。」

藍星全身僵直，低頭望著池水。湖面上，一抹血紅的汙水正漸漸向外蕩漾開來，最後整面池水都渲染成了一片的腥紅。湖水彷彿映照出火紅的落日，不過抬頭一看，山谷上方依舊是那一輪明月在流雲間飄蕩。

眾貓紛紛驚恐地倒抽了口氣。斑葉全身顫抖地踱步向前，拚了命似地盯著水面猛瞧，好像想找出什麼能夠顛覆黃牙不祥預言的事物。

「妳是不是想找出火星未來的下場？」藍星溫柔地問她。「別找得太認真了，斑葉。每隻貓兒都該知道，有時候我們只能聽天由命。」

斑葉抬起頭，眼中閃現一道果斷堅定的光芒。「為了幫助火星，要我做什麼都可以，」祂心懷不滿地叫道：「我會以星族的力量保護他。」

「即使如此，恐怕也無濟於事。」藍星對祂提出警告。

四周的星族戰士開始撤離池畔、爬上斜坡，從蕨葉叢中返回住所。最後祂們閃爍著微光的皮毛消失眼前，山谷中唯一光源只剩下水中月光的倒影。

有隻生物在幽暗處逗留了一會兒，她寂默不語、環顧四周，直到最後一隻貓兒離開；然後她稍微活動一下筋骨，只見一道月光照在她強而有力的背膀。

「午夜，這不是妳該出現的場所，」她對自己咆哮，「接下來沒有妳的任務了。」她頓了一下又說：「或許我將會再見一次族貓，烏雲密布的黑暗時代即將到來。」

當她轉身走回荊棘叢中，月光照耀著這隻母獾頭上雪白的寬條紋；接著午夜悄然地消失無蹤，山谷再度空無一物。

第一章

棘爪站在斜坡頂端，凝望著下方湖上映照出的刺眼銀焰。正如午夜所允諾的，族貓們終於找到他們的新家，星族在那兒靜候他們的到來，而他們最後也終於擺脫兩腳獸的侵擾。

戰士們在他周圍輕聲交頭接耳，焦慮不安地注視著坡底那個既黑暗又陌生的空間。

「就這一點點的光源，絕不可能看清底下的情況。」亮心——這隻薑黃色和白色交雜的雷族戰士——用她僅剩的一隻眼睛俯瞰全景。

雲尾則抽動了一下尾巴。「還能有多糟呢？想想我們經歷過的種種劫難。我們可以打敗任何四條腿的動物。」

「那兩腳獸呢？」影族副族長枯毛問道。

「此趟艱辛的旅程已讓大夥兒體力透支、精疲力竭，」河族的黑爪說道：「我們暴露在這種曠野，狐狸跟獾很容易就能發現我們的行蹤。」

一時之間，棘爪突然感到恐懼襲上他的心

頭，然後他繃緊雙肩、振奮精神；要不是星族相信族貓們能夠在新環境中存活下來，就不會帶領他們前來此地。

「我們還愣著做什麼？」一個新聲音開口說話。「難不成要整晚在這裡罰站啊？」

棘爪強忍笑意，轉頭一看，發現鼠掌就在他身後。這隻薑黃色的見習生正在用前爪撕扯潮溼堅韌的青草。只見她的眼中閃耀著殷殷期盼的熾焰。

「棘爪，你看！」她發出喜悅的低鳴。「我們辦到了！我們找到新家了！」

她蜷起後腿，蓄勢待發地準備往山底直衝而下；但趕在她起腳前，火星就推開眾貓，擋住她的去路。

「等等。」這位雷族的族長用尾巴深情地碰了一下他女兒的肩膀。「我們一起下去，記得隨時留意可疑的動靜；或許這裡是星族盼望我們找到的新歸宿，但祂們可不希望我們將聰明才智留在森林了。」

鼠掌充滿敬意地點了點頭，向後退了一步；不過她斜眼瞄了一下棘爪，而他發現她的眼中仍舊閃爍著興奮的微光。對鼠掌來說，旅途的尾聲絕不可能有洪水猛獸出沒。

火星踱步走向影族和河族的族長——黑星和豹星。「我想還是先派一隊巡邏兵下去探路好了，」他喵道：「找幾隻貓下去探探情況。」

「好主意——但我們不能光站在這裡等他們回來，」豹星提出異議。「暴露在曠野實在太冒險了。」

黑星發出贊同的喃喃聲。「這時候如果狐狸來了，牠絕對可以不費吹灰之力，就把虛弱無力的貓兒抓走。」

「可是大夥兒需要休息啊，」風族的泥爪也加入討論。他的族長高星正躺在不遠的地上，有巫醫吠臉蜷伏在一旁悉心照料。「高星沒辦法走太遠的路程。」

「那就立即派出一隊巡邏隊下山吧，」火星提議。「至於其他貓兒也慢慢走下山，如果找到一個遮風避雨之處就先歇歇腳。泥爪，你說的也沒錯——」當這隻風族的副族長準備張嘴爭論，火星又接著說：「我們全都已經太過疲倦了，但是如果我們能夠找到一個避難的屏障，大夥兒就可以睡得比較安穩了。」

黑星將枯毛叫來他跟前，而豹星也以尾巴示意，喚來她的副族長霧足。

「我要你們走到湖泊盡頭，然後再馬上回來，」豹星對他倆發號施令。「盡可能蒐集各種情報，記得快去快回，千萬別暴露行蹤。」

兩隻貓兒輕彈耳朵，旋即轉身飛奔而去。只見他們緊貼地面大步向前，不一會兒，他倆就消失在黑暗之中。

火星望著兩隻貓兒離去的背景，然後發出一聲嚎叫，召集其他貓兒到他身邊。泥爪回到高星身邊，用爪子輕推這位老族長向前。族貓們全聚到雷族、河族和影族的族長身後，開始緩步走下斜坡，朝湖泊邁進。

「怎麼了？」鼠掌發現棘爪動也不動，不禁發出疑問。「你為什麼像隻凍僵的野兔動也不動？」

「我希望……」棘爪環顧四方，發現他的姊姊褐皮正在不遠處行走；他示意叫她過來。等到那隻玳瑁色的母貓加入他們，他向貓兒們解釋道：「我希望所有參與第一次旅程的貓兒，一起往下走。」

幾個月之前六隻來自各部族的貓兒離開森林，踏上尋找新家園的旅程，如今只剩下四隻貓兒撐到最後一刻。這趟旅程中，他們得到了跟安全家園一樣珍貴的東西——那就是他們之間緊緊相繫的深厚友誼——他們之間所建立的友誼比岩石還堅固，比午夜的峭壁家園的洶湧浪濤還來得深。

現在棘爪希望能在他們分成各自部族前，最後一次跟同甘苦、共患難的友人一道旅行。褐皮發出贊同的喵嗚聲。棘爪一與他姊姊碧綠的眼眸四目相接，就知道她心裡也很清楚他們很快又會成為敵貓，下回再見面極可能就是在戰場了。他帶著心中的離愁思緒，緊緊貼著姊姊的口鼻，在鬍鬚間感受到她溫暖的呼吸。

「鴉羽在哪兒呢？」她問道。

棘爪抬頭一看，發現那隻年輕的風族戰士就在幾個狐狸尾巴遠之處，只見他憂心忡忡地走在高星身旁。風族的族長已經疲累到幾乎寸步難行；他的長尾垂在地上，沉重的身軀倚靠在棕色的虎斑戰士一鬚身上。而風族的巫醫吠臉也亦步亦趨地尾隨在後，憂愁寫滿了他的面容。

「嘿，鴉羽！」鼠掌叫道。

風族的貓兒跳了過來。「你想幹嘛？」

棘爪對於他不友善的口吻充耳不聞。鴉羽的毒舌像是足以割去你雙耳的一把利刃，不過刀子口豆腐心的他只要危險降臨，絕對會挺身而出、捍衛朋友，直到最後一口氣。

「跟我們一起走到湖畔吧，」他慫恿著鴉羽：「我希望我們可以有始有終，一起開創旅程，也一起為旅程劃下完美的句點。」

鴉羽低頭坐下。「這一點意義也沒有，」他低聲喃喃道：「我們再也不可能聚在一起了。如今暴毛定居急水部落，而羽尾也已經離開了我們。」

棘爪用尾巴輕拂這隻年輕戰士的肩頭。

「羽尾現在也與我們同在，」鼠掌一邊走過來加入他們，一邊說道。她堅定的信念在眼中一覽無遺。「鴉羽，如果你還不知道這一點，那就比我想的還要鼠腦袋了；而且我確信總有一天我們還會與暴毛再度相聚。現在的新家比以前居住的森林還要接近山區，不是嗎？」

鴉羽發出一聲長嘆。「好吧，」他喵道：「我們走吧。」

大多數的貓兒都已超越他們，小心翼翼地踏進陌生的領域。一如這趟長路漫漫的旅程，大夥兒一路走來，無不緊貼著彼此，相互扶持。棘爪在不遠的前方，看見了河族的巫醫蛾翅跟來自四族的見習生們走在一塊兒。穿過金雀花叢走下去，就是一個長滿青草的山谷。影族的貓后高罌粟，正領著她的小貓步履維艱地往陡峭的斜坡走下去；雷族的雲尾和亮心連忙飛奔過去幫忙，兩隻貓兒嘴裡各叼著一隻小貓。斜坡更深處可見影族的灰貓杉心，他在荊棘灌木林中來回穿梭，時時留意會找貓兒下手的狐狸跟獾。

要不是因為棘爪早就認識了這群貓咪，他絕對無法辨別大家來自哪個部族。他陰鬱地思索，不知何時他們要再度分開，大夥兒各奔東西又是怎樣的遺憾？

一聽見鼠掌不耐的叫喚，「棘爪，快點啊，不然我們就留你一個在這裡築窩嘍！」棘爪立刻挪動腳步，但還是三不五時就停下來呼吸夜晚的空氣。貓兒的氣味最為濃烈，但除此之外，他也能嗅到老鼠、田鼠和野兔的味道。他早就不記得上回獵食是什麼時候的事了；族長們應該很快就會讓他們開始打獵了吧？

他才剛開始想像獵物的美味，就被褐皮警告的噓聲嚇了一大跳。她正在幾尾長的前方。「快看那裡！」影族的戰士邊用尾巴示意，邊厲聲說道。

一看到兩腳獸籬笆上薄薄一層像蜘蛛網似的網眼，在拂曉蒼白的日光下閃耀光芒，棘爪馬上就豎起耳朵。另外也有兩、三隻貓兒停下腳步，驚恐地注視這一幕。

「我就知道我們遲早會碰上兩腳獸！」鼠掌不悅地抽動一下尾巴，輕聲喵道。

棘爪又嗅了嗅空氣。他可以聞出兩腳獸的氣味，但氣味既模糊又久遠。除了兩腳獸，他還聞到另一種陌生的味道；棘爪一時之間無法想起那究竟是什麼。

「馬！」鴉羽證實了他的猜測。「那裡有一匹馬。」

他用尾巴指示方向，而棘爪也在籬笆內的樹叢下發現一個巨大黝黑的身影。他覺得好像有二匹馬，但從斑駁的枝葉所投射的浮光掠影中，很難辨認清楚。

「什麼是馬？」白掌凝望著籬笆，愁容滿面地喵道。

「別擔心，」風族的裂耳邊用尾端輕拂她的肩頭，邊向她保證。「有時候牠們會跑來我們的疆界，背上還坐著兩腳獸。」

白掌不可置信地眨眨眼睛。

「我們前往太陽沉沒之地時，途中也曾看過馬兒，」棘爪也加入討論。「我們橫越牠們的原野時，牠們完全沒有發現我們的存在。我們需要小心的是照料牠們的兩腳獸。」

「我沒看到兩腳獸的巢穴啊，」褐皮說。「或許這些馬兒是野生的。」

「希望如此，」棘爪喵道：「如果只有馬兒，我們就不用傷腦筋了。」

「只要我們不被牠們的巨蹄踩成肉餅就好。」鼠掌說道。

這幾隻貓兒沿著兩腳獸的籬笆往前走，一直走到眾貓群聚的雜木林才停下腳步。棘爪環顧四方，看見雷族的巫醫煤皮，和她的見習生──同時也是鼠掌的妹妹──葉掌。

「發生什麼事了？」鼠掌問道：「我們為什麼要停下來？」

「族長們派遣的巡邏隊回來了。」煤皮向她解釋。

棘爪朝她的目光望去──四族族長和風族的副族長泥爪在樹墩旁緊緊圍在一塊兒，而霧足和枯毛兩位巡邏隊隊員面向他們；至於其他貓兒則樂得逮到片刻的休息機會，圍著樹墩在潮溼矮小的草地席地而坐。

棘爪將同伴拋在身後，逕自穿過眾貓、走向前方，聆聽部族族長的對話。

霧足正向族長們報告視察的情況：「湖畔的沼澤地滿是泥濘。天亮以前最好別再前行。我們不願見到貓兒們受困泥漿。」

「在溼地裡活動，對影族來說簡直就是家常便飯，」黑星趕在其他族長開口前搶先說道：「不過如果你們希望我們留下來，我們倒也可以跟大夥兒一起稍作休息。」他的語氣尖酸刻薄，好像影族沒有先行探勘家園，是施與他們一個天大的恩惠。

棘爪瞇起雙眼。各族現在就為瓜分領土顯露出你爭我奪，也未免太早。如今他已習慣四族貓兒和樂地相處在一塊，長年的隔閡與芥蒂早就被他拋在九霄雲外。他擔心有的貓兒比較虛弱無力，很可能會遭遇更多不利於他們的衝突。

他希望族長們能決定今晚在此歇腳。丘陵地足以遮蔽強勁的風勢，大樹也成為貓兒們最好的臨時避難所。獵物的陣陣香味不斷從暗處飄送過來，不禁讓他狩獵的爪子開始蠢蠢欲動。

「我想我們先在此歇息好了，」火星喵道。他的這席話頓時讓棘爪放下心中一塊大石。「我們大家都需要好好休息，而且湖畔聽起來也不像個舒適安穩的地方。」

豹星輕聲表示贊同。火星話還沒講完，高星就咚的一聲側身倒臥在地，不停躺在地上喘著大氣，彷彿自己一步也走不動了。泥爪邁開大步到他身邊，迅速地聞了聞他，並在他耳裡說了幾句話。

「高星看起來筋疲力竭，」棘爪對鴉羽輕語道：「他是不是快要追隨星族而去？」

鴉羽面色凝重地點點頭。「不過現在有我們在他身邊，他會沒事的。」他喵道。不知怎地，棘爪從他的話語中發現鴉羽跟其他貓兒一樣，都在試圖欺騙自己。

黑星縱身一躍，跳到樹墩上。這隻位高權重的白色公貓翹起尾巴，一副趾高氣揚的模樣，黑色的巨爪使勁插入粗陋的木頭中。他發出一聲威風凜凜的嗥叫，頓時每隻貓兒都轉過頭來聽他說話。

「貓族子民！」等到最後一個離群失散的貓兒靠過來，他才開始發言。「我們已經抵達星族應許我們的新家園，但大家都體力透支、飢腸轆轆，所以必須在此紮營休息。」

「誰叫他代表族長上台發言的啊？」鼠掌低聲嘀咕。她碧綠的雙眼閃過一道憤憤不平的怒火，不過當棘爪發現有幾隻影族戰士站在附近時，立即輕彈尾巴、堵住鼠掌的嘴。

「那什麼時候打獵呢？」後頭有隻貓兒發問。

「等到旭日東升，我們就可以大開殺戒，」黑星答道：「到時候會有滿坑滿谷的獵物等著我們去抓。」

「同時我們也要隨時保持警戒，」火星說道。他跳到黑星身旁，所以這位影族的族長不得不往後退了一步。「各位副族長，請找兩、三位可以徹夜不睡的戰士。我們都不願熟睡之際被狐狸襲擊。」

泥爪——自從高星體弱不支起就開始領導風族的副族長，這時也連聲贊同；而河族的族長豹星也表示同意。於是這場短暫的會議宣告解散，眾貓開始各自尋覓睡眠的處所。吠臉輕推高星，將他攙扶到茂盛的長草堆裡，而身體衰弱的風族族長一碰到草皮，馬上就撲通一聲摔倒在地，從頭到腳都直打著哆嗦；一鬚坐在他身邊溫柔地舔著他的毛髮。

褐皮與她弟弟親暱地相互觸鼻。「我最好去枯毛那兒報到了，」她喵道：「待會兒見嘍，棘爪。」她火速轉身離去，朝著在影族副族長周圍聚集的族貓們飛奔。

棘爪不知道自己是否應該自願守夜。雖然他當上戰士的歲數還不滿四季，但雷族現在極需每隻貓兒供給糧食、保衛家園——自從在他們離開森林前，失去副族長後，更需要大夥兒挺身而出。一想起灰紋如何被兩腳獸捕獲、帶走，棘爪就不由得打了個冷顫。他瞥見族長火星對栗尾和蕨毛下達命令，猜想他們暫時還不需要他幫忙，只好看看其他雷族的貓兒有沒有需要他協助。

　　塵皮和他的伴侶蕨雲，以及他們的兒子小白樺——也是他們最後生下的一窩小貓中倖存的孩子——一起站在樹蔭底下。當長尾無力地躺在草地時，蕨雲連忙伏在他身上，焦慮地東聞西嗅。長尾沒比塵皮大多少季，但自從他雙眼失明起，就被迫與年邁的長老為伍，這次從森林撤離的旅程，對他來說格外艱辛；長尾的另一邊則是棘爪的母親金花，此時的她正躺在兒子的脅腹旁，她是雷族裡年紀最長的貓后，她疲倦到除了將自己溫暖的毛髮貼緊長尾外，什麼力氣也沒有。棘爪一想到這裡心中不禁隱隱作痛。

　　塵皮輕推這隻一臉病容的虎斑公貓肩膀。「加油，長尾，」他喵道：「我們就快到了。」

　　正當鼠掌三步併作兩步，衝向前幫忙時，棘爪發現在矮樹叢後面有一塊完美的棲身之處；那兒青草茂盛，還有幾棵枝葉稀疏的灌木。

　　「在那裡築個窩，你們覺得怎麼樣？」他翹尾示意，對大家提議。

　　「好主意。」塵皮喵道：「沒關係的，長尾，我們一把你帶到避難所，馬上就讓你睡個好覺。」

　　長尾費力地抬起身子；鼠掌走到他身旁，捲起尾巴套在他的頸部領他上路。棘爪讓金花倚在他的肩上，而蕨雲也在一旁鼓勵小白樺跟上腳步。

　　「希望這裡就是我們踏遍千山萬水所尋覓的歸宿，」塵皮望著四周身心俱疲的貓兒說道：「我們實在沒有力氣再走下去了。」

　　棘爪沒有回話。他知道塵皮說的對——但是他沒有把握告訴塵皮這就是星族指示的應許之地。他望向其他在枝幹間悄然落腳、將枯葉鋪在灌木底下的貓兒，突然瞥見葉掌叼著一嘴鋪床用的苔蘚，從他身旁走過；這時棘爪回想起，這隻巫醫見習生對戰士祖靈旅程中一路相隨的信念，自始至終都堅信不疑。他一直相信等他們抵達新的家園，一切的苦難就會結束；不過四周陌生的環境卻讓他萌生畏懼，如今棘爪只覺得磨難才剛剛展開。

鼠掌的聲音打斷了他的思緒。「塵皮，要不要我們幫你們狩獵？」

她的導師用尾巴輕拂她的耳朵。「不了，我們等等自己來就可以了。妳看看妳，站著都能打瞌睡了，快跟棘爪去休息一會兒。」

「好吧。」鼠掌打了好大的一個呵欠說道。

「到金雀花叢底下好不好？」棘爪領著鼠掌走向剛才在幾尾遠的山坡上所發現的地點，然後蠕動身體鑽到低矮的樹枝下。

鼠掌也跟著鑽了進去，然後把自己蜷成一顆毛球，連尾巴也繞到鼻頭。「晚安。」她含糊不清地呢喃道。

棘爪在金雀花叢底下亂扒了一下，做了一個舒適的小窩，然後將身體蜷縮成一團，依偎在鼠掌身邊，他聞到了她身上溫暖熟悉的幽香。讓他高興的是，他們不用築起一個真正的營地——戰士跟見習生必須分別睡在各自的小窩裡。他知道自己以後一定會萬分懷念睡在鼠掌身旁的夜晚，這是他進入夢鄉前最後一個念頭，然後睡意宛若陣陣輕柔的黑色波浪將他淹沒。

棘爪的夢境既黑暗又混亂。他在濃密的森林中央尋覓某件東西，但是他走的每條小徑最後都會通到一團糾結纏繞的荊棘林，或一道無法跨越的荊棘圍牆。他奮不顧身地向前衝刺，但布滿針刺的枝幹卻無情地朝他身體猛戳。

「棘爪，起床了！太陽都要曬屁股了！你以為你是誰啊，刺蝟嗎？」

棘爪猛然睜開雙眼，看見鼠掌正用前爪戳他。彷彿水波般柔和的黃色日光滲入金雀花叢斑駁的枝葉。

「已經天亮了，」鼠掌繼續叫道：「我們去看看能獵到什麼食物吧。只要你別再冬眠了。」

他眨了眨惺忪睡眼，試圖將睡意驅散，接著左搖右晃地站起身子，抖落那些黏在毛髮上的枯葉殘片，然後跟著鼠掌的腳步走進曠野。

棘爪一想起自己身在何方，困惑又混亂的惡夢頓時煙消雲散。但當他初次在日光下瞭望新家園的風貌時，焦慮和憂心卻又悄然爬上心頭。讓他納悶的是，這個遼闊陌生的地方真的會是貓族的新居嗎？

一陣帶著寒意的微風吹來，只見湖面掀起陣陣波紋，湖畔的蘆葦也沙沙作響。此時棘爪眼前波光粼粼的湖水是一望無際般的浩瀚廣闊。天際間露出一線曙光，預言了旭日即將東升。回首來時路，和緩的坡道慢慢向上延伸，與一片光禿禿的荒野相連。兩腳獸的籬笆橫越荒野，而棘爪也能在逐漸明亮的陽光下看見遠方有幾個兩腳獸的窩。他微微呼出一口贊同的氣息；這麼小的窩裡不可能住多少兩腳獸，再說距離這麼遙遠，應該不至於對貓族造成什麼妨礙。

湖水的盡頭，樹林的煙燻汙點愈發深暗；棘爪猜想它們是一片仍在禿葉季綻放綠意的松樹林——每當微風吹過，松樹林就宛如泛著波紋的蔥鬱皮毛在風中輕輕蕩漾。

當太陽緩緩從地平線升起，耀眼的光芒刺得貓兒睜不開眼；最後幾顆晨星退去，萬里無雲的天空好似一張淡藍畫布。

「是打獵的時候嘍！」棘爪對身旁的鼠掌喵道。

他到處搜尋火星或資深戰士，看看是否已有巡邏兵外出探路。他的族長跟豹星、黑星和泥爪從附近的金雀花叢鑽了出來。棘爪心想族長們剛才一定在開會，當他看見泥爪取代高星的位置代表風族出席會議時，突然心頭一怔，對高星的病情十分擔憂。

「不知道高星昨晚是不是加入星族的行列了。」他低聲喃喃，一想到這裡，他的五臟六腑就悲痛地揪成一團。

鼠掌搖搖頭。「我不這麼認為，」她喵道：「如果他真的走了，他們會將他的屍體抬到外頭供族貓瞻仰膜拜。」

棘爪希望她說的對。他還來不及開口回話，火星就跳上昨天族長們發表言論的樹墩。黑星見狀也跳到他身邊，而泥爪也爬到火星的另一邊。三隻貓兒勉為其難地擠進樹墩狹小的空間裡，所以豹星乾脆放棄跟他們一爭高下，她索性坐在底下錯節扭曲的樹根上。

「我們得找別的地方召開大集會。」鼠掌說道。

然而，火星召喚全貓族的號叫卻打斷了她的話語，群貓紛紛步出小窩走到曠野集合。他們看起來都弱不禁風、體力不支的模樣，絕對是這塊領土中邪惡生物會下手的對象。每隻貓兒提心吊膽地環顧四周，彷彿到處都藏有饑渴難耐的怪物盯著他們。

棘爪一蹦一蹦地跑下斜坡，朝樹墩邁進，而鼠掌也緊跟在後。半路上他發現高星黑白相間的身體蜷縮在昨夜入睡的草叢，風族的巫醫吠臉坐在他身邊，焦慮不安地嗅著他的皮毛；他倆絲毫沒有加入其他貓兒到樹墩周圍開會的打算，顯然高星的身體狀況還是無法參與大集會。

「貓族子民，」棘爪抵達他同胞們聚集的地點時，火星開始發言。「今天我們必須做出重要的決定，並開始執行艱巨的任務。」

「狩獵巡邏隊立即出發，」泥爪打斷火星的發言，把他推到一邊。「風族將占據丘陵，河族可以在湖裡獵魚，而雷族——」

一鬚見狀立刻一躍而起，發出憤憤不平的噓聲。「泥爪，你在這裡發號施令是什麼意思？」他咆哮道：「在我看來，高星現在還是風族的族長。」

「他也做不久了。」

這位副族長冷酷的聲音讓棘爪感到非常詫異。他希望高星沒有聽到泥爪無禮的言論，當發現那隻老貓仍舊在鋪滿青草的小窩中安睡，身旁還有吠臉照料，頓時鬆了口氣。

「總要有貓出面掌管大局吧，」泥爪繼續說道：「難道你希望異族貓兒把風族踢到一邊，然後私自瓜分領土？」

「說得跟真的一樣！」鼠掌義憤填膺地說道。

一鬚怒氣沖沖地瞪泥爪，雙眼中燃燒熊熊怒火。「你放尊重點！」他厲聲喝道：「你還在育兒室裡喵喵吃奶的時候，高星就是風族的族長了。」

「我早就不是乳臭未乾的小貓了，」泥爪旋即還以顏色。「現在我是副族長。再說，打從我們撤離森林起，高星就沒辦法領導我族了。」

「夠了！」火星揮動尾巴，示意這位風族的副族長保持安靜。「一鬚，我知道你很擔心高星，不過泥爪只是在盡他的本分罷了。」

「他也犯不著表現得跟已經當上族長一樣。」一鬚咆哮著說。他一邊坐下，一邊用銳利的目光橫掃四方，彷彿想激起大家批判的聲浪。

「一鬚說的也很有道理，」火星轉而對泥爪說道：「副族長很難真正取代族長的地位——不論對其他的族貓和副族長本身來說，都是件困難的任務。」

火星看似替他背書的同時，泥爪傲慢地抬起頭來，臉上仍舊難掩怒容。他咧嘴話還沒出口，就被黑星先聲奪人。

「如果風族對族長的人選產生質疑，就該讓他們私下解決。在這裡胡鬧下去，根本就是在浪費大家的時間。」

泥爪發出惱怒的噓聲，直截了當地別過頭去。棘爪縮緊利爪，如果風族的副族長再惹出什麼麻煩，他隨時準備一躍而上。泥爪是四族裡最好勇鬥狠的貓兒，而且他向來就不怎麼喜歡火星和雷族，一旦泥爪成為風族的族長，棘爪可以預見他勢必會在部族間掀起一番腥風血雨，尤其在劃定四族邊界的時候，更是麻煩。

火星的發言打斷了他不安的思緒。「我希望藉著推舉一位新戰士，來開啟雷族在此地新生活的序幕。鼠掌，妳在哪兒？」

「什麼？是我嗎？」喜出望外的鼠掌像隻小貓般尖聲叫道。她猛然起身、豎直耳朵、高翹尾巴。

「對，是妳。」棘爪看見火星召喚自己女兒時，眼光閃爍著一道喜悅的光芒。「妳千里迢迢、不辭辛勞地完成旅程，然後又帶領眾貓來到新家園，雷族的貓兒對妳的感激，實在無法言語。塵皮跟我一致認為如果有見習生能榮獲戰士的美名，那麼這個選擇非妳莫屬。」

棘爪舒展肢體，用口鼻輕柔地觸碰鼠掌的耳尖。「去吧，」他輕聲說道：「火星說的對。妳對族貓的貢獻足以獲得戰士的頭銜。」

她對他眨眨眼，依舊驚訝地說不出話，然後轉身朝著火星站立的樹墩邁進。在她抵達樹墩之前，她的母親沙暴向前跨了一步。鼠掌停在母親的面前，只見沙暴的眼中散發出驕傲的光采，她在女兒身上飛快地舔了幾下，梳整她的毛髮。棘爪也看到葉掌走出來，親密地用口鼻蹭了蹭她姊姊的側身。

鼠掌的導師塵皮也踱步向前，領著她走向樹墩，然後站在她身邊等待火星開口發言。

火星從樹墩上一躍而下，對鼠掌鼓舞地眨眨眼，然後抬起頭來對群貓說話。「以下將是貓族遷徙至新家園，第一次發表宣示，」他開口道：「我，火星，雷族族長，懇請祖靈庇佑這位見習生。她歷經種種磨練，完全恪遵祢們崇高的守則。故我在此誠摯推舉她成為一名戰士。」

他的眼中燃燒著炙熱的火光，棘爪明白這一刻對火星而言，有多麼重要。這一刻，不只對雷族，甚至於對一起跋山涉水的四族貓兒來說，都具有關鍵性的重大意義。召喚星族為新戰士命名，就等同於宣示這個陌生的地方是他們的領土。在旅程中不知有多少次，貓兒們害怕他們離棄了自己的戰士祖靈，但火星現在這番自信滿滿的宣言，彷彿確定閃閃發亮的星族正在他們頭頂上照耀大地。棘爪的皮毛因為愧疚而感到陣陣刺痛，他希望自己也能堅信星族跟著他們一起踏上旅程，在新家園定居；他說服自己這裡是個貓族可以安身立命的家園。他甩甩腦袋，強迫自己把這些煩心事拋諸腦後，專心聆聽戰士命名儀式。

「鼠掌，」雷族的族長說：「妳願意遵守戰士守則保衛這個部族，即使不惜犧牲生命？」

鼠掌清楚明確地說道：「我願意。」

「那麼以星族的力量，我授予妳戰士之名。鼠掌，從現在開始，妳的名字就是松鼠飛。星族將以妳的勇氣和決心為光榮，歡迎妳成為雷族的戰士。」

火星將鼻子輕抵在松鼠飛頭上，她也尊敬地回舔他的肩。「決心」這個誇耀很少在戰士命名上提到；決心反映在松鼠飛身上，有時倒不如說是固執，而且不止一次讓她惹禍上身、瀕臨險境。棘爪想知道這對父女是否還記得松鼠飛的一意孤行，曾為她帶來多少跟族長和戰士守則的衝突，彼此也產生許多摩擦。不過棘爪也回憶起這趟旅程中，她的決心和立誓要成功的意志力，總讓同伴打起精神、重新振作。一想起她源源不絕的勇氣、她拒絕相信他們走不到旅程終點的精神，這一切都讓他感到無比驕傲。

當她一離開火星，葉掌立刻喜悅地撲向她，呼喊她的新名字迎接她。「松鼠飛！松鼠飛！」

周圍的貓兒也都響起歡呼聲、叫喚她的名字。松鼠飛眼中閃耀著驕傲的光芒。四族的貓兒似乎也都為她榮獲戰士頭銜而高興——然而，大家也都等著看她日後是否真的能夠名副其實。

當棘爪在眾貓間擠出一條路，朝她側面走去，他也看到褐皮和鴉羽正朝她而來，那些一起攜手踏上旅程、前往午夜洞穴的同伴，對松鼠飛總是有一種特別深刻的情誼。

「恭喜妳！」褐皮喵道，而鴉羽也在一旁點頭，還把尾巴靠在她肩上好一會兒。

棘爪與她的口鼻緊緊相貼。「幹得好，松鼠飛，」他輕聲說道：「順便提醒妳，」他又揶揄地加了句話。「妳最好還是得把資深戰士放在眼裡。」

松鼠飛的眼中流露出一絲逗趣的光芒。「你現在可不能對我頤指氣使了——我已經不是見習生了！」

「我看不出來會有什麼不同，」塵皮無意間聽到他們的對話，也加入話局。「反正妳從來都把別人的告誡當耳邊風。」

松鼠飛喵喵發笑，然後用頭熱情地朝她前任導師的肩上撞了一下。「我總有聽進一些忠告吧！」她喵道，然後眨眨眼說：「塵皮，真的很感謝你為我所做的一切。」

然而，當黑星踱步向前，並以尾巴示意眾貓安靜時，歡聲雷動的貓叫聲頓時消失。「這一切實在太感人了。不過現下我們的當務之急是探索家園，以劃定各族領地。現在就請各族派出一隻貓兒當代表，組成一個巡邏隊，對湖岸和周圍的土地進行探勘。」

棘爪一聽之下，立刻豎起耳朵；他身旁的松鼠飛也繃緊神經。他瞥見褐皮的眼神，在她眼中看見一道期待的光采。

「我們決定派出三位一起參與初次旅程的貓兒，」火星接著說道：「他們分別是雷族的棘爪、風族的鴉羽以及影族的褐皮。」

棘爪從耳朵到尾端都感到興奮不已，挑選參加初次旅程的貓兒，的確是個正確的抉擇。

火星念出每位代表的名字時，黑星不悅地噘起嘴，但倒也沒有跟他爭論。

「嘿！」褐皮低聲說道：「這是他頭一回讓我代表影族耶！」

棘爪輕柔地用尾巴拂過她的肩頭。他知道無論褐皮再怎麼努力證明自己對影族忠心不二，黑星還是對她出生在雷族的事實耿耿於懷。

「霧足將代表河族探勘家園。」豹星喵道。這是她會議中首度開口發言，這句話卻提醒了棘爪——當初參與旅途的兩隻河族貓，如今沒有一隻留在部族中。他想起羽尾和暴毛，他們的離開好似他心中難以彌補的缺憾。

「那我呢？」松鼠飛提出抗議。「我也有參加旅程啊，為什麼我不能去巡邏？」

「如此一來，雷族就有兩名代表了，」黑星毫不留情地答道。棘爪知道如果影族族長認為這麼說就可以封住松鼠飛的口，那他就大錯特錯了。

「只有四隻貓兒組成的巡邏隊，怎麼夠探查一個未知的領域？」她反駁道。

黑星咧開大口準備爭論，但火星卻先開口說：「她說的對，我想我們應該讓她去，這會是她成為戰士以來的第一件任務。既然我們現在還沒有正式的營區，今晚她也沒辦法像新就任的戰士一樣守夜。」

黑星瞄了一眼豹星，只見她抽動了一下尾巴，沒有表示任何意見；然後黑星又將目光轉到泥爪身上，沒想到他只是低下頭。「風族沒有異議。」他喵道。

「很好，」黑星咆哮道：「但是你們一刻也不要肖想雷族能因此得到額外的領土。」

棘爪與鴉羽互換一個惱怒的眼神。他不敢相信黑星認為領土尚未瓜分，就有異族準備侵占的想法！

「那種事當然不會發生！」火星平靜地答道：「松鼠飛，妳可以跟巡邏隊一起去。」

松鼠飛興高采烈地捲起尾巴。

「沿著湖畔走，盡可能探查周圍所有的土地，」火星吩咐道：「我們需要了解這是什麼樣的領土，也要知道哪裡是狩獵的最佳去處；你們要思考各族需要的狩獵環境，以利日後建立邊界。至於如何劃分領土，以及何處適合成立營區，你們心裡最好要有個概念。同時也別忘了對任何可能造成危險的東西多加留意。」

「說完了嗎？」鴉羽低聲嘀咕道。

「我估計你們繞著湖畔走完全程要花兩天的時間，」火星繼續說道。他抬起頭來，瞇著雙眼凝視湖水，試圖推算距離。「別花太多時間探險。我們待在這裡就等同於暴露在險境之中，所以勢必得趕快找地方定居下來。」

「火星，我們一定會盡心盡力。」一個新聲音叫道。棘爪回頭一看，只見河族的副族長霧足朝他們踱步而來。

棘爪一邊喵著打招呼，一邊挪位給她。霧足對於加入那群初次旅程就建立深厚情誼的貓兒，感到有些緊張。

「祝你們好運，」豹星說。而火星也在一旁叫道：「願星族與你們同在。」

此刻太陽已高升山頭。棘爪朝火星和各族族長點點頭，然後舉起尾巴示意，叫其他巡邏隊隊員跟隨他的腳步出發，但他眼角的餘光發現褐皮畏縮不前，而鴉羽也倒抽了一口氣；這時他才忽然想起，因為霧足是他族的副族長，理應由她來帶隊。尷尬困窘的棘爪感到皮毛陣陣刺痛，他往後退了一步；霧足冷冷地凝視著棘爪，然後飛快地對他點了點頭，帶隊出發。

「真是鼠腦袋！」松鼠飛低語道。

他們朝著湖畔邁進，微風傳來後方黑星開始調遣狩獵隊的號令。

「松鼠飛！等等！」棘爪轉頭看見葉掌一蹦一跳地朝她姊姊跑來。「小心一點，好不好？」她懇求道。

松鼠飛親密地跟這隻年輕巫醫互碰鼻頭。「別為我們操心，」她喵道：「我們會好好照顧自己。」

「可是妳跟大夥兒一樣，一路上的奔波早就讓妳筋疲力盡了，」葉掌提醒她。「記得一有機會馬上就去獵食，還有千萬別離湖太遠，免得到時候迷路了。」

松鼠飛一甩尾巴堵住葉掌的嘴。「我們會沒事的，」她堅定地說道。她抬頭用鼻頭指向下面那片一望無際、波光粼粼的湖水。「妳看，我們行進的路徑盡收眼底，妳可以看得一清二楚。我們沒過多久就會回來了。」她頓了一下，然後輕聲問道：「星族是不是向妳顯露了什麼徵兆？要不然，妳怎麼會這麼擔心呢？」

葉掌搖搖頭。「沒有，我向妳保證真的沒有這回事。我只是捨不得再一次讓妳離開，這種感覺就好像第一次妳離家前往太陽沉沒之地一樣。」

棘爪走過來，將鼻子靠在葉掌肩上安撫她的心情。「我們最後不是平安返家了嗎？葉掌，相信我！我會好好照顧她的。」

松鼠飛故作憤慨地抽搐一下。「我才不用你照顧，說我隨時留意你的安危還差不多！」

葉掌噗哧一笑。「嗯，總之你們大家都要好好保重。如果有機會的話，也要麻煩你們幫我留意一下藥草。藥物的庫存量快不夠了。」

松鼠飛舔了一下她的耳朵。「沒問題，我會留意四周，幫妳搜尋藥草——只要我沒忙著尋覓狐狸啦、獾啦、兩腳獸啦、轟雷路啦……」

「我們到底要不要走啊？」鴉羽吼道：「現在白天很短，我們至少得在黃昏之前趕完一半的旅途。」

葉掌故意充耳不聞。「願星族與你們同在。」她輕聲對松鼠飛說道，然後轉身一蹦一蹦地跑回坡上。

豔陽一高掛山頭，如濃霧般籠罩湖面的靜默，告訴棘爪這座湖一定遠比森林裡的小河要來得深，即使河水滿潮也不及此湖的深遠。他側目瞄了霧足一眼，即使她跟所有河族的貓兒一樣都是游泳健將，此時的她卻也同樣膽怯畏縮。

好像注意到棘爪在看她，這位河族的副族長立刻抖抖身體，試圖振奮精神。「沒錯，」她一邊環視每位巡邏兵一邊喵道：「就是這裡了。讓我們一起揭開星族應許之地的神祕面紗吧！」

第二章

葉掌在半山腰停下腳步，回頭眺望巡邏隊朝大湖邁進。從自己毛髮上的亢奮刺痛感，她可以猜到此刻松鼠飛的心情有多激動。對松鼠飛來說，不只是探索未知領土讓她感到興奮，能與昔日的戰友再度並肩冒險，才是她情緒激昂的主因。葉掌的心中忽然掠過一絲嫉妒的情緒，她希望自己也能跟別隻貓兒相互信任，一起培養出深厚的情誼。

她的目光落在鴉羽灰黑色的纖瘦身形上。他是所有貓裡最神祕的，葉掌希望自己能多了解他一點。但他似乎很難信任異族貓兒，對他們戒心很重；然而，當大家遷移行經山區時，她卻看到他一次又一次地將自己置於險境，奮勇援助其他異族貓。她有預感星族已為鴉羽鋪了一條重要的通道，但她卻不曉得那條路究竟通往何處——星族沒有理由讓她得知異族貓兒的命運。

突然有東西輕拂她的肩頭，把她嚇了一

跳。葉掌轉身一看，煤皮正用她那雙博學睿智的藍色大眼凝視著她。

「妳是不是想跟他們一起去？」這隻巫醫問道。

葉掌猶豫了一下。她是隻巫醫，而不是戰士——她的職責在於照料她衰弱疲憊的族貓。但為何她的四爪蠢蠢欲動，想要追隨那支沿著湖畔走遠的巡邏隊呢？她在腦中幻想自己一蹦一跳地跟在隊伍後頭，走在殿後的鴉羽身邊；她深吸一口氣，當他們走過沼澤草地時，她彷彿感到他深灰色的毛髮輕輕掠過她的身體。

「妳還好嗎？」煤皮仔細端詳著她，開口問道。

葉掌眨眨眼，回神過來。「嗯，我很好。我才不想跟巡邏隊外出探險呢，我這裡的工作已經夠多了。」

「這倒是，」煤皮喵道：「有四族筋疲力盡的貓兒等著我們照顧，而且我們僅剩的治病藥草現在只有幾片葉子，和一爪分量的碎莓子了。」

葉掌頓時倒吸了一口氣，不知當初自己是否該跟著巡邏隊出去尋找新藥材。

「我們要去跟其他巫醫碰面，」煤皮繼續說道：「我們得討論一下尋找新藥草的方法，以及距離聳石區如此遙遠的情況下，該如何與戰士祖靈溝通。」她抬頭仰望天際，只見半顆月亮飄至一縷雲彩後；她降低音量，悄聲說道：「我希望我們能馬上找到另一個月亮石。」

她抬尾示意，葉掌看到她的朋友，同時也是河族的巫醫——蛾翅跟影族的巫醫小雲一起坐在刺藤灌木的避難所裡。在他們周圍，處處可見來自四族的戰士和見習生分組加入狩獵隊，準備外出打獵。

等到大多數的狩獵隊出發後，煤皮加入其他巫醫的行列；而葉掌也跑過去跟蛾翅親密地互碰鼻頭。

蛾翅提心吊膽地盯著她瞧。「我覺得好無助！」她在葉掌耳邊低語。「我手頭已經沒有藥草了，而這些貓兒卻如此疲憊衰弱。」

對於她朋友的焦慮，葉掌一點也不感到意外。儘管蛾翅受過戰士的訓練，並且在幾季前獲得戰士美名，她擔任巫醫見習生的資歷卻沒葉掌來得久。在他們離開森林前，泥毛的過世就意味著她必須在完成所有訓練前，一肩扛起巫醫所有的重責大任。一想到煤皮仍然在世，而且年輕健壯，還有長遠的未來，葉掌心中就滿是感激。她不用擔心短期內會失去她的導師，而她對蛾翅一點也沒有妒忌之心。然而她提醒自己，如果蛾翅需要幫助，可以隨時詢問其他巫醫的意見；再說，剛到一個新環境，大家都有很大的學習空間。

她在蛾翅耳朵上飛快地舔了一下。「妳會沒事的，」葉掌向她保證。「我們都會在一旁幫助妳。」

煤皮環顧四周。「吠臉跑到哪兒去了？」

「我猜還在高星身旁吧，」小雲答道。他輕嘆道：「我不確定還有沒有貓可以讓他的病情有所改善。」

葉掌不禁心頭一怔。如果高星來不及看到風族的新居就加入星族的行列，這也未免太不公平了。

「他來了。」煤皮的耳朵朝吠臉的方向動了一下。只見吠臉垂頭喪氣地走了過來。

「高星情況如何？」小雲問道。

吠臉撲通一聲跌坐在其他巫醫身旁，打從內心發出一聲長嘆。「他非常虛弱。這趟顛簸的旅程對他來說是一場無法負荷的折磨，看來星族正等著他加入祖靈的行列。」

「難道你沒有別的辦法救他嗎？」葉掌喵道。

吠臉搖了搖頭。「或許對我們而言，從森林出發，一路上歷經千辛萬苦、長途跋涉，就已經超越大家的極限了；但對高星來說，在他眼前還有一段更長的旅程要走。他是一位高尚的族長，但他不能永遠這麼走下去。」

「全族的貓兒都會為他致上最高的敬意，」煤皮低語道。她深深一鞠躬，然後挺直身體、甩甩身上的毛髮，抖擻精神。「在此同時，我們眼前尚有艱巨的任務等著執行。」

「我們得尋找藥草，在體力不支又饑餓的情況下，疾病很容易四處散布。」蛾翅喵道。

「說的對，」煤皮答道：「我們要馬上去尋覓藥草，希望星族能為我們指引迷津。不過，在那之前……」她忽然降低音量，前爪不安地撥弄泥土，然後說道：「或許有巡邏隊外出尋找各族的新營區，不過如果真的要把這兒當作安頓的家園，我們需要的就不只是營區而已。滿月時該在哪兒大集會呢？月亮石又該怎麼辦呢？從這裡到慈母口可要花上好幾天的行程呢。」

一想到要重返離開聳石區行經的顛簸路程，葉掌的爪子就隱隱作痛。不可能每到半月，就要長途跋涉回慈母口見星族啊；而且，新族長們該去哪兒領取他們的名字和九命呢？

現場一片靜默，每隻貓兒心中都沒有答案——也不知該建議哪裡作為大集會的地點。

「真的確定這裡就是我們的歸屬之處了嗎？」最後小雲喵道：「一旦沒有月亮石，我們唯一能與星族聯繫的管道，就只能透過夢境和徵兆。何況目前為止，還沒有任何能讓我確信這裡就是應許之地的象徵。」

「一定是這裡沒錯，」葉掌哀求道。她絞盡腦汁地想該如何讓其他巫醫相信她的話，畢竟他們比她還要經驗老到：「尖石巫師跟他的部落戰士祖靈在尖石洞會面，」她一邊回憶他們造訪急水部落的情景，一邊說道：「所以或許這裡也有其他跟月亮石一樣的地方。」

「當我們看見星族倒映在湖面時，我相信那是祖靈傳遞的徵兆，」煤皮喵道，而她的話讓葉掌終於鬆了口氣，雙肩的皮毛也平坦下來。「但我們還需要一個能和祂們溝通的場所。」

「或許祂們還會捎來徵兆，告訴我們哪裡能找到另一個慈母口。」吠臉說道。

「或許吧，」小雲半信半疑地回答。「我只希望能快點塵埃落定。」

「不過這有這麼重要嗎？」蛾翅問道：「我的意思是，沒有任何事可以阻擋我們尋找治病的藥草，而且……」

她的聲音愈講愈小聲，因為蛾翅發現其他巫醫全都一臉驚愕地瞪著她。葉掌的臉不禁抽搐了一下；蛾翅怎麼可以認為巫醫唯一的任務只有治病而已？

蛾翅充滿疑慮和困窘的眼神，不斷在其他巫醫之間游移。

「蛾翅的意思是我們可以一邊繼續照料我們的族貓，一邊等待星族為我們捎來消息。」葉掌趕忙幫蛾翅圓場。

蛾翅終於如釋重負地對她說道：「是啊，是啊，就是這樣沒錯。」

煤皮的耳朵不禁抽動了一下。

「我想我們可以開始進行儲備藥草的任務了。」小雲喵道。

吠臉抬起沉重的身子站了起來。「如果你們不介意的話，我想我得去陪高星了。如果你們能找到一點款冬，我會很感激的。他現在呼吸有困難。」

「一直要到新葉季才會長款冬啊，」蛾翅焦急地說。「杜松果有沒有效呢？」

吠臉點了點頭。「說的對。蛾翅，謝了。」

「我們會幫你帶回來一些杜松果的。」煤皮向他保證。

吠臉簡單地道了幾聲謝，旋即踱步走回高星躺臥的草叢。放眼望去，虛弱的高星現在只是一顆動也不動的黑白毛球。葉掌看到吠臉與不斷在垂死族長身邊守候的一鬚講了一、兩句話，隨後坐了下來，用脅腹不停輕撫高星的身體，讓這隻老貓知道在他展開漫長黑暗的旅程之際，絕對不會孤單寂寞。

「幹得好，蛾翅！」葉掌喵道：「我都沒想到可以用杜松果代替款冬呢。」

蛾翅轉過頭來，飛快地在葉掌耳朵上舔了一下。「我們要先往哪兒去呢？」

煤皮僵硬地站立，這樣的姿勢有助於她受傷的腿。「如果我們走那條路，」她邊說邊舉尾巴標明方向。「最後就會到達馬廄場。我想我們應該往反方向靠湖比較近的那條路走。」

「火星說那裡是一片沼澤耶！」葉掌提醒她。

「所有好東西都長在沼澤裡，」蛾翅喵道。她用尾巴輕拂一下葉掌的耳際。「如果妳是一隻河族的貓兒，就不會介意弄溼腳爪了！」

「我也不介意抓幾隻青蛙或蟾蜍解解饞，」小雲喵道。當其他貓兒對他投以驚訝的眼光時，他為自己辯駁道：「牠們嚐起來也沒那麼難吃啦！在影族的領土裡，即使當其他的獵物都耗竭殆盡，牠們的數量還是非常豐碩。」

當他們走近湖畔，堅韌荒野草地逐漸轉變為莎草和苔蘚。土地又溼又軟，而且葉掌每走一步，就會有水在她腳爪周圍滲出。

「希望別到處都是泥濘。」她喃喃自語道，停下腳步將水珠從爪子上甩開。放眼望去，儘管沼澤地不斷向下延伸直到湖畔，卻可以看見有樹環繞著遠處的岸邊，更遙遠的那頭還可見到樹木繁茂的長條土地伸入湖水。她心想：**那兒或許是個搭建營區的好地方。**

葉掌連忙向前跑，追上其他巫醫。她發現他們全都站在一叢杉葉藻旁；在遠處還有更多巨大、有益健康的植物。葉掌頓時精神大振。

「太棒了，」煤皮喵道：「以前家園裡的杉葉藻從來沒長得如此茂盛。回程時我們要採一點回家。葉掌，杉葉藻專治什麼？」

葉掌不太確定自己是喜不喜歡在眾巫醫面前接受詢問，好像是隻沒上過幾堂課的小貓樣。「專治受到感染的傷口。」她迅速地作答。

「答對了，」小雲喵道：「它們一定派得上用場。許多貓兒身上都是抓傷和擦傷。」

煤皮點了點頭。「我們一定要記得在哪裡找得到它們。」

她又再度啟程，其他貓兒也紛紛跟上腳步。最讓葉掌高興的是，她是第一個發現水薄荷的貓兒，而水薄荷是專治腹痛的良藥之一。

「不過在這裡我們永遠也找不到吠臉要的杜松果，」蛾翅邊說邊躍過一條小溪。「這裡太潮溼了。」

「妳跟葉掌要不要離開湖畔，到別處找找？」煤皮提出建議。「我看到那頭有些灌木叢，或許裡面會有杜松果。」

「沒問題。」蛾翅步離水面，往昨晚他們橫越的山脊前進。葉掌則緊跟在後，腳爪終於能觸碰乾燥堅硬的土地，有如釋重負的感覺。

她們一抵達高處，就走進可以遮風蔽雨的灌林叢內。葉掌一眼就認出矮樹叢裡杜松帶刺的深色葉片和紫色莓果。

「正好是我們需要的。」她開心地喵道，並開始咬下一些莖梗。

等她們採集夠多的杜松果後，兩隻貓兒就走回湖畔。鑽出樹叢後，葉掌依稀看到遠方煤皮和小雲在湖邊渺小模糊的身影。從上方俯瞰，她才發現她原本認為的那個樹木繁茂、延伸入湖的長條土地，居然是由一條狹長的水道一分為二的島嶼。

「妳看！」她對蛾翅喵道：「湖中有座島！」

那隻年輕巫醫的雙眼頓時變得炯炯有神。「那一定可以成為大集會的絕佳場所！」她驚呼道：「場地寬敞，絕對可以容納全貓族，而且沒有其他東西能干擾我們。我們快下去跟其他貓兒講。」她一口咬起杜松莖，又蹦又跳地朝煤皮和小雲的方向跑去。

葉掌用口拾起她的那份杜松莖，慢條斯理地跟在後頭。蛾翅沒給她半點機會解釋只有河族的貓兒才是游泳健將，其他族的貓肯定游不到島上就奄奄一息了。這實在很可惜，因為蛾翅說的很有道理，那個島嶼能夠杜絕掠食者和兩腳獸的侵襲，將可能成為大集會的完美場地。

當她看見蛾翅正滔滔不絕地介紹島嶼，四隻貓咪全都踱步到湖畔，想看個仔細。那裡的土地比較乾燥，湖濱布滿岩石，在裂縫中還有機株堅韌的荊棘蔓生其中。

「那裡看起來的確安全無虞，」煤皮喵道：「但是我們要怎麼過去呢？妳該不會想跟長老們說每次一大集會，他們都得冒著性命危險游泳渡水吧？」

小雲嗤之以鼻地笑了笑，而蛾翅則難掩她受傷的神情。

「搞不好湖水很淺，可以涉水而過啊。」葉掌提出假設，不過她一點也不想試試看。

「我可以游到對岸瞧瞧。」蛾翅說道。

煤皮點點頭。「如果妳願意的話，就去看看吧。」

蛾翅馬上撲通一聲從岩石上跳入水中。

「小心一點！」葉掌在她身後呼喚。

她的朋友搖尾致謝，隨即蹚水入湖。沒過多久湖水就深及她的腹部，她只得開始游泳，自信滿滿地划水而過。葉掌心想：所以不可能涉水走完全程了。她瞇起雙眼，一邊凝視著陽光在水面蕩漾的倒影，一邊追蹤湖裡隨波起伏的黑色小點。

小雲在她身後說道：「我們在等待的同時，為什麼不來狩獵呢？我已經餓到足以把一隻獾都吞進肚裡了。」

他的這番話喚醒葉掌饑餓難耐的意識，不過她仍舊不為所動，直到看見蛾翅安全登陸島嶼；蛾翅離開水面，興高采烈地向葉掌搖尾示意，然後就消失在灌木叢中。

葉掌一轉身就瞧見小雲猛然抓住一隻田鼠，然後三兩下就把牠囫圇下肚。值得慶幸的是，他抓到的不是青蛙或蟾蜍，如果小雲堅持分她一些，那就不妙了。直言拒絕好像又太無禮魯莽，但葉掌覺得她還沒餓到吃得下去這讓食慾盡失的東西。

不遠處，葉掌可以看見煤皮正躡手躡腳地在岩石底部的雜草間追蹤獵物。頃刻之間，她就獵到了戰利品，並搖搖尾巴召喚葉掌。「快來啊，蛾翅不會有事的。這裡有好多獵物啊。」

葉掌再往島嶼一瞥，但那裡並沒有河族貓兒的蹤影，也沒有葉掌能幫上忙的地方。她輕聲走到附近的岩石堆，此時她聽見一個拖著腳行走的聲音，她將小草往一旁撥開仔細一看，一隻田鼠正在掉滿地的種子中亂扒。葉掌見狀立即向前一撲，後爪也不離開粗硬的地面。一旦她選定目標，就會蹤身一躍，快、狠、準地朝獵物頸上咬下致命的一口。

葉掌早就不記得上一次吃到這麼肥美的田鼠是何時了。在兩腳獸殘暴地凌虐森林後，獵物們就變得骨瘦如柴、驚慌害怕，而遷移的路途中，狩獵的機會也是寥寥無幾。

她剛咬下最後心滿意足的一口時，小雲大聲叫道：「蛾翅回來了！」

葉掌趕忙將田鼠嚥下肚，往湖畔衝去。蛾翅身手矯健地朝岸邊游來，她一浮出水面、站上乾燥的土地，立刻將水從身上甩開。

「所以說？」煤皮問道：「妳有什麼新發現嗎？」

蛾翅發出一聲狂風般的嘆息。「那兒真是完美無瑕！岸邊到處都長滿了茂密的樹木和綠意盎然的灌木，但是在島中央卻是一片青草空地，絕對有足夠的空間讓全貓族大集會。」

小雲搖搖腦袋。「或許河族可以在那兒大集會，不過其他三族絕不可能加入。」這時他語氣略帶擔憂地補充道：「某些有勇無謀的貓兒一旦輕易嘗試，很可能就會慘遭滅頂。」

「而且空地中央，」蛾翅好像沒聽見小雲那一番建言似的，繼續興致勃勃地說下去。「有一棵參天橡木，就像四喬木的橡木一樣巨大，但是它的樹枝比較低，所以族長們可以爬上去對族貓致詞發言。」她湛藍的眼睛炯炯有神。「我希望我們能善加利用那塊土地。」

「這個嘛，恐怕我們沒有辦法，」煤皮滿懷遺憾地表示。「蛾翅，儘管妳說的有理，聽起來那裡的確非常完美。謝謝妳為我們一探究竟。」

「那裡還有滿坑滿谷的獵物。」蛾翅伸出舌頭，一舔嘴邊。

葉掌想問蛾翅是否有注意到島嶼有何異常之處，像是奇形怪狀的岩石，或歪七扭八的樹木，任何讓人聯想起星族的事物。或許那個島嶼並不適合用來作為大集會的場所，但那兒搞不好會有一個嶄新的月亮石。

但是當其他巫醫反對讓島嶼成為大集會的場所後，蛾翅便轉身離去，她垂頭喪氣地爬上湖濱，顯然因為來回游泳而疲憊不堪。於是葉掌決定等有機會再問她島上是否有月亮石之類的東西存在。

其他巫醫也開始準備回去他們的臨時營區。葉掌走在最後頭，依依不捨地回頭望著那座島嶼。貓族需要一個大集會的場所和嶄新的月亮石，這種需求不亞於遮風蔽雨的房屋和豐盛的獵物。新大集會的場所和月亮石將是第五部族——星族被迫遷離森林的家園。

縱使蘆葦阻隔了湖面吹來的冷風，葉掌還是冷不防地打了個寒顫。除非他們能盡快找到大集會場所和月亮石，否則部族的命運將蒙上一片未知的陰影。

第三章

霧足以穩健的小跑步帶領巡邏兵橫越滿是泥濘的湖濱。棘爪深吸一口氣，嗅了嗅瀰漫獵物氣息的空氣，並且愜意地浸濡在冬季溫暖的日光浴中。他的腳爪渴望向前奔馳，但他深知他們還有長遠的旅途要走，便強迫自己跟在霧足的步伐之後。

「這樣下去該怎麼辦呢！」松鼠飛一個不小心失足滑進另一個沼澤小洞，忍不住發起牢騷。她停下腳步，面露嫌惡地將後腳的水啪嗒彈掉。「如果我們真的在此定居，最後肯定會長出蹼。」

「對河族的貓兒來說，這只是家常便飯，」霧足答道：「不過很少會有獵物在這種溼地出沒，所以這裡基本上也沒多大用途。」

「我們也不需要湖邊所有的土地吧，」褐皮說道：「這兒幅員遼闊，所以即使沒有貓兒想用這塊地，也不打緊啊。」

「只要前面還有比這兒更豐碩的土地就

行。」鴉羽也加入話局。

棘爪停了下來，觀看周圍的土地。土地的一邊綿延到陡峭的山脊，兩腳獸的籬笆和馬匹現在已被他們拋在後頭，在那之後是一片青草山坡地，草地盡頭是濃密的金雀花和茂盛的灌木叢，他們前方的沼澤地向外延伸到湖畔，棘爪可以看見遠方有塊樹木蔥鬱的山嘴伸進湖心，而那塊土地後頭還有更多茂密的樹林。

「看樣子我們快走完沼澤地了。」他喵道。

「我們能不能爬到山上去，棘爪？」松鼠飛問道：「拜託嘛，我真的很受不了潮溼的腳掌。」

「上面也會有許多獵物，」褐皮渴望地喵道：「棘爪，你覺得怎樣？我們需要狩獵填飽肚子。」

「我們應該要巡邏湖泊。」棘爪答道。

「還有湖泊周圍的領土。」鴉羽提醒他。

「不過我想我們還是可以突襲幾回獵物，」棘爪若有所思地喵道：「老是賴在湖濱也沒有多大幫助；不如大家一塊兒往山脊上走，我們可以沿途打獵，然後——」

這時一陣輕輕的乾咳聲將他尚未說完的話語打斷。當棘爪與霧足筆直的目光相交時，他頓時覺得皮毛隱隱刺痛。「抱……抱歉，霧足，」他支吾其詞。「我的意思是，如果妳願意的話。」

這位河族副族長的眼裡突然閃過一道逗趣的光芒。「聽著，棘爪，我想或許由你來領隊最為恰當。顯然這群貓兒最習慣聽命於你。」

「事實上並非如此，」棘爪顯得更加尷尬。「在旅程中，一般來說，我們都會相互討論。」

「他是說我們都會相互爭論啦，」褐皮冷冰冰地說道：「而我們之中有些貓兒會彼此爭吵啦。」她給了松鼠飛和鴉羽一個白眼。

「什麼？妳說我們？」松鼠飛的雙眼瞪得跟銅鈴一般大，還捲起她的尾巴。「從來沒有！」

棘爪忍住笑意，帶領眾貓爬上土地較為乾燥的山坡。他感謝星族讓霧足明白他們在旅途中已經習慣自我管理，無須借重部族那種族長、副族長、資深戰士的傳統階級制度。儘管少了暴毛讓他感到椎心之痛，但是能與昔日老友同行卻是件值得高興的事。一旦各族分道揚鑣，他不知道自己該如何與鴉羽和褐皮維繫友誼。他心中那個空洞難道要一直向外擴大嗎？

山坡上頭遠處的灌木叢裡，有許多獵物藏身其中。身手矯健的五隻貓兒，不一會兒就捕到食物，開始坐下來享受美食。

「嗯……」松鼠飛一邊低語，一邊側臥在地，舒適安逸地伸了一個大懶腰。「這是我好幾個月以來吃過最美味的老鼠了。現在我可以舒舒服服地睡個好覺了。」

「哦，千萬不可以！」棘爪用爪子戳了戳她。「我們還有漫長的旅程要走，而且我們得利用短暫的白晝盡快勘查湖畔。」

「好啦，儘管怒髮衝冠吧。」松鼠飛勉強站起身子，她碧綠的雙眼洋溢著逗趣的神情。

「你真是個愛頤指氣使的老毛球。可別忘了我現在已經是個戰士了耶！」她飛快地繞過他身邊，用尾巴輕彈他一下。

「妳三不五時就提醒我一次，我想忘掉也難。」棘爪反駁道；不過他的嗓音卻藏不住笑意。他捫心自問他們上回有時間或體力嬉鬧玩耍，究竟是多久以前的事了？

他召集眾貓——霧足不發一語地看著他發號施令，湛藍大眼背後的思緒讓人費解——然後大夥兒又再度啟程，傾斜地朝底下的湖畔邁進。當他回頭張望他們的臨時營區，棘爪赫然發現稍早前他發現的長條土地居然是座島嶼，而且他也注意到有三個模糊渺小的身影站在岸邊觀望著它。

「葉掌在那裡！」松鼠飛喵道。

棘爪沒有詢問她是如何在這麼遙遠的距離認出自己的妹妹，因為他曉得她們姊妹間有種特別的心電感應，所以她倆總是知道對方身在何方、是否安好。一種妒忌的感覺忽然在他心中竄起，但他趕忙將它揮開。

他們走下山脊，往湖濱的尖端移動，此時島嶼已被他們遠遠拋在腦後。讓棘爪稍微寬心的是，前方的沼澤地和蘆葦包圍的池塘已經所剩無多，取而代之的是長滿高大青草的土地，這樣的地形讓他的肉掌感到涼爽舒適。

「這才像話嘛！」鴉羽低聲喃喃道。風族的貓兒是全貓族裡最不能適應溼地的族裔。他們生長於通風良好的多沙荒野，其他三族則住在荒野下的樹林中。

五隻貓兒繼續沿著湖畔冒險之際，已是日正當中的正午時分。一些圓滑的小卵石滾落水中，讓棘爪想起森林老家的河岸，站在湖畔不遠處的他，赫然發現魚兒躍出水面的一陣漣漪。

「對河族來說，這兒可是獵物的大本營哦。」他對霧足說道。

她點點頭。「順便提醒你，」她喵道：「我們或許得研究新的捕魚技巧了。我們習慣站在岸邊或踩在石頭上，然後用爪子將魚兒挖出來。要是魚群全都躲在湖中央，那我們該如何是好？」

松鼠飛發出一聲不以為然的鼻息，但棘爪立即瞪了她一眼，叫她安靜閉嘴。霧足並不是在開玩笑——她的部族如果想不出正確的狩獵技術，就只能呆站岸邊望著滿湖豐腴肥美的魚兒興嘆。他瞇起眼睛，凝望對岸微綠的斑點，心想那兒或許會有以前雷族貓兒安身立命的大樹。想必在這裡獵捕老鼠和松鼠的方法，應該跟以往在森林裡大同小異吧？

他們腳下的卵石變得又大又溼滑，於是眾貓放慢腳步，小心翼翼地行走，免得四肢一個不小心受困石塊之中。前方的湖面向上鼓起，與陸地連結；這時棘爪轉頭回望對岸。松樹環繞著湖畔綠草如茵的區域，那兒有個木製建築物伸進湖中，它看起來有點像老家的兩腳獸橋，卻看不出來究竟通往何方。

「那是什麼玩意兒？」棘爪邊發問邊甩尾示意。

「兩腳獸的東西吧。」鴉羽一臉輕蔑地說。

「我希望這不代表兩腳獸也占據此地。」褐皮喵道。

「我不這麼認為，」霧足答道：「我現在沒看到有兩腳獸在那裡出沒。或許就跟老家的情況一樣，牠們只會在新葉季出現。牠們的小孩很喜歡玩水。」

「我一直都認為兩腳獸根本是鼠腦袋。」鴉羽嗤之以鼻地哼著。松鼠飛眺望那座橋，並張開大嘴猛吸一口微風中的氣味。「除了森林和獵物的氣味之外，其他我什麼也聞不到。」她最後向大夥兒回報。

「現在距離太遠了，我們很難聞到什麼氣味，」棘爪喵道：「等我們到了對岸再仔細搜察一次。就像霧足說的一樣，目前這兒還沒有兩腳獸的蹤跡。」

他向巡邏兵示意，請大夥兒繼續前進。他們悄然無聲地步行，好像兩腳獸的「半橋」讓貓兒想起他們的宿敵，使他們開始戒慎恐懼。不久之後，棘爪還注意到另一種聲響——那就是汩汩流水聲。腳下的土地變得愈發溼潤，棘爪往前方一看，發現一根蘆稈蜿蜒曲折地從湖裡飄走。

「有一條小溪！」霧足發出驚呼，一蹦一蹦地往前奔去。

其他的巡邏兵也趕忙跟在霧足後頭跑到湖濱。棘爪撥開重重蘆葦，看見一條小溪川流不息地注入湖中；這條小溪比貓兒們先前跨越的任何一條溪流還要寬廣；溪水遼闊，使貓兒無法一躍而過，深邃的水道在滿是卵石的淺灘和多石的小島間蜿蜒繚繞。流水看起來碧綠沁涼，湖畔的蘆葦和零星樹木的倒影也在湖面蕩漾；四周遍地的歐洲蕨叢，預言了綠葉季將有更多蒼翠繁茂的植物在此生長。

霧足環顧四處，她的尾端頓時抽搐一下。「河族應該會喜歡這裡。」

棘爪注意到霧足並沒有立即代表她的部族宣示對這塊領土的所有權，但當她俯視溪流時，他在她眼中看到了無限的渴望。他同意這裡的確是河族絕佳的落腳之處，但他們無權作主。他們的職責是探勘湖邊所有的土地後，將消息回報給其他貓兒；至於領土該如何劃分，則需由族長決定。

「嘿！」松鼠飛喵道：「我看到一條魚了！」

頃刻間，棘爪也發現另一條魚的蹤影。當魚輕觸湖面，一道銀色的閃光霎時散發出螺旋狀的漣漪。

「太好了！」霧足喵道：「要不要我幫各位抓幾條上來啊？」

「我們自己知道該如何捕魚。」褐皮客氣有禮、卻又毫不留情地回答。

霧足好奇地望著她。「你們在哪裡學的？」

「在旅途中學的，」鴉羽唐突地喵道：「是羽尾教我們的。」他講完話後旋即轉身，抬頭挺胸地往下游走了幾步，然後在水邊坐了下來。只見他舉起一隻手爪，兩腿凝視水面，準備往溪流一躍而下。

棘爪為他感到心疼。沒有一隻貓能忘記那隻充滿過人的勇氣、優雅溫柔的河族貓兒費了多少苦功才讓鴉羽敞開心胸，最後甚至犧牲自己寶貴的生命將他從尖牙的毒爪下救了出來。棘爪不曉得鴉羽內心的傷痛有沒有癒合的一天。有時鴉羽表現的就像旅程剛開始，當他尚未學會信任同伴、還未與羽尾相戀時那般敏感易怒、沉默寡言。

霧足發出同情的低語；棘爪在她眼底看見同樣的悲痛，也回想起她就是羽尾的導師；但這位河族的副族長並沒有試著過去安慰鴉羽，或許她曉得這個時候他不希望自己悲傷的記憶被人打擾。她蜷伏原地準備捕魚，褐皮跟松鼠飛也走到她身邊加入她，而棘爪則在蘆葦旁駐守，隨時保持警覺。他們對這個新領土究竟藏了什麼猛獸仍一無所知，如果四隻貓兒一起打獵，那麼就很容易成為飢餓狐狸的下手對象。

這兒一絲掠食者或兩腳獸的氣味都沒有，等到大家釣了好幾尾魚上岸後，還是沒有半點紛擾的聲音。

「棘爪，你不餓嗎？」松鼠飛朝他踱步而來，將咬在嘴裡一條鱗片閃現銀光的肥美魚兒放在地上，然後開口問道：「還是你忘了該怎麼捕魚啦？」

「我正在看守……」他回嘴道。不過當他看見她翠綠雙眼閃爍的微光，原本呼之欲出的話語突然就此打住。

「你這個鼠腦袋，」她噗哧一笑，伸出一隻前爪將魚兒拍到他面前。「我當然非常清楚你在做什麼，而且這隻魚也夠我倆吃了。快過來一起吃吧！」

棘爪一坐到松鼠飛身旁，褐皮立即瞇起雙眼打量著他。「你們似乎很親近嘛，」她輕聲說道：「我看也沒必要問星族你未來的伴侶會是誰嘍！」

棘爪尷尬地蠕動身軀，對於其他貓兒八卦他要選擇與誰共度此生，他感到不太自在；不過後來想想，這也沒什麼大不了的，他沒有理由掩飾自己對松鼠飛的情感，尤其在自己姊姊面前，更沒有必要。「這樣一來，星族也可以少一件需要操心的事了。」他語調輕快地回嘴。

吃飽後他站起身，伸出舌頭繞嘴舔了一圈。「現在要上哪兒去？」他問道：「要回湖畔還是到下游走走？」

「我想要到下游探險，」霧足喵道：「我們可以看看那裡適不適合紮營。」

棘爪點點頭，而其他貓兒也排成一列沿著溪邊走，將湖泊拋在腦後。棘爪讓霧足帶隊，因為只有她最清楚哪裡才是河族紮營的完美地點；就棘爪的認知來說，放眼望去，有很多地方她的族貓都會覺得無拘無束、舒適自在：蘆葦苗床、滿是獵物的刺藤灌林叢，還有不絕於耳的潺潺流水聲。不久之後，他們的眼前出現一條涓涓細流，那道細水流經布滿蕨類和青苔的小坡，然後注入底下的主流。榛樹和刺藤遮蔽了兩條溪流間的土地。

「實在太棒了！」霧足頓時眼睛一亮；她彷彿忘了大夥兒必須提高警覺、注意危險，飛也似地躍過主流，跳過一個又一個卵石組成的小島，最後停下腳步。她抬頭深吸一口空氣，然後消失在矮樹叢中。

「看來河族找到新家了。」褐皮下了一個註解。

「事情可還沒確定呢，」鴉羽不留情面地提醒她。「領土該如何畫分，這得交由族長們來定奪。」

「這個嘛，別跟我說風族想在溪邊定居哦，因為我才不會相信。」松鼠飛反駁道。

「鴉羽說的沒錯，無須再為此事爭論不休了。」棘爪試著站在中立的角度發言，但他不免感到些許妒忌。這個地點的確是河族完美的棲身之處，但對雷族來說，也是相當不錯的落腳地——好吧，雖然他們以前從未在森林裡捕過魚，但他們可以學啊，而且這裡生長茂盛的樹木也可以為他們帶來取之不竭的林中食物；然而棘爪不會選在此刻發言，免得壞了霧足的興致，在他們勘查一切之前，不能做出最後的決定。「幸運的話，希望我們都能找到適合大家定居的地方。」他堅定地喵道。

霧足沒過多久就回來了，她的尾巴在空中高舉，雙眼洋溢著心滿意足的光芒。「我全都勘查仔細了，」她喵道：「河族絕對可以在這裡紮營。我們繼續向前走吧，看看能不能幫你們三族也找個定居之地。」

棘爪試著不被她沾沾自喜、自鳴得意的語氣所激怒，她的言下之意好像河族已經找到合適的住所，她肯陪其他貓兒繼續探勘這片新大陸，是給大家好大一個面子。棘爪壓抑怒火、試著平心靜氣地帶領眾貓到主流的另一頭與霧足會合。他們又拐回頭，朝湖泊的方向前進，途經剛才停下來捕魚的地方，然後鑽出樹林，來到一片與下頭湖濱相鄰的曠野。前方不遠處就是兩腳獸的「半橋」，現在他們離這個建築物的距離較近，而棘爪在空氣中嗅出一絲微弱卻又熟悉的氣息。

「附近有個轟雷路！」他嘶聲叫道。一想起兩腳獸如何蹂躪森林，將大樹連根拔起，徒留滿是泥漿和慘不忍睹、不復以往的景象，他雙肩的毛髮就頓時豎起，溫熱的血液也瞬間降到冰點。難不成兩腳獸跟牠們的怪獸也要將他們從這裡驅離嗎？

站在他身邊的松鼠飛四爪緊扣土地、毛髮直豎，好像親眼目睹自己親愛的家園再一次遭受摧殘。

「我沒聽到怪獸的聲音，」霧足冷靜地喵道：「我們一塊兒過去瞧瞧。」

她向前邁出一步，往後瞄了一眼，發現沒有半隻貓肯跟她一起走。「聽著，」她又開口說道：「我們曾經住在老轟雷路無數個年頭，而牠們也從來沒有傷害過任何一隻貓咪，所以只要我們小心謹慎，就不會有事。這個轟雷路相較之下安靜多了——今天我們連一隻怪獸怒吼的聲音都沒聽到，沒有必要為了這件事怕東怕西的。現在讓我們一探究竟吧。」

棘爪甩甩身體、抖擻精神；對於自己剛才稍微遇險，就嚇得魂不附體，將掌兵大權徒手讓給霧足，他感到些許惱怒。轟雷路的氣味愈發濃烈，而且他馬上就看見一道堅硬黝黑、如一條扁平大蛇般的痕跡蜿蜒地劃過草皮。這條刮痕比老轟雷路窄得多，正如霧足所言，這裡也沒有怪獸來回橫行。

「這是用來做什麼的？」鴉羽一邊發問，一邊走到湖畔。「你們看！它一路往下走，到湖畔就停止了。」

棘爪發現鴉羽說的對。轟雷路延伸至湖邊一個幅員寬廣的區域，那裡覆蓋著相同的黑色硬塊；而旁邊則是一個木製的兩腳獸巢穴。

「兩腳獸的氣味微弱而且陳舊，」褐皮說道：「我猜牠們好幾個月都沒到這裡來了。」

「你們看我發現什麼了！」

當棘爪看見松鼠飛冒險走上那座半橋，並向下凝視水面，頓時驚惶失措、呆若木雞。

「小心點！」他一面叫喚一面奔向松鼠飛，腳爪踏在木板上發出輕柔的聲響，每踩幾步木條就會不祥地咯咯作響。他試著不去想掉進這冰冷的灰暗湖水中，會是怎樣的一番滋味。

「你看！」松鼠飛傾身往橋下俯視，並豎起她的耳朵。

棘爪隨著她指引的方向定睛一看，發現湖上飄著另外一個兩腳獸的玩意兒。牠看上去就像向上翻轉的葉片，不過牠比真實的葉片大多了，而且還是木頭製造的。這個玩意兒被半橋擋住了一部分，所以他們在湖濱沒有發現到牠的存在。

「這是什麼東西啊？」

「兩腳獸稱牠為船，」霧足踱步上橋，對他們說道。她肩上的毛髮如今已塌了下來，而且看得出來嘎吱作響的半橋對她而言並不構成困擾。「牠們有時候會將這些東西帶來我們的河域——你們從來都沒見過嗎？牠利用這種玩意兒捕魚。」

棘爪試著想像一個兩腳獸蹲坐在這種船上，準備用牠笨拙的雙手釣魚。他無法相信兩腳獸的速度能捕捉到任何動物，不過既然霧足都這麼說了，想必這是事實。

「我想這裡就跟河流一樣，肯定是兩腳獸們在綠葉季才會造訪的地方，」霧足繼續說道：「這就表示我們現在不必為兩腳獸發愁。」

「不過等到綠葉季，我們就要開始煩惱了。」松鼠飛喵道。

霧足聳聳肩。「等時候到了再來操心吧。到時候到處都會是一片綠意盎然，我們可以跟以前一樣閃躲兩腳獸。」她抬起頭來直視棘爪和松鼠飛，而且她的視線也囊括了在半橋和湖畔相交之處焦急等待的鴉羽和褐皮。「我們的新家園當然也會有危險，無論我們在哪裡定居都一樣，」她喵道：「但我們千萬別忘了森林老家裡也有可怕的勁敵，即使在兩腳獸帶著牠們的怪獸肆虐樹林之前，也不例外。如果星族屬意帶領我們來此定居，並不是因為這裡完全沒有危險，而是因為我們可以像以前一樣，學習如何在險境下求生存。」

松鼠飛收斂情緒，謹慎地點了點頭，但棘爪卻捲起尾巴。他不喜歡霧足把他們當作焦慮不安的一群小見習生。她根本不曉得他們第一次到太陽沉沒之地的旅途中面臨過多麼兇惡的險境！他們見識的轟雷路比她這輩子跨過的還多，還有無數惡犬、充滿敵意的寵物貓、設下陷阱想獵捕他們的兩腳獸，以及那些飢腸轆轆，想將他們生吞活剝的狐狸……

「你要永遠待在這裡嗎？」松鼠飛從他身邊踱步而過，好奇地抬起尾巴轉頭觀望。霧足此時早已回到岸邊跟另外兩隻貓兒會合了。

「不，我也要走了。」棘爪低聲喃喃道。他跟著松鼠飛的腳步離開半橋，當霧足領頭帶著大夥兒走出林中空地、離開轟雷路時，他也試著不要表現得太過違抗。

「她是他們河族的副族長，」松鼠飛掉頭走到他身邊輕聲說道：「你不能因為她比我們更有經驗就責怪人家。」

棘爪正準備惡狠狠地說他們去太陽沉沒之地沿途上學到的磨練與經驗，比森林裡任何一隻貓兒都還多，但是當他看見松鼠飛那雙碧綠大眼滿懷同情地凝視著他時，剛到嘴邊的話語又吞了回去。如果他要把自己的情緒遷怒到她身上，那對她也未免太不公平了；如果他直率坦白地面對自己，他才應該為自己看見轟雷路就先嚇得魂飛魄散，害怕他們遷離家園的惡夢又會再度上演的事，而感到羞愧不已。

他伸長脖子舔了一下松鼠飛的耳朵。「我知道，」他喵道：「而且她說的每件事都千真萬確。走吧，別落在隊伍後頭了。」

於是他倆開始向前奔馳，當他們將兩腳獸地盤和半橋遠遠拋在腦後，往下一個區域前進時，棘爪頓時覺得心中如釋重負。

如今他們抵達了當初他從對岸臨時營區眺望的深綠汙點。跟他想的一樣，這裡是片松木林，誠如雷族老家中圍繞的樹林。他吸了幾口氣，但空氣中沒有一絲砍樹怪獸殘留的惡臭，而且土地平坦光滑，沒有怪獸走過的痕跡。

太陽西沉，餘暉照耀樹林，並在他們行經的路上投射昏暗的陰影。當斜陽掠過褐皮的肩頭，她玳瑁色的毛髮就宛如悶燒的火焰散發耀眼光芒，她的雙眼也閃閃發亮。

棘爪發覺不只是環繞砍樹區的樹林跟此地雷同；影族的老家以前也有許多松樹，不過後來變成一片溼黏的沼澤地，裡頭只長了幾棵發育不良的小樹。

「妳覺得影族會想要在這裡定居嗎？」他問他的姊姊。

「或許吧。」褐皮猛然抽了一下尾巴。「可是森林後方會有更多矮枝的樹木。要爬上這裡的樹，對我們來說並不容易。」

棘爪發現她此話不假。他們四周的松樹高聳參天，樹幹平坦光滑，即使是最低的樹枝也比貓還高。精力充沛的戰士或許還能將爪子深入樹幹、爬上松木，但對長老、貓后和他們的小貓而言，卻顯得困難重重。一旦他們遭受狐狸或獾的襲擊，身體虛弱的貓兒將無處可逃。

「可是妳不能在樹林裡紮營啊，」鴉羽喵道：「如果要把這裡當作你們的版圖，妳得找到某個容易保衛營區的地方。」

褐皮點了點頭，環顧四方。影族的老家位於刺藤灌木叢下，那兒枝繁葉茂，幽深的環境使貓兒可以安心隱身其中，而且帶刺的枝葉即使是好奇心最重的狐狸，也只能卻步不前、望而興嘆。「這裡我找不到任何隱密之處。」

土地從湖濱緩緩向上綿延，自斑駁的樹影間向外觀望，湖水宛如一條閃閃發亮的銀絲帶。棘爪放眼望去，林間的土地平滑乾淨，有幾株零星的矮樹叢生長於其中，或許在裡頭可以找到一些獵物。他嗅了嗅空氣，除了他們自己身上的氣味之外，最強烈的味道就是松鼠——可是貓族總不能只靠著守株待「松鼠」維生吧。

棘爪為他姊姊的處境深感同情。他們離開的森林中，影族居住的地理位置最為陰鬱，也最不討喜：一半是沼澤，一半是擁有幾株高大樹木的矮樹叢。他一直懷疑影族貓兒憂鬱的內心世界，是源自於他們陰暗的生存環境，這種性格也並非令人生厭，但一般說來貓兒應該要比較活潑外放才是。

「前面或許又會有另一種景象，」為了鼓舞士氣，他開口說道：「我們遠離湖邊吧。」

褐皮領著眾貓小心翼翼地爬上山坡。濃密尖刺的針葉減輕了他們的腳步聲；一路上萬籟俱寂，就連他們的貓叫聲這時也顯得出奇的響亮，於是漸漸地每隻貓兒都開始保持沉默。棘爪還居然差點被一隻扯開嗓門鳴叫、振翅飛入天際的鳥兒嚇得魂不附體。

松鼠飛在一堆淡黃色的菌類植物面前聞了又聞，然後往後退了幾步、嫌惡地噘起嘴唇。「我才不想住在這種鬼地方咧，」她對棘爪輕聲嘀咕。「你覺得還有必要繼續往下走嗎？」

「這得交由褐皮決定，」他答道：「畢竟這裡看起來比其他地方更適合影族居住。」

於是大夥兒繼續向前走，不過走了沒幾步路，霧足就停下腳步。「這怎麼成？」她喵道：「我們離大湖愈來愈遠了，而且很快就要天黑了。」

「我得幫影族找個地方紮營啊！」褐皮固執地說道。

「可是族長是派我們來巡邏湖泊的。」霧足的尾巴不覺抽搐了一下。「我們不能一直在同一個地方浪費時間。妳剛才自己也說了這些樹木讓妳想起老家，所以或許這裡可以當作影族的版圖啊。」

「那妳覺得我該如何向黑星稟告未來我們將要落腳的家園？」褐皮的話鋒轉為激烈，頸上的毛髮也開始豎直。「即使影族要分到最糟糕的領地，妳也覺得無所謂吧。如果我們沒有地方可以紮營，那就算了，是嗎？」

霧足的脖子頓時也怒髮衝冠。「影族還真難相處！」

「對妳來說根本沒差，對不對？河族早就把地盤料理妥當了。我們一發現那條溪，妳就馬上宣示你們的所有權！」

霧足火冒三丈地發出嘶嘶叫聲，並旋即亮出利爪；棘爪一看情況不對勁，立刻出面擋在兩隻正在氣頭上的母貓中間。一方面他很同情褐皮的處境，另一方面如果她真的跟河族的副族長打了起來，肯定會把局面搞得一發不可收拾。不論誰受了傷，在既沒有巫醫又沒有治病藥草的情況下，眾貓根本沒有辦法處理傷勢；更何況如果自己人都已經開始內訌，他們又該如何完成這項任務？

「褐皮，住手！沒有任何貓可以強迫影族在你們不喜歡的領土定居。」

「哼！」褐皮瞪了霧足最後一眼，然後轉身離去。

「我想我們應該再往前走一會兒，」棘爪對霧足喵道：「我們得找個地方過夜。」

「我知道。」霧足聽起來還是火氣未消。「我只是覺得我們應該回頭往湖邊走。」

「可是——」棘爪話剛到嘴邊卻突然打住不說。此時吹起一陣微微涼風，飄來一種意想不到的氣味。「這裡還有別的貓兒！」他驚叫道。

「什麼？」松鼠飛頓時一躍而起。「在哪裡？」

棘爪的雙耳轉到他們將要前往的方向。「在前面。」

「他們一定是無賴貓或獨行貓，」鴉羽的語氣似乎頗為憂心。「又或許已經有別族的貓兒在這裡宣示主權了。」

這個想法讓棘爪一時之間也憂慮起來；不過一想起湖面上星光閃爍的倒影，他又立即重拾信心——如果星族將他們帶來此地，就絕對不會有其他戰士祖靈看管庇護這塊土地；當族貓們行經山區時，星族已銷聲匿跡，結果果然是殺無盡部落在看守他們的老家。

「或許他們只是路過而已，」他喵道：「不過我們應該去一探究竟。」

「我不認為這有什麼重要性。」但當棘爪準備開口辯駁時，霧足卻又搖搖尾巴。「好啦，好啦……不過，到時候就要請你跟族長們報告為什麼耽擱了這麼久才回去。」

「好啊。」棘爪接受她的條件，然後朝著氣味的源頭往樹林裡走。沒過多久，他們就來到粗陋灰石做的一面矮牆，牆後是一個兩腳獸的巢穴。

「兩腳獸！」褐皮嫌惡地叫道：「我們聞到的想必是寵物貓的味道。」

松鼠飛骨碌碌地轉動眼珠。「寵物貓有啥好大驚小怪的！」

「你們待在這兒，」棘爪溫柔地喵道：「我去前面看個仔細。」

「有什麼好看的？」霧足不耐煩地抽動尾巴，不過等到棘爪躡手躡腳地邁步向前時，她就閉上嘴巴、不再發言。

他緊貼地面匍匐前進，等到接近矮牆時旋即一躍而上至牆頭。此時此刻陽光幾乎已消失了蹤跡，陰影籠罩著兩腳獸的花園。沒有半點風吹草動。棘爪正要跳入花園一看究竟時，突然聽到身旁傳來爪子摩擦石塊的聲音，接著是松鼠飛的驚叫聲：「貓薄荷！」

「我不是叫妳乖乖待在後頭嗎？」棘爪嘶聲說道。

松鼠飛卻一臉無辜地說：「有嗎？真是抱歉。總而言之，如果巫醫們知道我們找到貓薄荷了，一定會很感興趣。」

「這聞起來的確很香，」棘爪心不甘情不願地承認。「如果妳現在一定要來的話，就請跟在我身邊；還有，看在星族的份上，拜託妳保持安靜！」

他縱身一躍，跳入花園裡一叢兩腳獸種的鬚狀植物後面。松鼠飛也輕巧地落在他身旁，他倆一塊兒輕手輕腳地走近兩腳獸的巢穴。寵物貓的氣味愈來愈濃烈，棘爪心想：這兒有兩隻貓兒。他正準備建議返回時，兩腳獸的巢穴裡忽然冒出一道亮光，對於這突如其來的黃色光芒，他只能猛眨眼睛。他本能地閃到一邊、退回陰影處，然後看到一隻兩腳獸出現眼前、拉上兩塊皮毛遮住光源。

「松鼠飛？」他輕聲叫喚。「妳在哪裡？我們趕緊離開這裡。」

光點的另一頭傳來松鼠飛的聲音。「呃……棘爪，你或許再考慮考慮。」一下子由明轉暗，棘爪一時之間無法看到松鼠飛。當兩腳獸將最後一點亮光遮住之後，他終於在巢穴牆腳發現她的身影。只見她弓起背脊、豎起寒毛，看上去簡直就是她平常體積的兩倍大。兩隻怒氣沖天的寵物貓面對著她，並將她困在牆邊。

棘爪不可置信地凝視著眼前的光景。即便他們旅途一開始就遇上充滿敵意的寵物貓，他仍然相信絕大多數的寵物貓都是身材嬌小、個性溫柔——對一個受過專業訓練的戰士來說，完全不構成威脅；但是眼前這兩隻寵物貓看起來卻精瘦結實，而且兇惡異常，他們光滑柔順的皮毛下鮮明地印刻出健壯的肌肉——最靠近他的是一隻黑白相間的大公貓，他其中一隻耳朵有個鋸齒狀的裂口，證明他也是個老戰士。

就在棘爪呆若木雞地站在一旁時，那隻公貓突然朝松鼠飛襲擊。只見她身子向後退縮，發出淒厲暴怒的嘶吼聲。「離我遠一點，你這隻寵物貓！」

棘爪發出一聲怒吼，從花園另一端向那隻黑白相間的寵物貓直衝而來，他火速奔向那隻公貓，棘爪一拳將他摺倒，並試圖把他壓在地上。那隻公貓在他下方痛苦地扭動身體，伸出利爪刮傷棘爪的臉龐，再用後腿往他肚子踹了一腳；此時棘爪聽見松鼠飛發出一聲刺耳的尖叫，並瞥見她跟另外一隻淺褐色的虎斑貓糾纏在一起，在地上打滾。

恐懼如冰冷的海浪襲上他的心頭。經歷這趟旅程的種種折磨，他們變得消瘦疲累，根本不是這些身強體健、營養充足，而且好勇鬥狠的貓兒的對手。

他想在那隻寵物貓喉頭狠狠咬下一口；然而，當他的大嘴還沒來得及接近對方的皮毛時，黑白相間的公貓冷不防地舉起他的雙肩、將他拋開。棘爪頓時覺得寵物貓反壓在他身上，並看見對方雪白的利齒緊咬他的耳朵不放。他感到貓爪在他側翼猛扒，只能徒勞無功地用後腳狂踢敵人的肚子。

突然寵物貓的重量消失了，棘爪上氣不接下氣地從地上爬起來，看見霧足在那隻黑白相間的公貓肩上出了一記重拳，又趕在他一躍而起、正面迎敵之前，從他眼前溜走；霧足趁他重心不穩之際，跳到他背上，用力咬住他的頸背。

在另一頭，只見那隻虎斑貓擺脫松鼠飛的糾纏，跑到巢穴旁邊大聲號叫。棘爪看見褐皮和鴉羽急速往花園奔來，但在他們加入戰局之前，兩腳獸巢穴的門打開了。一隻兩腳獸站在門口，發出一個巨大刺耳的聲音，只見某個東西掠過棘爪的頭頂，然後重重落在灌木叢中，這個聲響引開了霧足的注意力，於是那隻黑白相間的公貓有機會從她的爪下竄逃，飛也似地跑進巢穴。兩腳獸走進花園，門口的亮光下映照出牠充滿威脅的纖長身影。

「快跑！」霧足嘶聲叫道。

確定松鼠飛也跟上腳步後，棘爪就火速奔向矮牆。又有東西重擊他身後的土地，而且兩腳獸又發出一聲怒吼。他縱身一躍，爪子在粗石塊上胡亂扒找，然後重重落在矮牆另一頭的地上。接著他往樹林的方向奔逃，而其他貓兒也緊跟在後；一直到看不見兩腳獸的巢穴，他們才停下腳步。

「這下好了！」霧足氣喘吁吁地說。「棘爪，或許下回你就肯聽我的忠告，並且思考一下我們的探險的極限。」

棘爪低著頭，羞愧之心如一把烈火，將他渾身上下燒得一片荒蕪。如此接近兩腳獸地盤的巢穴，實在是非常愚蠢的舉動。他蠢到想要賣弄炫耀自己的才能，證明自己是個多麼優秀的領導人。「霧足，我很抱歉。」他喃喃道。

「你的確應該道歉。你剛才很有可能身負重傷，或被兩腳獸抓起來。」這位河族的副族長尖酸刻薄地說道；她環顧四周，接著又說：「你知道我們現在身在何方嗎？」

這時棘爪才赫然發現他們剛才並不是逃往來時的方向。四處林立著高聳的松樹，讓人無法掌握一絲湖泊可能的位置。天色已經完全暗下來了。

「我看你也不知道，」霧足繼續苛刻地說道：「大夥兒現在迷失在陌生的樹林裡，眼看天色也暗了。我們最好找個地方過夜，並且祈禱明天一早我們能找到回到湖畔的路。」

這回她重掌帶隊的兵符，高翹尾巴、趾高氣揚地在林間穿梭。褐皮和鴉羽跟在後頭；只見褐皮同情地瞄了她的弟弟一眼，低聲輕語道：「我知道你出於一片好意，純粹只是想幫忙而已。」

棘爪聳聳肩。他無法為剛才自己的所作所為辯護——多虧了霧足，他才能毫髮無傷地從寵物貓強烈的攻勢下逃脫。他一直垂頭喪氣地走在隊伍後頭，就連松鼠飛掉頭過來用鼻頭熱情愛撫他時，他也幾乎沒有抬起頭來。

「開心一點！」她喵道：「事情沒有你想像的那麼糟；至少如果影族要在此定居，我們知道要警告他們什麼事。」

「黑星絕對不會希望那兩隻寵物貓出現在他的領土內。」棘爪嘀咕道。

「哦，這點我就不敢保證了。」松鼠飛眼裡散發狡黠的光芒；她向其他貓兒的方向瞥了一眼，確定褐皮不在聽力所及的範圍後又說：「如果你問我的話，我會說影族會徵募這些寵物貓，擴充軍力呢。」

棘爪聽了噗哧一笑。「快走吧；我可不希望我們落在後頭了。」他們趕忙加緊腳步，一蹦一跳地跟在眾貓後頭，兩隻貓兒在林間小道奔馳穿梭，皮毛頻頻掠過鄰近的枝葉。坡道開始變得愈發陡峭，到處可見突出的岩石；棘爪一不小心被隆起的石塊絆到腳爪，不由得放慢腳步；草叢和矮小的灌木在岩石間的縫隙間蔓生，獵物的氣味也愈來愈濃烈。

褐皮率先抵達山頂，停在平坦的巨礫上回頭叫道：「快來看看這個！」

霧足和鴉羽跳到她身旁，棘爪跟松鼠飛也緊跟在後。雖然太陽西沉、黑暗籠罩大地，棘爪還是可以看到地上有個寬而淺的窪地，半隱在濃密的有刺灌木下。半圓的月兒在縷縷薄雲間若隱若現，在窪地周圍的樹上投射似水柔和的光暈，而那些多節瘤的樹枝幾乎都要拂過土地。

松鼠飛用舌頭舔了舔褐皮的耳朵。「這是影族紮營的好地方！」她低聲說道：「要不是棘爪沒去尋找那些寵物貓，我們永遠也不會發現這個地方。」

霧足有些惱怒卻又像被逗樂似地瞥了她一眼。

「或許這裡會是個好營區。」褐皮試圖保持鎮靜，但棘爪還是看得出來她此刻興奮異常。「不過至於影族要不要搬到這塊領地，還得交由黑星決定。」

「至少可以將這裡納入其中一個選項，」霧足喵道：「一旦有機會澈底探勘，妳可能會找到更滿意的地點。」

「不過現在時間太晚了，今晚我們沒辦法再向前走了。」鴉羽說道。

「你說的對，」松鼠飛深表贊同。「連我的腳爪都要不聽使喚打起瞌睡了！今晚我們要在哪裡就寢？」

棘爪認為大夥兒可以到窪地裡的灌木叢下睡覺補眠，可是他們剛才爬過的坡底有積水，而他這時也口渴難耐。他小心翼翼地走下山坡，其餘的貓兒也跟在後頭。

當霧足蜷在他身旁舐水喝時，棘爪問松鼠飛：「妳想要打獵嗎？還是說等明天早上我們再來狩獵呢？」

「明天早上好了，」雖然這個問題不是針對松鼠飛而來，霧足卻搶著回答。她打了好大一個呵欠。「我已經累到即使有老鼠坐在我爪子上，我也沒力氣捉住牠了；再說，我們今天吃的東西多到可以餵飽全貓族了！」

棘爪知道她言之有理。過去在森林裡，曾經有好些日子貓族找到的獵物，都沒有比他們巡邏湖區獵到的多。

當眾貓全都輪流喝完水，他們就在坡底的草地上準備就寢。霧足安排大家分次守夜，而鴉羽負責率先站崗。當棘爪舒服地蜷在松鼠飛身旁，他可以在黑暗中看到那隻風族戰士的豎直耳朵的輪廓。

他一邊心想：今天進行得很順利，一邊閉上眼睛。我們為兩個部族找到日後可能會落腳的家園。但是雷族要住哪兒呢？會不會沒有適合我們的地方可住？

第四章

當巡邏隊隔天一早，準備啟程返回湖區時，天氣看起來不太好，烏雲也遮蔽了太陽。棘爪朝著大家認為是正確的方向前進，不過當他聞到某種氣味記號時，突然停下腳步，並在樹林間發現兩腳獸的圍牆。

「好噁心！」松鼠飛噘起嘴說道。「這個味道簡直比狐狸屎還糟！那些寵物貓肯定早就在這裡做下記號，把這兒當作是自己的地盤了。」

巡邏隊戒慎恐懼地繞過氣味記號的邊緣；讓棘爪寬心的是，這裡並沒有滿懷敵意的貓兒等著他們。看著眼前兩腳獸的巢穴，他回想起昨晚大家是從哪個方向來的，而且沒過多久大夥兒果真越過了之前遺留的氣味軌跡。

「往這裡走！」棘爪喵道。

一道寒風拂過松樹枝頭，當眾貓抵達湖濱之際，他們就真實地感受到冷風強勁的威力。

棘爪轉身正面迎風，涼颼颼的疾風將他兩側的毛髮都吹平了，他猜大家應該已經繞著湖走了半圈了；回頭眺望他們走過的路，他可以在一片淺綠的山丘之中看見島嶼的那一塊黑點；灰暗的湖面波濤起伏不定，烏雲籠罩著天際，湖泊的水量也因為下雨而頓時大漲。

「雨下得還真是時候啊！」褐皮忍不住開始發起牢騷，將她的鼻子塞進自己胸前。

棘爪搖尾示意，叫其他貓兒跟著他返回樹林。「我想我們應該找個地方避雨，」他向眾貓提議。「這裡樹多，比較能擋風遮雨。」

「只要我們別再迷路就行，」霧足發出警告。「待在可以看到湖水的地方好了。」

眾貓都很高興能夠避開寒風。他們挪動身軀，沿著外圍的樹木行走，讓湖水一直保持在自己視線範圍內，不敢貿然走向空曠的湖濱。

沒走多遠，大夥兒就隱約聽見鴉羽發出一聲喃喃，只見他開始疾馳狂奔，他的尾巴在身後隨風飄揚。棘爪先聞到一陣松鼠的氣味，隨後就發現這隻灰毛的小動物在其中一棵樹底下啃食松果；牠一見到鴉羽疾衝而來，馬上驚慌地豎直耳朵；小松鼠扔下松果，往樹上奔逃；可是鴉羽的速度更快，他縱身一躍，抓到松鼠的尾巴，然後將牠拖回地上。最後只見他嘴裡叼著松鼠軟弱無力的身體蹚了回來。

「抓得好！」松鼠飛喵道。

鴉羽點點頭，將獵物扔在眾貓面前。「來吧，一起把牠吃了。」

棘爪蜷伏在其他貓兒身邊分食獵物，內心卻蠢蠢欲動，渴望快點動身前進。族長們希望他們能在天黑之前返回臨時營區，並向他們稟報自己的所見所聞，可是眼前還有好多未知的土地等著他們探索，而且還有兩個部族還沒找到可供未來定居的家園。

「我們走吧。」一等大家吃完，他馬上開口說道。好險霧足並沒有反對，只是伸出舌頭繞著嘴巴舔了一圈，然後跟他一起以穩健的小跑步在林間穿梭。

棘爪的腳爪因為情緒激動而隱隱作痛，今天可能就是雷族找到新家的大日子！河族跟影族已經找到他們理想的定居地，而且他猜想湖泊另一頭的山脊應該會很適合風族。在他內心深處，為他的族貓找到安身立命、安全無虞的家園，才是棘爪最大的心願；即使他們森林裡的老家十分接近轟雷路和兩腳獸地盤，對雷族來說還是個適合居住的好地方。究竟他們能不能在這裡找到跟老家一樣好的新居呢？

他的姊姊——褐皮彷彿可以看穿他的心思，走到他身邊用口鼻飛快地觸碰他的脅腹。「在想什麼心事？」她喵道。

「沒事啦，我很好，」他一方面安撫她，一方面也試圖說服自己。「等到我們幫雷族找到新家，我想我就會高興起來了。」

「還有好長一段路要走呢！」褐皮為他加油打氣。

他們很快就走到一條在林間蜿蜒的大道。原本遮風蔽雨的松木針葉轉變為矮小的青草地；草地裡三不五時就冒出幾個積水的凹坑，形成許許多多的小池塘。

「有馬兒來過這裡。」鴉羽繞過其中一個水坑說道。

褐皮嗅了嗅空氣。「還有兩腳獸的味道喔！可是現在還看不見牠們的蹤影。」

霧足抬頭凝視鄰近路邊的一棵樹。「那是個兩腳獸的玩意兒。」她向眾貓回報，翹起尾巴指向頭頂上方的某個東西。

棘爪朝她指引的方向看去，只見一個材質堅硬、閃閃發亮的圓形物體繫在樹上。那是個蔚藍色的東西，跟轟雷路上某些怪獸的顏色一樣光彩奪目。

「你覺得這有什麼用途？」松鼠飛問道。

「或許這是兩腳獸用來劃分地盤的氣味記號吧，」棘爪答道：「這條路可能是兩塊版圖之間的邊界。」

這個記號似乎不會造成什麼危險，不過眾貓還是一邊行走，一邊小心翼翼地環顧四周。棘爪一想起自己以前從來不會這麼膽小怕事，這般畏懼兩腳獸，就不禁火冒三丈；直到兩腳獸把牠們的怪獸帶進森林，並把所有抓到的貓兒全都關進狹小的兩腳獸巢穴，他才真正了解到兩腳獸的可怕。如今他懷疑自己如果再度遇上兩腳獸，是否能像從前那樣若無其事。當眾貓終於抵達大道另一頭的樹下時，他才如釋重負地鬆了口氣。

能擋風遮雨的松樹逐漸變得愈來愈少，疾風撩撥眾貓上方的枝葉，一陣松木針葉雨頓時撒落在他們頭上，雨水也如巨浪般傾覆在貓兒身上。

「只要給我一個溫暖的小窩，要我做什麼事都可以！」松鼠飛一邊埋怨，一邊甩掉耳朵上的雨滴。

他們邁著沉重的步伐繼續前行，來到樹林盡頭，眼前是一片四正八方的青草地。在樹林邊緣，眾貓又行經另一條兩腳獸路，不過這條路比第一條來得較為狹窄；走了一陣子後，腳下的青草漸漸變得稀疏，如今整個世界都浸溼在水氣之中，所以貓兒們什麼氣味也聞不到，棘爪唯一可以確定的是這兒目前沒有兩腳獸的蹤跡。

「那裡又有一座半橋。」他將耳朵朝向伸出湖泊上方的木製建築物，對眾貓喵道。只見大雨紛紛飄落湖面，並劈哩啪啦地打在木頭上，松鼠飛在這個節骨眼上完全沒有興致過去探索半橋。

走出樹林，他們小心翼翼地越過空地，大夥兒緊挨著地面匍匐前進，矮小的青草不斷拂掠貓兒腹部的毛髮。眼下除了雨聲和寒風吹過樹林的窸窣聲外，可說是萬籟俱寂。從這裡貓兒可以完整地看到湖泊的全貌，棘爪發現他們將進入最後一片樹林，然後就要抵達光禿禿的山脊；翻過山頭就是兩腳獸豢養馬兒的地方，再走下去就會來到雜樹林，而那兒正是四族貓兒等待他們回報新居概況的臨時營區。如果風族要占領山丘，那麼現在就是雷族尋找新家的最後機會了。

棘爪一聽見淙淙水聲，立即豎起耳朵。這兒鄰近水源，有沒有可能成為族貓們紮營的好地點呢？

「一定還有另外一條溪流。」鴉羽也聽到流水聲，對大夥兒說道。

他們往下坡走，腳下踏的已不是蒼翠的青草地，而是一顆顆的鵝卵石，只見小石頭消失在一條寬廣的急流下。這條溪不像河族可能紮營定居的溪流，這裡完全沒有踏腳石或小島可供貓兒跨越。

「我們必須涉水而過，」褐皮說。「看起來水並不深。」

她走向溪邊，將一隻腳伸進水中，然後嘶地慘叫一聲，趕忙將腳抽了回來——顯然溪水非常冰冷；只見她甩甩毛髮、抖擻精神，才又再度鼓起勇氣走進溪中，她小心翼翼地抬起腳步、在又溼又滑的鵝卵石上行走。比起昨天他們駐足捕魚的第一條小溪，這裡的蘆葦明顯稀少許多，連灌木或其他矮樹叢都很少見。棘爪突然感到一陣失落，這裡並不適合紮營，尤其是附近沒有兩腳獸蹤跡的地方格外如此。

「走到中間的時候，千萬要小心一點！」霧足叫道：「那裡有時會有一些水面上看不見的凹洞，而且溪水可能會突然變得很深。」

現在溪水幾乎已漲到褐皮的肚子。她停下腳步，沒有轉身，逕自點了點頭然後更加謹慎地往前走。棘爪跟眾貓也跟著踏上卵石；鴉羽一個不小心，從一顆鬆散的石塊滑落溪中，他發出一聲駭人的尖叫，激起陣陣水花，勉強將頭探出水面，最後終於保持住身體的平衡。

褐皮跳到下一個石塊上，然後奮力抖動全身，將毛髮上的水珠甩掉。「你們不會有事的，」她對其他貓兒叫道：「剛才根本用不著游泳，我就走過來了。」

又溼又冷，他身旁的霧足卻自信滿滿地涉水而過，好像跟走在乾爽的平地沒什麼兩樣；棘爪發現她一直在注意松鼠飛，因為她是所有貓兒中腿最短的，而且必須把頭往後仰，以免溪水跑進她的口鼻。

溪流的另一頭是另一片廣闊的草地，草地後方還有更多樹木。棘爪手忙腳亂地爬上對岸，耳朵也因浸到溪水而溼透；只見他火速奔向樹下躲雨，可是這兒的樹葉早已凋落，根本無法遮風避雨。

他蜷縮在樹下等待其他貓兒上岸，試著拼湊出這裡綠葉季的樣貌：綠意盎然的青草和茂盛的蕨類，他頭底的樹枝也會長出窸窣作響的濃密綠葉。可是這裡現階段的土地潮溼且讓人感到不適，放眼望去，他也遍尋不著老家那些有刺灌木和榛木。

話說回來，至少這裡的樹木是橡樹和山毛櫸，而並非他們剛才離開的那種松樹林。橡樹和山毛櫸中是老鼠和鳥類最喜歡的棲身之處，這兩種動物剛好就是雷族最習慣狩獵的對象。棘爪的心情為之一振，不過仍然對兩腳獸的種種徵象感到憂慮不安——像是兩腳獸的轟雷路、那些繫在樹頭上顏色鮮豔的記號，以及半橋。他不知道自己是不是神經過敏，才覺得這裡兩腳獸的蹤跡比老家還多，棘爪甩甩腦袋，試圖將一切的雜念拋開。

「你覺得如何？」霧足這時跑了過來，在一旁慫恿他。

棘爪還沒來得及回答，就看到松鼠飛縱身一躍、跳上岸邊，然後拖著腳步在草皮上被丟棄的山毛櫸果殼間行走。

「地上有這麼多果殼，想必這裡會有很多松鼠。」她喵道。

霧足眯著雙眼試探棘爪的反應，而他則試圖表現出自己沒有開始放棄幫雷族尋找家園的理想。「我們要不要先休息片刻？」她提議道：「找個可以躲雨的地方，並祈禱雨快點停。」

「祈禱一隻獵物也打不著吧。」當鴉羽跟褐皮上岸時，他倆同時將耳朵上的水珠甩落，而鴉羽也順道諷刺地說道。

「霧足，這個主意不錯！」棘爪喵道。

「只要我們找得到躲雨的地方就行。」褐皮也加入話局。

「那我們一起往樹林深處走，」霧足做出決定。「從溪邊吹來的風兒比較寒冷。」

於是眾貓沿著一條傾斜的路線走進樹林，往湖泊相反的方向前行。當後方閃耀亮澤銀光的水波還在他們的視線範圍內時，大夥兒已經來到一棵聳立在眾山毛櫸間的古老的參天古橡前。橡樹盤根錯節的根部周圍，土地凹陷進去，而且還能聞到一股模糊久遠的野兔氣味，彷彿這裡曾經是個兔子洞；盤繞歪扭的根部有足夠的空間讓所有的貓兒都蜷伏其中，雖然還是會有稀疏的雨水彈進來，但至少貓兒可以避開強勁的風勢。

棘爪偎依在松鼠飛身旁，開始輕舔她頸邊和肩上的雨滴。

「這比我們旅途中經歷的冒險還要困難，」過了一會兒，她低聲喃喃道：「這一路上，我們費盡千辛萬苦、遭遇種種劫難，還有我們差點功敗垂成、功虧一簣的時刻，而現在我們必須決定部族新居的地點。這跟我想像星族直接帶領我們前往一個舒適安全的營地，有很大的差距。要是我們下了一個錯誤的決定，那可怎麼辦？」

她一語道破了充斥在棘爪內心深處的恐懼，他不再舔她，凝視著她森林般蒼翠的碧眼。

「我也覺得一路上的冒險比決定版圖要容易得多。」他坦承道。

松鼠飛望著洞外，眨眨眼睛，將睫毛上的雨水彈掉。「這些樹木正是我們想要的，但是這裡跟老家相比，就顯過太過空曠。如果遮蔽物不夠多，雷族就會沒有安全感。」

「或者如果到處充斥著兩腳獸的話，我們也一樣無法在此安居。」棘爪說。

「拜託！」褐皮不再輕舔自己胸前的毛髮，抬頭正視著他。「森林老家裡，還不是一樣到處都是兩腳獸。如果當初那不是個問題，現在也不會對我們構成問題。」

她講的很有道理，但無論如何，棘爪都知道自己想要一個安全無虞的新家，而他在這裡卻沒有一絲安全感，至少現在沒有。

「等到了新葉季，這裡看起來就會好多了，」霧足試著鼓舞他的士氣。「每個地方都會好多了。」

「嗯……」松鼠飛挪動身子，輕舔她尾巴根部潮溼的毛髮。「不管怎樣，我們還是得找個營地。」

「你根本還沒開始探索這塊土地呢！」鴉羽也說道。

「我知道。」棘爪下定決心不再憂慮，並全神貫注、用力多舔了松鼠飛幾下。

她張開大口打了個呵欠。「遇上這種傾盆大雨，真是沒轍。再這麼下去，就連我身上的毛都會被雨沖跑了。」

棘爪停止舔她的動作，轉而將口鼻擱在松鼠飛溫暖的脅腹上。他才剛開始打盹，就感到松鼠飛蠕動身軀，在他耳邊叫道：「我想雨勢已經變小了。」

棘爪抬起頭發現避難處外頭的滂沱大雨，如今已轉為間歇性的小雨，風勢也漸趨和緩。瀰漫水氣的陽光散落枝頭，在枝頭上亂顫的水珠也因此閃閃發亮。

褐皮喵道：「雨終於散開了。」

棘爪手忙腳亂地從巨橡根部爬了出來，他抬頭凝望天際，發現已然日正當中。巡邏隊的其他貓兒也跟著爬出了洞外，霧足嗅了嗅空氣，而一旁的鴉羽則忙著整理他灰黑色肩頭的凌亂毛髮。

「要不要來獵點食物？」松鼠飛一邊說，一邊輪流伸展後腿。

「當然好嘍，」棘爪答道：「大夥兒可以沿途搜尋獵物，我們也可藉機看看這塊林地能不能滿足饑腸轆轆的貓兒。」

五隻貓兒開始在林中奔馳。棘爪一直豎起耳朵打探獵物的聲響，每走幾步路就停下來聞聞空氣中的氣味。起初他聞到的都是潮溼的葉片和溼淋淋的樹枝，一時之間他感到意志消沉。是不是因為這裡充斥著太多的兩腳獸，所以獵物全都逃之夭夭了呢？不過至少土地開始變得崎嶇不平，放眼望去，處處可見灌木林和枯槁的蕨叢，或許會有一些小動物藏身其中。

突然之間，他聽見樹底下落葉中有一陣輕微的腳步聲；同一時間松鼠飛也聽到了，並且朝聲音的來源飛奔。她的利爪在地上發出重擊聲，而那隻獵物——一隻田鼠——忽然冒出頭來，然後消失在一叢有刺灌木中。松鼠飛一邊探出鼻頭，一邊在牠後面追趕。棘爪發出憤怒的一聲呻吟——她應該要曉得在寧靜的森林中，絕對不能如此吵鬧地追逐獵物。

「看來她是捉不到了。」鴉羽說道。

眾貓目睹松鼠飛衝進灌木叢裡，原本在搖曳的樹枝間清晰可見她暗黃色的毛髮，但轉瞬間她就消失無蹤。從灌木中傳來一聲號叫，叫聲漸趨微弱，然後樹林又恢復一片寂靜。

「發生什麼事了？」褐皮驚叫道。

棘爪早就忘了要抓田鼠這回事，火速衝向有刺灌木。「松鼠飛！」他大叫。「松鼠飛，妳在哪裡？」

他急忙鑽進長滿荊棘的枝葉中。

「小心點哦！」霧足在後頭提出警告。

棘爪幾乎無法聽見她的聲音。彈力強勁的細枝啪地一聲打在他臉上，此時他又感到一根荊棘刺進腳底。「松鼠飛！」他再度扯開嗓門叫道。

「我在下面！」下方傳來松鼠飛微弱的回答。

棘爪往下一看，冷不防倒抽一口氣。在他眼前一尾長的距離，地面突然急劇下陷；如果再往前走個幾步，他肯定也會滑落洞底。

往身後一瞄，棘爪發現褐皮正從他身後湊了過來。「退後，」他警告自己的姊姊。「這裡有個懸崖，讓我先探探情況。」

棘爪將肚皮緊貼地面，向前匍匐行進，走到洞口探頭一看。煙掌墜落山間峽谷的往事歷歷在目，他已經有心理準備看到松鼠飛支離破碎的身體倒臥在洞裡深處的石塊上。不過，出人意料的是，她居然好端端地站在他下方三、四條狐狸尾巴長度的荊棘叢上，瞪大一雙碧綠的眸子仰視著他。

「松鼠飛！」他氣喘吁吁地說。「妳還好嗎？」

「一點都不好！」松鼠飛怒氣沖沖地喵道：「身上沾了這麼多荊棘，我覺得自己簡直跟刺蝟沒兩樣，而且我也沒逮到那隻該死的田鼠。不過我發現一個驚人的東西，快過來瞧瞧！」

「進去之後還出得來嗎？」

松鼠飛嘆了一口氣。「棘爪，你是隻膽小鼠輩嗎？快點下來，你一定得看看這個。」

棘爪渾身上下的毛髮都因為過度興奮而隱隱作痛。他轉頭瞥見巡邏隊的其他成員。褐皮仍留在原處，而霧足跟鴉羽則在她身旁焦急地凝視前方。

「松鼠飛有沒有受傷啊？」霧足大聲問道。

「沒有，我想她應該沒什麼大礙，」棘爪回答。「她想叫我下去看看。可以請妳幫忙留守盯梢嗎？」

霧足點點頭，於是棘爪回頭走到懸崖邊，他近距離地端詳懸崖，發現它並沒有峽谷那麼陡峭。雖然它的坡度陡，不過在突起的石塊和草叢上卻有許多可以供手腳支撐的地方。他就這麼半溜半爬地滑進洞裡，最後來到松鼠飛身邊；只見松鼠飛站在有刺灌木中，看起來蓬頭垢面的狼狽相。

「在那裡！」她轉了一圈，不耐煩地抽動尾巴。「看到了嗎？」

棘爪緩慢地轉動眼珠，順著她的目光望去。他們正站在一叢有刺灌木的邊緣；一個綠意盎然、幅員遼闊的空地在他們眼前展開，這個空地的四周圍繞著一道石牆。他跟松鼠飛剛才下來的地方，圍牆相當低矮，但他們往空地的對面望去，那堵牆卻足足比他們頭頂還高了好幾條狐狸尾巴的長度。

「好險妳沒從那邊掉下來。」他喵道。

「對，我知道。不過你到底有沒有看到啊，棘爪？」松鼠飛問道：「這裡就是雷族的新營地啊！」

「什麼？」

「你看啊，」她堅持道：「這裡實在太完美了。」

棘爪拔掉毛上一根荊棘，走向空地中央。環顧四周，整面石牆將他團團包圍，只在不遠處有個裂縫，縫裡塞滿了枯槁的蕨類和長鬚又多種子的葉柄。棘爪的周圍還有更多荊棘，他還可以看見一、兩個可能通往牆頭洞穴的裂縫。他現在明瞭松鼠飛的意思了。這裡能夠成為紮營的好所在，不過還是有某種讓他毛骨悚然的東西存在。

「我不知道耶……」他不想壞了松鼠飛的興致，卻又無法隱藏自己內心深處的不安。「妳看看石塊的表面，它們被切割得多麼平滑，這種切工只有兩腳獸才有辦法做到，但我們絕對不可以在兩腳獸附近紮營。」

「不過那一定是好多年以前的事了，」松鼠飛提出反駁，然後邁開步伐走到空地中央。「你看看長在牆上的小草和灌木，它們又不是一夕之間如雨後春筍般冒出來的，你說對吧？更何況這裡也沒有兩腳獸的氣味啊。」

棘爪聞一聞空氣，松鼠飛說的一點也不錯，這裡好久都沒有兩腳獸來過了；還有關於灌木的事，她也說對了，兩腳獸一定是把石塊挖掉——或許用來建造牠們的巢穴——然後就走了，徒留這個大洞在森林中央。這個大洞在某種程度上，讓他回想起庇護雷族老家的深谷。搞不好族貓來到這裡，會有一見如故、親切熟悉的感覺呢。

棘爪故作鎮定。他的同胞需要一個堅強的戰士、一個不會一有風吹草動或看見黑影一閃而過，就驚慌失措的戰士。「我想這裡應該很不錯。」

松鼠飛動動耳朵。「你是不是很興奮啊？」她喵道。

「我只是納悶如果在此定居，應該要如何防衛。那個區塊倒是很棒，」他抬起尾巴指向那頭最高、最陡峭的一道牆，「可是我們剛才下來的地方卻很矮。而且還有裂縫，這點又該怎麼辦呢？」

「這個嘛，那個裂縫的確比我們剛才下來的路徑更容易進出！我們可以用荊棘這類東西來填補裂縫，防堵那些不速之客。」

她一躍而起，在高大的草叢中來回尋覓，到處東聞西聞。棘爪看著她，感到思鄉的愁緒向他直撲而來，於是他閉上雙眼。這股鄉愁宛如太陽沉沒之地的浪潮將他淹沒，而且一時之間他還以為自己會溺斃其中。他想念雷族老家的營地，那裡有厚實的荊棘圍牆和方便防禦家園的金雀花隧道。他想念躺在棘叢下的戰士小窩裡，或者到那片柔軟蒼翠的蕨叢中拜訪煤皮的家。他還想念在蕁麻地上大塊朵頤地啃咬獵物，看著見習生在他們最喜愛的樹幹旁打鬥，還有育兒室外的小貓咪仔細模仿見習生打鬥的招數。

此時吹起一陣微風，洞穴周圍的枝葉跟著窸窸窣窣地作響，將棘爪拉回現實。他深吸一口氣，走向松鼠飛，只見她還在圍牆中間的裂縫裡四處窺探。

「你還好嗎？」她問道：「走路怎麼一瘸一拐的？」

「哦——有根荊棘跑進我腳掌裡了。」要不是松鼠飛提醒他，棘爪早就忘了。

「躺下來讓我檢查一下。」

於是棘爪聽她的話照做，她試驗性地舔了舔他的腳掌，試著用牙齒咬住荊棘的末端，然後用力一拉，把刺拔了出來。

「拔出來了，」松鼠飛喵道：「現在你再舔傷口幾下就沒問題了。」

「謝了。妳精湛的醫術幾乎要跟巫醫一樣棒了！」

松鼠飛開心得眉開眼笑，可是她眼中的笑意一下子就煙消雲散，她仔細地端詳著他。「你不喜歡這裡，對不對？」

「不是妳想的那樣。」棘爪停止輕舔傷腳的動作說道：「只是……這個嘛，我只想找一個跟老家一模一樣的營地，一個位於深谷還有金雀花叢作為屏障、防堵入侵者的營地……」

他講話的音量愈變愈小，害怕松鼠飛會認為他的想法荒謬可笑；然而松鼠飛非但沒有責怪他，反而熱情地用口鼻與他磨蹭。「雷族裡沒有一隻貓不想回到我們的老家，可是如今人事已非，而星族帶領我們來到這裡，所以我們得設法學習在這的生活方法；難道你不認為這個洞可以當成一個不錯的營地嗎？兩腳獸不會過來這裡，附近也沒有轟雷路的徵象。」

棘爪凝視著她閃閃發亮的雙眸，明白他已將森林裡最重要的東西帶出來了。「妳說的對，」他一邊低語，一邊靠在她溫暖的毛髮上。「如果沒有妳，我真的撐不下去。妳也明白的，對不對？」

松鼠飛溫柔地舔了舔他的耳朵。「你啊，這個笨毛球。」

棘爪也熱情地朝她回舔一下；然而，突然間他聽見有東西越過裂縫向他們靠近，於是一動也不動地愣在那裡。

「嗨，你們好。」鴉羽的嘴啣了一隻田鼠，含糊不清地向他們打招呼。他用雙肩將高大的草推向兩旁，朝他們走來，然後將那隻獵物扔在他們跟前。「你們也太久了吧，我們還以為你們被狐狸抓走了呢。」

「我們沒事啦。」棘爪答道。

「要是有狐狸抓到我，」松鼠飛也說道：「你們絕對會聽到的，別擔心。」

「我想也是，」鴉羽喵道。然後他將田鼠推向他倆。「這是給你們的，」他繼續說道：「我們各有自己的一份食物。在等待你們回來的這段期間，我們都在打獵。」

「謝了，鴉羽。」棘爪喵道。

風族的戰士揮了一下尾巴，表示不用客氣。

「這個嘛，你覺得雷族的這個新營地如何啊？」松鼠飛問道。

「這裡嗎？」鴉羽眨眨眼睛，慢慢轉身環顧四周；一旁兩位雷族的戰士則狼吞虎嚥地分食田鼠。「我想應該還可以吧，」最後他喵道：「只要你們想住在這麼封閉的地方。這裡雖然容易防守，卻不怎麼適合風族。」

「我們又沒說要把這裡讓給風族住。」松鼠飛說。

鴉羽輕彈耳朵，而棘爪想知道他是否正在為尋找適合風族的領土而發愁。想必他會等到大夥兒探索山脊時，再開始認真尋覓營地吧？現在他們在一個田鼠和松鼠最喜歡群居的樹林裡發現了這個洞穴，這讓棘爪開始相信或許湖區四周真的有分屬四族的領土。

這時褐皮跟霧足也走進洞裡，一邊聞空氣中的味道，一邊環顧這道陡峭的石牆。

「沒有狐狸，也沒有獾，」霧足評斷道：「而且可說是固若金湯。」

「無論如何，你們都要小心謹慎，」褐皮力勸棘爪。「如果真是兩腳獸建造了這個地方，你怎麼知道牠們不會再回來呢？」

「兩腳獸已經很久都沒來過了，」松鼠飛冷靜地回應她。「這裡一點也沒有兩腳獸的氣味，而且如果牠們會回來切割石塊，那這裡的樹叢就不會長得如此濃密了。」

然而褐皮的話語卻讓棘爪亮出利爪，將爪子刺進被雨浸溼的泥土地裡。兩腳獸蹂躪摧殘他們老家的記憶仍歷歷在目；實在不難想像牠們又來到這裡，然後從洞裡挖走更多石頭；可是話說回來，雷族也沒有鼠腦袋到白白放掉這個一應俱全、固若金湯的地方。不過最後終究要由火星來做定奪。

「準備好了嗎？」霧足的話打斷了他的思緒。「現在已經過了正午嘍。」

棘爪點了點頭。他四處張望，試圖找回自己的方向感。因為鼻子裡充斥著陌生的氣味，他不能確定該走哪個方向返回湖泊。他在洞穴入口的不遠處，發現地勢漸漸向上傾斜。

「往這裡走。」他向大家提議。如果他們能夠爬到高處，或許就能看見湖泊。

巡邏隊裡的其他成員也紛紛表示贊同，於是貓兒肩並肩地走出洞穴。當他們鑽過樹叢，將那道石牆做的屏障拋在腦後時，松鼠飛停下腳步回頭張望。「我們還會回來吧？」

她的聲音非常輕柔，讓棘爪無法確定她是否在對他講話，不過他終究還是回答了。「會的，」他邊說邊探頭用口鼻輕觸她的耳尖。「我想我們會再回來的。」

「快點啦，」鴉羽叫道：「我們得在天黑前返回臨時營區呢。」他並沒有指明他們還得幫風族找個落腳之處，不過棘爪知道他心裡一定在掛念這檔子事。

他跟松鼠飛一起跑上斜坡，只見那個洞穴又再度被濃密繁茂的樹群吞噬。溼漉漉的青草拂掠過他的毛髮，讓他感到一陣透心涼的寒意；不過抬頭一看，雲霧早已散去，露出陽光，禿葉季的淡藍穹蒼盡入眼簾，但縱使有陽光的照耀，依舊是寒氣逼人。

棘爪低頭俯視那片連綿不絕的無葉枝幹，石洞已全然在眼前消失，安全隱密地藏匿在周圍濃密的樹林中。這裡真的會成為雷族的新營地嗎？當他發現一個族貓日後可能的定居地，原本預期心裡會感到更加踏實。棘爪原本以為那個地方會給他一種家的感覺，然而這裡卻帶給他某些沉重的壓迫感，好像岩石本身就不太歡迎這群新移民。

他們愈往上爬，樹林就變得愈發稀疏，濃密的矮樹叢逐漸變成一片酥脆的落葉。過沒多久，棘爪從幾棵樹幹間依稀看見前方有個開闊的荒野，他們很快就走到森林盡頭，延亙的山脊盡收眼底。只見波光粼粼的湖泊在下頭的溪谷中閃爍光芒。眼前是一整片隆起的荒野，暗綠色的小草在微風的吹拂下輕輕蕩漾。金雀花星羅棋布地在草地上點綴，棘爪還可以聽見潺潺水聲。毫無疑問的是，他們已為風族找到新居了。

「嘿，鴉羽！」他叫道：「你覺得這裡怎麼樣？」

這隻風族的戰士突然眼睛一亮，直到他張開大嘴、仔細嚐了一口空氣，然後才開口說道：「野兔！」

「對，風族挑好新家了，」松鼠飛喵道：「我們現在可以回去吧。」

鴉羽瞇起雙眼瞪了她一眼。

「嘻，跟你開玩笑的啦！」松鼠飛接著說下去。「來吧，我們一起來幫你找營地。」

棘爪知道他們必須幫風族找個營地，可是夕陽已滑落山頭，餘暉散落草地。

「事實上，我們得立刻啟程，返回臨時營區了，」他尷尬地支吾其詞。「鴉羽，我很抱歉。我認為我們已經沒有時間好好探索山丘了。高星明天可以請另一支巡邏隊過來探勘營地的地點。我想現在我們應該馬上翻越山脊，返回湖泊的盡頭。」

鴉羽的尾端突然抽搐了一下。有好一會兒，他動也不動地凝望那片綿亙不絕的山腰，然後低下頭聞了聞青草的味道。棘爪很擔心他會堅持繼續探索群山，不過最後他只是淡淡地喵道：「沒關係，你說的對。我們應該回去了。」

鴉羽說話的同時，棘爪從他眼中看出謹慎戒備的神情。棘爪猜想他並沒有因異族貓兒失去探索風族新家的機會，而感到遺憾。這隻年輕的虎斑貓感到內心隱隱作痛。鴉羽對他的族貓非常效忠，如果他第一個帶頭重新築起部族仇敵的高牆，棘爪也不會感到意外。

他們開始往山上爬，來到山脊的頂端，底下的湖泊如今宛如閃閃發亮的天空。棘爪走在松鼠飛旁邊，左顧右盼地觀望這片未知的新領域。他們持續在山肩上攀爬，一道溪流出現眼前；那條小溪源源不絕的流水沖刷石塊，注入他們剛才離開的樹林之中。他們沿著溪水向上走了幾條狐狸尾巴的距離，然後看見幾個可供渡溪的踏腳石；一條小河在此處匯入這條溪流，水源順著長滿青草的陡坡向下汩汩流動。

在他們到達山頂前，眾貓先來到一個洞口；只見土地向下凹陷，好像某個巨大的怪獸在山腰上咬下一口似的，留下一個大洞。不過棘爪發現那個洞穴並不是兩腳獸造成的，而是經年累月、在氣候的潛移默化下所形成的天然景觀。洞穴中央到處散落著巨礫，金雀花和其他矮樹也在洞口叢生。洞穴裡面絕對可以阻擋嚴風的侵襲，卻不像環繞雷族營地的那道石牆那麼密不透封。

棘爪瞇起眼睛。「鴉羽，那裡當作你們未來的營地，你覺得如何？」他問道。

鴉羽一邊興奮地搓揉土地，一邊俯視山坡下的洞穴。「看起來很棒，」他深表贊同。「我去查看一下。你們先走，我隨後就到。」

「你確定嗎？」棘爪喵道：「我覺得我們不該把你單獨留在此處。」

「我沒問題啦，」鴉羽向他保證，然後縮緊後腿，準備疾衝向前。「這兒沒有兩腳獸或狐狸的氣味，我可以自己找到回去的路。從這裡我就已經聞到馬兒的味道了。」

其他貓兒還沒來得及跟他爭論，他就衝下山丘。棘爪看見他在洞口停留了一會兒，轉眼間就鑽進金雀花叢，徒留搖曳的樹枝證明他曾在那裡駐足。

「我希望真的如他所說，不會有兩腳獸或狐狸在此出沒。」霧足一面嘀咕，一面走到棘爪身旁。

太遲了，他不知自己是否應該先徵詢霧足的意見，然後再讓鴉羽隻身探險。他打開大口，準備為那隻風族的戰士辯護，但她先聲奪人，只不過這回霧足的語氣卻出奇溫柔，少了平時尖酸刻薄的鋒利。「棘爪，沒關係。我看得出來這些貓兒有多敬重你；這是件值得驕傲的事，你不必因此道歉。很少貓兒生來是天生的領袖，但我想你就是那其中一位。」

他既感激又驚訝地對她眨了一下眼。從河族的貓兒口中聽見這一番評論，對棘爪來說似乎有點奇怪。他想知道霧足對他那個有一半血緣的弟弟——同時也是河族的戰士——鷹霜，有什麼看法。虎星另外一個兒子是否也是個天生的領袖呢？

突如其來的一陣疾風向他們襲來，棘爪的眼眶頓時充滿淚水，有好一會兒他以為自己會被狂風颳走。這陣風也吹來馬兒濃烈的氣味。棘爪甩甩腦袋，將眼淚抖出來；他定睛一看，馬場就在山脊遙遠的彼端，而那後頭就是小灌木林，也就是四族貓兒等待巡邏兵回報消息的所在。

「我們快到了！」松鼠飛叫道。她二話不說，立刻向前狂奔，其他貓兒也緊跟在後，他們的身影就在平坦的土地上飛馳。在這兒奔馳要比在森林裡迅速多了，這一刻棘爪也終於了解為什麼風族總是比別族的貓兒跑得快，而且一接近蕨類和樹幹就變得焦躁不安。

他們長途跋涉、往下坡疾奔之際，夕陽已滑落松木林後頭，湖面也暈染成一片火紅。他們才剛抵達山腳，鴉羽就氣喘吁吁地追了上來。

「怎麼樣？」松鼠飛問道。

鴉羽好像剛吞下一隻鮮美多汁的獵物似的，舌頭繞著嘴周舔了一圈。他的眼裡洋溢著欣喜若狂的光芒。「棒呆了！」他喵道：「其中一個金雀花叢底下有條隧道，看似通往獾的老家；但是經我查證之後，發現獾早就搬走了。那裡甚至一點獾的味道都沒有。」

「那你們可以把那裡當作睡覺的小窩啊。」褐皮說。

鴉羽沒好氣地哼了一聲。「風族的貓兒都在戶外睡覺，只有獾跟野兔才住在地洞。」他提醒她。

在薄暮的微光下，他們沿著湖畔奔馳，經過馬場的籬笆。棘爪全神貫注，四處留意惡犬跟兩腳獸的行蹤，但是除了有匹巨馬向籬笆外張望外，他們什麼也沒瞧見。馬兒大聲地呼出一口鼻息，把松鼠飛嚇了好一大跳；只見她後來發出嘶嘶叫聲，掩飾自己害怕的情緒。

不一會兒，他們在黑暗中聽見一聲響亮的貓叫。「是誰在那裡？」

「沒事的，鷹霜，是我們啦。」霧足叫道。

這隻河族的戰士從暗影中現身，他強而有力的肩膀緊縮在一身虎斑的皮毛下。「豹星跟其他族長派我過來找你們，」他喵道：「他們都在等你們回來。快跟我走吧。」

棘爪眨眨眼。實在是很難想像他跟鷹霜有血緣關係，而且他們都是虎星的兒子；其實他倆有許多相似之處，但棘爪非得經過百般掙扎，才有辦法對這隻河族的戰士產生親屬感或忠誠感。他可以毫不遲疑就對貓兒發號施令，在他的族裡也絲毫不去掩飾自己對於權力的渴望。棘爪不得不質問自己他們共通的遺傳特徵，而這正是他想要視而不見卻揮之不去的陰霾。比方說，棘爪想知道鷹霜的野心到底是打哪兒來的？難道他繼承了虎星不惜一切也要爭權奪利的特點嗎？如果他真的從父親身上承襲了這一點，那麼是不是代表棘爪的血液裡也同樣流著對血腥和殺戮的渴望呢？

鷹霜領著眾貓回到馬場附近昨天貓族臨時休憩的樹林。火星和黑星正在樹木的樹墩旁說話，除了他們兩隻貓兒，林間空地看來十分荒蕪。

巡邏兵一出現，黑星就從樹墩上跳起來，發出一聲號叫。「貓族子民！過來集合！」一瞬間，貓兒幽暗的身影紛紛從洞裡或高大的草叢中現身，還有一、兩隻從低矮的樹枝上跳了下來。泥爪從他們族貓中擠出一條路，跳上樹墩加入黑星，使得豹星只好再度席地而坐。

火星走到棘爪面前。「歡迎回家，」他喵道：「這趟旅程應該沒什麼問題吧？」

「一切都很順利。」棘爪答道。不過他一想起他們差點被寵物貓打敗的那場戰役，就內疚地瞄了松鼠飛一眼。

「你們其中一位最好走上樹墩，好讓台下的聽眾都能聽見你們的聲音，」火星說。「霧足，妳願意上來加入我們嗎？」

霧足微微點了點頭。「火星，事實上我覺得應該由棘爪代表整個巡邏隊來發言。他對於描述未知的領域，經驗十分老到。」

棘爪飛快地瞥了霧足一眼，但這位河族的副族長嘴裡毫無苛刻之意。她反而向後退了一步，讓出一條路給棘爪走上樹墩。「謝了。」他經過霧足身旁時向她說道。霧足卻只是對他眨眨眼，什麼話也沒有說。

棘爪鼓起後腿，縱身一躍，跳上樹墩。台上非常擁擠，他拖著腳步轉身面對群眾時，脅腹無意之間掠過了黑星的側身。這位影族的族長連忙縮了一下身體，發出一聲不悅的嘶聲；但棘爪試著不讓黑星的敵意將自己惹毛。他一想到要為四族貓兒形容繞行湖區的漫長旅途，內心就緊張地怦怦跳。群貓仰著頭、目不轉睛地凝視著他，棘爪可以感受到他們對這項消息有多期待，突然間他想知道每隻貓兒引領而望、等待他發言的場景，是不是就跟當上部族族長一樣。

接著他在頭頂枝葉窸窣作響的聲音中，聽到塵皮不耐煩地叫道：「快說啊，棘爪！快跟我們說你們發現什麼了。」

棘爪努力按捺自己不安的情緒，卻不知道該從何講起。他不能說挑選新家不是他唯一冀望的事。儘管午夜指引的方向、垂死的戰士，和映照在湖面的星光，在在顯示這裡就是他們的歸屬之地，他卻不認為貓族真的屬於這塊領土。實在不難想像兩腳獸再度入侵樹林，將完好的土地搗成一片泥濘、把石洞的圍牆四分五裂、讓新建的雷族巢穴毫無防備地暴露在天空下、使每隻貓兒像剛出生的小貓一樣無助奔逃……

但這並不是貓兒想聽的內容，而且巡邏隊的其他成員似乎也都認定這裡就是他們的歸宿。棘爪堅定地告訴自己：他們的想法可能是對的。他們已經證明了貓族在此定居的可能性；難道這樣還不夠嗎？他到底還奢望什麼呢？

「跟大家報告一件好消息，」他深吸一口氣，開始娓娓道來。「我們已經找到適合各族居住的領土了——有適合河族定居的蘆葦叢和溪流、適合影族定居的松樹林、適合雷族居住的茂盛森林，以及適合風族居住的荒野。」

台下貓兒們興高采烈的低語聲，頓時此起彼落地傳了開來。豹星大聲問道：「那獵物多不多呢？」

「獵物看來也十分充裕，」棘爪答道：「即使在禿葉季也不例外。可以確定的是，我們在旅途中可沒挨餓。」

「那兩腳獸呢？」另一隻貓兒開口問道——棘爪猜想是位影族的戰士提出疑問，但他無法確定。

「我們看到某些牠們造訪湖區的證據，但是現在完全沒有牠們的蹤跡，」他喵道：「霧足認為到了綠葉季會有更多兩腳獸在附近出沒。牠們會在那個時節帶孩子來河裡游泳，並返回森林。」

他注意到台下有幾隻貓兒開始面面相覷，撇開兩腳獸的孩子不說，只要一想到兩腳獸為森林帶來的劫難，大夥兒不由得人心惶惶、心驚膽顫。霧足這時說道：「我們會有辦法避開牠們的；兩腳獸不是個大問題。」多虧了她適時補充說明，這才讓棘爪鬆了一口氣。

「嗯……我想就是這樣了。」棘爪不曉得還要說些什麼。「或許每位巡邏兵可以向自己的部族報告一下旅途的詳情。」

「我們得決定邊界啊。」黑星咆哮道。

「沒錯，」坐在樹墩底部的火星喵道：「不過，等我們對每塊領土都有一個更清楚的概念後，再來劃定邊界也不遲。棘爪，謝謝你了。」

棘爪滿懷感激地對他的族長鞠了個躬。或許他率領朋友往返太陽沉沒之地，並探勘湖區附近的土地，完成了許多了不起的豐功偉業；但在其他部族領袖之間，他還是覺得自己跟一隻無助的小貓沒兩樣。當他在圍繞樹墩的眾貓中，發現鷹霜坐在盡頭盯著他看時，頓時覺得毛髮隱隱作痛。棘爪一躍而下，一看見鷹霜向他走來，棘爪的臉部肌肉就不由自主地抽搐了一下，他做好心理建設，準備迎接鷹霜不懷好意的話語，或他針對新邊界的位置所提出的質疑。

讓棘爪大感意外的是，這隻河族戰士的藍眼居然散發一種友善的光芒。

「棘爪，謝謝你為我們尋覓新的領土，」他喵道：「很遺憾我們即將要分道揚鑣了。我很喜歡跟你一起狩獵。」

棘爪眨了一下眼。不同部族的戰士不可以一道打獵——但這不是鷹霜真正讓他感到吃驚的原因。莫非這位河族的戰士對他產生一種血濃於水的親屬關係？如果他跟鷹霜身為同一部族的成員，他們有可能像火星跟灰紋成為出生入死的莫逆之交嗎？

「這個嘛，至少我們可以在大集會時碰面啊。」他說道。

「棘爪，你在做什麼？」松鼠飛走了過來，順便瞪了鷹霜一眼。「火星正在等我們呢。」

「當然嘍，我想豹星也在等我歸隊。」鷹霜微微鞠了個躬，向他們道別，然後踱步離開。

「你為什麼要跟他說話？」一等鷹霜離開聽力所及的範圍，松鼠飛立刻向他興師問罪。

「你也知道他不值得信任。」

「我倒不知道有這回事。」棘爪反駁道。

松鼠飛輕蔑地哼了一聲。「是啊，你不知道！我告訴你，那隻貓野心勃勃，而且自私自利。」

棘爪頓時感到自己頸部的毛髮豎了起來。「真的嗎？」

「他希望霧足永遠不要回來，這麼一來他就可以繼續擔任副族長的職務。我不只一次聽到他倆爭執不休。」

「他想為他的族貓爭取最好的福利，就是這樣而已。」棘爪喵道。事實上，他非常能夠理解霧足從兩腳獸的魔爪下逃脫，並重拾她河族副族長的地位時，鷹霜內心的感受。

「並不只是那樣而已。」松鼠飛頓了一下，前後擺了一下她的尾尖。「我看得出來葉掌並不信任鷹霜，而她比我們每隻貓都還了解他。當他擔任河族副族長時，葉掌也在森林裡。」

「妳有問過她為什麼不信任鷹霜嗎？」

松鼠飛搖了搖頭。「我不需要問她。但我就是知道她的感受。」

棘爪瞇起雙眼。「所以除了葉掌對鷹霜的感受外，妳沒有任何反對他的理由，對吧？只是因為葉掌是妳的妹妹，對不對？那我告訴妳，鷹霜是我的弟弟。」

「你是不是想跟我說因為你們有血緣關係，你就要對他效忠？」松鼠飛大聲叫嚷。「可是你根本就對他一無所知！」

「妳又有什麼不同。妳也是自以為很了解他，自認為他不該被信任。」棘爪將爪子插進落葉堆中。「又或者只是因為他父親的來頭，所以妳就用嚴厲的態度來譴責他？」

松鼠飛頓時被他這席話嚇得瞠目結舌。「如果你真的這麼想，那你就一點也不了解我！」她嘶嘶叫道。說完話後，她立刻身子一轉，尾巴翹得老高、昂首闊步地離去。

棘爪沮喪地望著她離去的背影。打從松鼠飛還是見習生的時候，他就時常跟她拌嘴吵架，但他從沒想過會從她口中聽見如此冷酷的恨意。

冰冷的利爪刺穿了棘爪的背脊。如果松鼠飛純粹因為過往而不信任鷹霜，那是不是也代表了她不相信他呢？

第五章

棘爪結束這段不愉快的對話，跳下樹墩時，發現葉掌正左顧右盼地尋找松鼠飛。她等不及要聽到新家園的消息，而且也想知道她姊姊有沒有尋得一些有用的藥草。

她在群貓中發現了栗尾，於是一蹦一跳地跑到她面前。「妳有看見松鼠飛嗎？」

這位玳瑁色的戰士搖了搖頭。

葉掌正準備繼續尋覓她姊姊的蹤影時，突然有道隱形的利爪劃過她的身子，讓她劇痛難耐。她一下子喘不過氣來，將鼻子縮進胸膛，試圖止住疼痛。松鼠飛有點不對勁，似乎有什麼事正困擾著她，但葉掌不知道是什麼事。巡邏隊已平安返家，而且看來他們在湖區周圍，也找到了適合各族的領土；既然如此，松鼠飛為什麼會如此震驚憤慨呢？

「妳還好嗎？」栗尾問道。

「什麼？哦，我沒事。我有點事要問松鼠飛。」葉掌試著靜下心來，把話講清楚，但是她的語氣還是難掩驚恐；所幸她們附近十分喧嚷嘈雜，所以栗尾並沒有注意到葉掌的異狀。

「我來幫妳找找看，」她說。「我等不及要知道咱們新家的消息了！」

葉掌點點頭，然後在眾貓之間迂迴穿行，搜尋那個熟悉的暗薑黃色身影。當她瞧見自己姊姊跟一些雷族的貓兒窩在一塊兒，興奮地搖著尾巴向大家解說事情時，葉掌頓時覺得鬆了口氣。一切看來風平浪靜，毫無異狀——但葉掌知道自己絕對不會誤解那道劃過她身上如閃電般驚愕憤怒的一擊。

她跟栗尾一起走到松鼠飛身邊。

「那是個石洞，四周還有圍牆護衛家園，」松鼠飛喵道：「石洞裡空間寬敞，可以容納寢室小窩、育兒室，甚至連訓練競技場都不成問題。」

她努力保持鎮定、口若懸河地向族貓描述未來的家園，但當葉掌湊近一瞧，卻感到松鼠飛散發出陣陣不滿的怒潮，只見松鼠飛的雙眼睜得比銅鈴還大，而且不時左顧右盼，似乎想尋找某隻不在場的貓兒。過了一會兒，葉掌發現那隻消失的貓兒原來就是棘爪。她猜他正在跟族裡其他成員說話。

「那個洞是空的嗎？」塵皮問道。他跟蕨雲一同坐在松鼠飛前面；他們唯一倖存的孩子小白樺，則在草地上跟高罌粟的三隻小貓一起打滾玩耍，他們全都興奮得無法入睡。「松鼠飛，只有妳才希望我們在獾的巢穴紮營。」

松鼠飛忿忿不平地翹起尾巴。「塵皮，如果你在那裡找得到獾，我保證當著你的面把牠們統統吃掉。還有狐狸也一樣。總之我們沒有聞到這些動物的氣味。」

塵皮不屑地哼了一聲。

「我覺得這實在是太棒了。」亮心走到松鼠飛面前，用鼻頭磨蹭這隻年輕戰士的側身。「妳是怎麼找到這個地方的？」

「我……這個嘛，因為我不小心掉進洞裡。」松鼠飛支吾其詞。

雲尾冷笑了一聲。「我怎麼覺得這一點也不意外。」

「現在你給我聽好了——」松鼠飛轉身面對這隻白毛戰士，但她還來不及多說什麼，一聲震耳欲聾的咆哮突然響起。

「貓族子民！」

葉掌轉頭一看，發現煤皮已爬上樹墩，灑落地面的月光，將她灰色的毛髮映成一片銀白。她舉起尾巴，示意大家保持靜默，於是興奮的貓叫聲漸漸散去。

「在我們分道揚鑣，各自進入不同的領土前，」這隻雷族的巫醫喵道：「我們必須決定下次大集會的場所。星族盼望四族在月圓時分聚首共同討論。」

「可是要在哪裡大集會呢？」影族的副族長枯毛問道：「巡邏兵有找到類似四喬木的場所嗎？」

原本坐在樹墩底部附近的霧足，此時站了起來。「沒有，」她抬高音量，讓全族的貓兒都能聽見她的發言。「沒找到類似四喬木的地方。不過我們沒有充裕的時間好好探索每個角落。」

「星族會為我族指點迷津的。」坐在枯毛和黑星身邊的小雲扯開嗓門說道。

「搞不好星族早就告訴我們了。」蛾翅站起身子，一雙湛藍的大眼炯炯有神。她開始描述靠近湖畔的那個小島。「那裡既安全又隱密，而且又不會太遠，是大集會的絕佳場所。」

「可是我們得游泳才能過去！」雷族的戰士鼠毛提出異議。「我才不要在滿月時分在那個湖裡游泳咧，除非星族親自過來要求我。」

「那長老們該怎麼辦呢？」影族的前巫醫——鼻涕蟲——扯開低沉粗啞的嗓門問道。

贊同的聲浪立刻此起彼落地傳了開來。葉掌憂心忡忡地張望每隻貓兒的臉龐。雖然她自己也對在島上開會的可能性有所質疑，但一時之間她也想不出更好的替代方案；即便如此，還是沒有貓兒對蛾翅的提議感到一絲興趣。

鷹霜走了過來，站在蛾翅身邊。他恭敬有禮地向煤皮欠身鞠躬，然後開口喵道：「我可以毛遂自薦，召集河族的貓兒組成一支巡邏隊，澈底探勘島嶼嗎？如果那個島無法成為貓族大集會的地點，搞不好可以當作河族的完美營地。」

他話還沒說完，霧足就朝他踱步而來。「我已經告訴你河族未來要在哪裡紮營了，」她輕聲喵道，只見她頸部的毛髮頓時豎得筆直。「有個兩條溪流匯聚的地方，那兒鄰近湖泊、茂林環繞，而且沒有兩腳獸靠近的跡象，即使在綠葉季，我們也不會受到牠們的侵擾。」

「可是妳想想看，那個島嶼會有多安全啊，」鷹霜說道：「我們的小窩外就是布滿魚群的湖泊。妳有沒有想過或許妳選擇的營地太過開闊呢？而且妳自己也說轟雷路就在不遠處。」

霧足氣得怒髮衝冠。「你這是在質疑我的判斷嘍？我知道族貓需要什麼。」

鷹霜噘起嘴，而葉掌頓時繃緊神經，差點以為兩位河族的戰士準備要大打出手。

「夠了！」葉掌的身後傳來厲聲大喝。轉頭一看，她發現豹星正趾高氣揚地朝她兩位吵得不可開交的戰士走來。「你們兩個想在大庭廣眾之下，把河族的臉都給丟光嗎？」

鷹霜往後退了一步，而霧足肩頭的毛髮也暫時塌了下來，不過葉掌看得出來她可是費了九牛二虎的功夫才平復怒火。

「鷹霜，你可以帶一支巡邏隊去勘查島嶼，」豹星接著說道：「等你回來之後，我們再來決定要在哪裡紮營。」

「是，豹星，」鷹霜微微一鞠躬，向族長喵道：「我會挑選幾隻貓兒，等明天一亮，就立即啟程。」他退到後頭，而且馬上就被他的族貓包圍，大家都吵著要跟他去島嶼探險。

葉掌冷不防地打了個寒顫。鷹霜竟然如此明目張膽地挑戰霧足的權威，這實在是太不尋常了。如果鷹霜膽敢當著自己族長和異族的面，公然跟他的副族長起爭執，想必他一定對自己在族裡的地位信心滿滿。

葉掌在她導師的藍色雙眸中也看出同樣的焦慮。此時煤皮扯開嗓門，請大夥兒保持安靜。「那麼，」她喵道：「下次的大集會，我們要在哪裡召開呢？」

「我們得回來這裡，」火星說。「除非星族在下次滿月前，指引我們另一個大集會的地點。」

泥爪轉過身子，面對火星。「我覺得這不是個好主意。馬場對面就是兩腳獸，我們實在太接近牠們了。」

「那也沒辦法。」黑星答道。火星也在一旁點頭。

「我們在這裡待了兩天兩夜，連個兩腳獸的影子都沒瞧見；不過如果你有更好的意見，不妨說出來給大家聽聽。」

泥爪使勁甩了一下他的尾巴。「那麼就悉聽尊便了，」他咆哮道：「我們偉大的火星，說的話向來都是聖旨。」

眾貓開始自樹墩散場，退回暗影之中。蕨雲尾巴一揮，叫小白樺回到她身邊。「小可愛，該上床睡覺嘍。明天還有一段漫長的旅程等著我們呢。」

小白樺停止他和高罌粟孩子們的打鬥遊戲，往他母親那兒跑。「小蟾蜍、小蘋果，還有小沼澤可不可以也一起來？」他問道。

「不可以，我們是影族的貓兒，」高罌粟溫柔地向小白樺解釋。「我們有屬於自己的地盤。」

「這真不公平！」小白樺開始嚎啕大哭，四隻小貓咪全都縮在一起，楚楚可憐地望著兩位貓后。「如果他們不來的話，那我也不走了。」

葉掌不由得心生畏縮。他們實在太天真了！他們完全不曉得自己的生活，跟他們長輩的生活天南地北、截然不同。殘留在他們童年的記憶大多都是在森林裡忍受饑荒之苦、每隻貓兒為了保住小命惶惶不可終日，直到族貓們一同長途跋涉、翻山越嶺，他們才結交到新朋友。他們完全不了解什麼是部族間的利益衝突、恩怨情仇，也不曉得當上戰士與效忠自己的部族有什麼重要性；搞不好他們根本不知道貓兒分成四族。

「別傻了。」蕨雲走到小白樺身邊，滿懷同情地在他耳朵上舔了一下。「這就是戰士守則。等你們成為見習生的時候，就能在大集會時見面了。」

「那就不一樣了。」小蟾蜍一邊喃喃，一邊用違抗的眼神望著他的母親。

「而且雷族也沒有其他小貓可以陪我玩了。」小白樺難過地說道。

蕨雲和高罌粟面面相覷，而葉掌也從她們眼中看到真情流露的遺憾——不只是她們的孩子跨越了部族間的鴻溝，建立深刻的友誼，就連成貓本身也有同甘共苦的情感。

最後高罌粟微微一鞠躬，尾巴一揮，把她的三隻小貓咪叫來跟前。「跟大家說再見嘍。」她輕快地說。

「再見。」小蟾蜍跟小沼澤異口同聲地說道，而小蘋果則衝到小白樺面前與他互碰鼻頭。

「再見。」小白樺望著朋友離去的背影，然後垂頭喪氣地跟在母親後頭往反方向前進。

葉掌為這隻孤寂的小貓感到心疼，也對所有懷念異族友人的貓兒深感同情；同時她在幾尾遠的距離，也看見棘爪正與風族的灰足和一鬚道別；當棘爪發現葉掌正在看他，突然內疚地嚇了一跳，好像跟異族貓兒結交朋友是件意味著背叛的勾當。

「沒關係，」葉掌喵道。她踱步向前，與這位雷族的戰士親暱地碰觸鼻頭。「就這樣與新朋友分道揚鑣，的確不容易。」此刻她心中滿懷感激，心想：我真是個幸運兒，還能和蛾翅繼續當朋友。部族的藩籬與隔閡，雖然對其他貓兒來說，心中難免會惶恐不安，但對巫醫來說並沒有那麼重要。

她決定詢問煤皮明天的旅程，看看有什麼她能幫上忙的地方。當她在群貓中迂迴穿行，無意間看見鴉羽站在一位長老身邊；那是隻骨瘦如柴的黃褐色公貓，只見他愜意地蜷縮在樹底下枯葉鋪成的小巢裡。

「聽著，燈芯草尾，」鴉羽洩氣地說。「風族要在山下集合，如果你待在這裡，別人會把你跟雷族的貓兒搞混的。」

「那又怎樣?雷族的貓從來也沒對我造成任何傷害，」長老厲聲說道：「年輕人，在我有東西可以吃之前，絕對不會離開這裡半步。」

鴉羽轉了一下眼珠。「偉大的星族！」

「有什麼我可以幫忙的嗎？」葉掌問道。她不曉得燈芯草尾究竟是太過固執，還是虛弱到走不動路。她或許可以找些藥草幫他恢復體力，像是抵達月亮石之前他們服用的旅行藥草。

然而，當鴉羽轉身面對她時，他的眼神卻異常冷酷。「我不需要雷族的幫助，謝了。」他簡短地回話。

「對不起。」她往後退了一步，雖然鴉羽為了這個不是理由的理由而拒絕她的幫助，她還是故作鎮定，隱藏住她的怒氣。「我只是想——」

「放輕鬆點，鴉羽。」葉掌感到肩上有人輕輕碰了她一下，轉頭一看，原來是松鼠飛來了。「沒有必要這麼敏感啦。」她的姊姊對這位風族的戰士說道。

鴉羽激動地將利爪戳進土地裡。「松鼠飛，我們的旅程已經結束了，」他喵道：「現在我們必須牢記大家分屬不同的部族。」

松鼠飛沒好氣地哼了一聲。「你還真的是很難相處的毛球耶，鴉羽。如果你執意要把局面搞得這麼僵，我也不會阻止你；不過跟我妹妹講話的時候，最好小心一點，就是這樣。」

鴉羽看著葉掌，嘴裡喃喃念了幾個像是道歉的字句。「不過我自己可以搞定燈芯草尾，謝了。」他補充道。

臨走前，葉掌看見他彎下身子，詢問長老：「燈芯草尾，如果我幫你捉來幾隻獵物，你願意下山嗎？」

「我考慮考慮。」只見長老更加悠哉地躺在枯葉堆，甚至還一派輕鬆閉起雙眼。「如果獵物肥美好吃的話。」

「葉掌，妳要不要走啊？」松鼠飛叫道。

葉掌轉身，發現栗尾正朝她跑了過來。「那是鴉羽嗎？」她問道：「他的舌頭跟狐狸牙齒一樣銳利。他是不是找妳麻煩啦？我來幫妳收拾他。」她琥珀色的眸子頓時閃現期待的微光。

「沒有啦，他很好。」她用尾尖輕觸她朋友的肩膀。

回眸一望，看見鴉羽為了尋覓獵物而消失在路的盡頭，她知道他並非大家講的那麼敏感易怒；但是她還是想不出有哪種藥草，能夠治癒他那顆破碎的心。

第六章

棘爪心神不寧地在枯葉堆中輾轉反側。有根樹枝戳進他的脅腹，但這不是造成他無法成眠的原因，他不習慣獨自睡覺，少了松鼠飛溫暖的身體窩在他身旁，棘爪內心多了一份空虛。他猜她應該是跑到灰毛隔壁去睡了，但不是很確定；不管怎樣，總之松鼠飛不在他附近就是了。

又有東西往他脅腹戳了一下。棘爪睡眼惺忪地抬頭看了一眼，才發現戳他的根本不是樹枝，而是一隻爪子。吠臉正站在他面前。

「火星到哪兒去了？」這隻風族的巫醫問道。

棘爪手忙腳亂地爬了起來，打了個呵欠。他頭頂的天空才剛露出曙光。「雷族的貓兒幾乎都在那邊樹底下。」

「可以幫我找他嗎？」吠臉的聲音聽起來已然瀕臨崩潰。「高星想要見他。」

棘爪知道一定是高星將要撒手人寰了。

「我這就去找他。」他向吠臉保證。

「謝了，我們就在那頭的金雀花叢下。」吠臉用尾巴示意方向。「我得先去找一鬚了。」

他隨即轉身離去。

棘爪立刻奔向離他最近的雷族戰士那兒。高星是幾位族長中年紀最大的，他的死亡將不只對風族造成重大的影響，同時也是全貓族的一大損失。棘爪在黎明前的微光下尋找火星，卻一直遍尋不著他的身影；就在他準備放棄搜尋的時分，突然發現火星跟沙暴在樹墩附近講話。

「火星，吠臉說高星想見你一面。」棘爪一邊朝他們奔去，一邊喵道。

火星的身體立刻變得僵直，他和沙暴互換了一個眼神。「我馬上就到。」他答道。

「吠臉需要什麼協助嗎？」沙暴問道：「煤皮剛剛還在這裡。跟吠臉說，如果他需要煤皮幫忙的話，派隻貓捎口信過來就行了。」

棘爪點點頭，旋即跟在火星身後越過寬敞的空地，奔向奄奄一息的高星所躺臥的金雀花叢。花叢外圍的枝葉拂掠地面，起初看不出來有貓兒在裡面的跡象，但當棘爪一靠近，就聽見刺耳且不規律的呼吸聲；他鑽入花叢，從一個裂口中看到高星伸長身體，側臥在枯葉小窩中。

「火星來了，」他邊說邊讓路給他的族長，使火星得以走進那個臨時搭建的小窩。「我在外頭守候。」他補充道。

「那是棘爪嗎？」花叢底下傳來高星虛弱的聲音。「別走，你也留下來聽我說話吧。」

棘爪猶豫地望了火星一眼，當他的族長首肯後，他立即彎下身子，從身邊的矮枝底下爬進去。

高星獨自躺在小窩裡；吠臉還沒帶一鬚回來。只見這位風族的族長費力地呼吸，胸膛也跟著吐納的節奏起伏；光是抬頭這個動作就耗費他不少精力，讓棘爪看了畏縮不前。

微弱的月光透過枝葉散落小窩，高星的眼中也散發出星族的光芒。「火星，我得謝謝你，」他扯開粗啞的嗓門說道：「你救了我們風族。」

「還有棘爪……」高星接著說道：「你跋山涉水，為我們找到這個安身立命的新家園，幫助我們面對前所未有的危險劫難；即使是灰紋——希望他現在與星族同在——也會同意你有資格勝任雷族副族長的職務。」

棘爪聽了倒抽一口氣。他不敢注視自己族長的目光，而火星此刻正僵直地站在他身邊。他知道火星沒有一刻不為灰紋悲傷，並且堅信他的好友依然活在世上。灰紋不幸被兩腳獸捉走，而且逃出兩腳獸魔爪的機會十分渺茫；不過到目前為止，火星還是一直不願意指定另外一名副族長。

野心有如鷹爪般緊抓著棘爪不放。即使他不願承認，他始終很清楚自己對雷族副族長、還有族長的職務，有多渴望。他心想：這會不會就是虎星當初的感受?他的父親對於權力的渴望大到他願意欺瞞、謀殺，甚至背叛，不擇手段地來滿足自己的野心。棘爪心想：我絕對不能重蹈覆轍。如果他真的當上副族長，他一定會效忠自己的部族、勤奮努力，並且尊敬戰士守則。

可是虎星陰暗的血液仍舊在他體內流竄，如影隨形地陪伴著他；他所有的努力都會因為承襲了虎星的血統，而黯然失色。他們一看到我，就會想起虎星。

他即時回過神來向高星點頭，並低聲說道：「不光只是我而已，是我們大家的功勞。」

「別讓自己太操勞了，高星。」火星的口吻十分溫柔。「你需要好好休息。」

「現在休息也無濟於事了。」這位風族的族長喵道。

火星不再假裝高星的病情會有好轉的希望。「你將會成為星族中，耀眼發亮的高尚星辰。」火星對他說。他蹲低身子，好讓自己能與高星磨蹭鼻頭。

「在那之前……在那之前，我必須說……」高星突然噎到說不出話來，他的爪子在枯葉堆中茫然亂扒。

「棘爪，快找吠臉來，」火星叫道。

「不用了。」高星試著歇口氣，甩尾示意棘爪留下。「巫醫現在也救不了我了。」他半閉雙眼，深吸了幾口氣，然後接著說下去。「我有件重要的事要向你們宣布。一鬚在哪兒呢？」

火星瞄了棘爪一眼，但棘爪卻只是搖搖頭。

「吠臉已經去找他了，」他喵道：「我也出去看看。」

「快點……」高星厲聲說道。而棘爪旋即往回跑。「告訴他們……現在是時候……」

棘爪鑽出花叢後，站直身子四處張望。黎明的曙光已經愈發明亮，可是除了幽暗的影子和偶爾幾個淺色毛髮的模糊影像外，他什麼也沒看見。絕大多數的貓兒仍在長草中粗略分好四族營地裡、倉促鋪好的小窩中呼呼大睡。他正想找出哪堆暗影才是風族睡覺的處所，就看見有隻貓兒從湖泊那頭跑了過來。讓他如釋重負的是，這隻貓兒正是一鬚。

「吠臉說高星快要死了。」這位風族的戰士上氣不接下氣地跑到灌木旁，將一口溼漉漉的苔蘚扔在地上。「我剛才去湖邊幫他找水喝。」

「他想要見你。」棘爪喵道。

一鬚往枝葉下鑽，奔入高星的小窩，而棘爪進來時則發現這位戰士正將苔蘚放在高星的頭邊。瀕死的族長虛弱地舔了幾滴水，然後又抬起頭來。

「在我跟星族離去之前，有件事我一定得做。」他的聲音頓時變得強而有力。「火星、一鬚，聽著。泥爪是一位勇敢的戰士，但他並非領導風族的正確人選。過去這幾個月來，我們學到了一件事，那就是貓族的未來建立在友誼的基礎上。我走了以後，希望風族與雷族不再對立仇視。我們一定要化敵為友。但倘若讓泥爪掌權，消弭仇恨的希望就不可能成真了。」

棘爪看見火星跟一鬚互換了一個眼神；兩隻貓兒好像都意識到高星維繫友誼的理想不可能實現，無論是誰當族長，結果都是一樣。貓族自然而然就會分裂族群、成為敵讎——這就是戰士守則的規章之一。

「但我死後誰來領導風族的問題，我還可以作主，」高星厲聲說道：「從此刻起，泥爪再也不是風族的副族長了。」

三雙眼睛全都吃驚地望著他。

「我對著星族……宣示以下言論，」高星喘著氣說道：「風族一定要有……一個新的副族長。一鬚，我走了以後，就由你來帶領族貓了。」

棘爪和火星迅速互換了個驚駭的眼神。即使千真萬確出於高星的意願，這仍舊不是挑選副族長時該說的言論。棘爪突然覺得一陣寒意爬上他的毛髮——如果一鬚沒有依循戰士守則被指派為副族長，星族還會接受一鬚成為風族的族長嗎？他開口準備說些什麼，但當他看見他族長的表情時，到嘴邊的話立刻又嚥了回去。火星看起來似乎比棘爪還要震驚，只見他脖子的寒毛直豎，利爪伸進土裡，卻什麼也沒說。

「高星，不可以。」一鬚簡直嚇傻了。但高星並沒有注意到他的舉動，他閃閃發亮、洋溢著星辰光芒的雙眸從他的新副族長，飄到火星，然後再飄至棘爪身上。

「能領導族貓這麼久的一段歲月，我真的滿懷感恩，」他低聲說道：「一鬚，你當上族長後，一定要善待我們的友人。你要記得雷族為我們所做的一切。」

「高星，我一定會盡力而為，但是……」一鬚想觸碰他族長的肩膀，但高星的頭已埋進落葉堆裡。他雙眼緊閉，呼吸變得微弱急促。

棘爪感到一陣微風拂過他的毛髮，並聽到了輕柔的腳步聲。某個東西掠過他的皮毛，而且他彷彿在火星的眼中看見星光的倒影一閃而過。小小的窩頓時變得異常擁擠，他感覺毛髮光滑的脅腹不停與他擦身而過。

一陣腳步聲突然走到他身後，把棘爪嚇得心驚膽顫；轉瞬間，小窩又恢復以往的空曠。他轉頭一看，發現吠臉正從枝葉底下鑽了進來。

他把一小捆包好葉子的藥草放在高星身旁，對大家說：「煤皮給我這些藥草。」

他突然住口，盯著他的族長看。

「現在服用藥草已經太遲了。」火星平靜地喵道。

一鬚蹲了下來，將鼻子塞進高星的毛髮中。風族族長黑白相交的脅腹如今已不再上下起伏，而是隨著高星靈魂的遠去而永遠靜止不動。

「他已跟著星族走了。」吠臉低語道。

棘爪覺得悲痛的浪潮湧上他的喉頭。高星雖然不是他的族長，卻是隻品格高尚的貓兒，而且他過世之後，一切將會與以往截然不同。

過了一會兒後，火星捲起尾巴輕撫一鬚的肩膀。「一鬚，你必須告訴你的族貓。還記得高星是怎麼說的吧：他……他指派你為副族長，而且現在要你成為風族的族長。」

一鬚抬起頭，他的眼底夾雜著悲傷與困惑。「火星，我辦不到，」他懇求道：「我沒辦法繼任為風族的族長！」他猶豫不決地問：「我們一定要告訴大家高星說的話嗎？我……我知道那並不是一個選出新副族長的正確方式。當時高星正在瀕死邊緣，他或許已經思緒不清了……」

「不管高星有沒有用正式的語言宣示，他的腦袋可是一清二楚，」火星的口吻非常堅定，但眼神裡充滿了同情。「他希望由你，而不是泥爪，來擔任副族長；而且希望由你來繼承他族長的職位。難道你要背叛他對你的信任，遺棄他賦予你的榮耀嗎？」

棘爪看到吠臉睜大雙眼，一副不可置信的模樣；這時他才想起高星嚥下最後一口氣之後，這隻巫醫才抵達現場。

「他說什麼？」吠臉問道。火星向他解釋，卻只讓這隻巫醫更加困惑。「我可以理解他所說的話會造成多大的震驚，」他對一鬚說。「但是你也沒辦法改變這個事實。如果這是高星的心願，那就表示你已在星族的見證下成為新的族長。你覺得當祂們知道高星改變心意之後，還會賜予泥爪九命嗎？」

火星輕推一鬚的側身安慰他。「如果你想要的話，當你想出來如何對個別幾隻貓兒敘述此事的時候，我願意公開對全貓族宣布這項消息。」

從一鬚的雙眼，可以看出來他頓時如釋重負。「真的嗎，火星？謝謝你。」

火星點了點頭，但棘爪卻突然感到心神不寧。他知道這兩隻貓兒在火星當上部族族長前，就是很要好的朋友；但這回無論有多困難，一鬚都該挺身而出、一肩扛下。這個消息本身就足以震驚整個風族了，更別提火星——一隻異族貓——牽扯其中，會對情況造成多大的衝擊。

雷族族長撥開枝葉往外走，棘爪跟其他貓兒也跟在後頭。接著火星就在空無一人的空地邊緣停了下來，然後跳上樹墩。

一鬚正準備坐在樹根中間時，火星甩尾示意，叫一鬚站在他身邊的空位。「你應該到台上來，」他喵道：「如果你跟個普通戰士一樣坐在底下，你的族貓會怎麼想呢？」

棘爪十分明瞭火星的意圖，而且努力按捺心中的不耐。現在該是一鬚甩開驚恐，做出領袖模樣的時候了。「快去啊。」他督促道。

一鬚滿腹疑慮地看了他一眼，然後跳上樹墩，站在火星身邊。

接著雷族的族長發出一聲號叫。「貓族子民！到此集合，聆聽消息。」

棘爪看見空地周圍的群貓紛紛在他們的臨時小窩裡蠕動身軀，宛如高大的青草在微風吹拂下輕輕蕩漾。他聽見某隻貓兒走了過來，嘴裡還一面喃喃著：「他現在想要幹嘛啊？」

火星又再度放聲大吼，直到貓兒一隻隻從臨時小窩裡爬了出來，走到樹墩周圍。

松鼠飛朝棘爪走來，張口打了一個好大的呵欠。「怎麼回事啊？火星有什麼事嗎？」

「妳最好還是聽火星親口說吧。」棘爪喵道。他無法說明高星失去他九命前，究竟發生了什麼事。

可是太遲了，他這時才想起自己在跟松鼠飛吵架；顯然她還沒忘記這件事，而且還將他謹慎的答覆，解讀為拒絕跟她說話的意思。

「很好。」她喵道。她冷淡地瞥了他一眼，走了幾尾長的距離，然後才坐了下來。

「貓族子民，我有個非常悲慟的消息要宣布，」火星說道：「高星已隨星族而去。」

「高星死了！」裂耳驚叫道：「早在我出生前，他就是我們的族長了。沒有了他，風族該何去何從呢？」

裂耳一旁的見習生鴞掌，難過地低下頭來，久久不能言語。河族的貓后苔蘚毛則用尾尖輕撫這隻年輕小貓的肩膀。「他是隻高尚的貓兒，」她低聲說道：「星族會張開雙臂迎接他，而且他將會與最崇高的祖靈並行。」

後方某處突然傳來一聲嚎啕痛哭。棘爪在心裡也跟著一起落淚。

「他辭世時，我也在場，」火星瞄了棘爪一眼，接著說下去。「他臨終前說——」

火星剛到嘴邊的話此時突然打住，只見一位棕色斑點戰士擠進會場，在樹墩底部停下腳步。「現在是什麼情形？」他的眼裡閃爍怒火，開口問道：「高星死了？怎麼沒貓通知我？」

原來是泥爪來了。

第七章

火星鎮定地看著台下的這位風族戰士。「高星剛剛才辭世，」他喵道：「所以來不及通報大家。」

「泥爪，你現在是族長了，」網足喵道：「雖然我們舉族上下都為高星的死哀悼，但大家需要你來幫助我們建立新的家園。」

此起彼落的贊同聲浪從風族裡傳了開來。泥爪微微點頭致謝，但當他轉身面向火星時，眼中仍然閃耀著憤怒的火光。「你應該先來找我，再召開這場會議。雷族的貓兒來宣布風族的消息，這還成何體統？」

火星的尾端抽搐了一下。「這是高星的遺囑。請保持安靜，聽我詳細說明。」然後他不只對著泥爪，而是對著全貓族繼續說道：「在高星去世之前，他委派一鬚擔任他的副族長。」他的眼神掃向棘爪，但對方的目光並沒有和他相交。棘爪感到毛髮隱隱作痛；高星沒有以正式的方式指派新副族長，難道火星真的願意罔顧這個事實嗎？

「什麼？」泥爪不敢置信地尖叫道。

「你是說泥爪不是我們的族長嘍？」網足問道。他大惑不解地亮出利爪、插進土裡。

「真是鼠腦袋！」一隻風族的黑色母貓忿忿不平地咆哮道：「沒有貓兒比泥爪更有本事領導我族了。」

棘爪焦慮不安地聆聽對話。如果換他決定，他也認為一鬚比泥爪更能勝任族長的職務，可是他沒有權利批評；而且他完全能夠體會泥爪此刻的感受：等待已久的族長寶座居然在一瞬間從他的爪間溜走了。

一鬚低頭望著泥爪。「我跟你一樣震驚，」他喵道：「而且我希望你能繼續留任副族長的職務。我需要你的支持，也希望可以借重你的經驗來建立家園。」

泥爪頸部的毛髮頓時豎得筆直。「你以為我會相信你的連篇鬼話嗎？」他厲聲說道：「每隻貓兒都知道在高星離開森林前，就已經把風族交給火星託管了。他一直都對雷族有著非比尋常的忠誠，而如今火星居然告訴我們他的朋友一鬚要成為族長！還有貓兒目睹這微妙的心理轉折嗎？」

棘爪的腳爪有如沉重的磐石，只見他邁開步伐走到泥爪身旁。「我看見了。」這句話宛如一塊頑韌的獵物卡在他的喉頭。「當時我也在場。我親耳聽見高星任命一鬚當他的副族長。」

可是他沒有用正確的言辭任命，這句話他差點就脫口而出，好險最後及時住口。火星也沒有對此表示異議啊。

林間空地和樹墩突然全都消失無蹤，棘爪重返深谷，變回任期不滿七個月的見習生，心不甘情不願地幫長老抓毛髮裡的蝨子。每個見習生都恨死這份工作了，但是偶爾能聽到他們出生前雷族裡發生的故事，就讓這個職務稍微可以忍受。棘爪一面輕輕用牙齒夾住獨眼尾巴根部的蝨子，一面聆聽這隻老貓對斑點尾訴說當年藍星委派火心——後來稱為火星——擔任她副族長的經過。火心也是花了很長一段時間才證明自己有能力取代他的父親——虎爪，坐上副族長的大位。

棘爪甩甩腦袋，回到湖畔雜樹林的現實世界。他體內的血液彷彿凝結在血管內。火星跟一鬚一樣，副族長任命儀式都沒有經過正式的程序！這也難怪當眾貓群起質疑一鬚領導部族的正當性時，火星願意站出來為他辯護。就算火星對自己副族長的職務心存疑慮，也只會將疑慮深埋心中；顯然他也認為一鬚應該這麼做。

泥爪瞇起眼睛打量棘爪。「唷！你也在場啊。又是雷族的貓兒，實在太令人驚訝了！火星是不是答應你只要幫他背書，就會給你什麼好處啊？他是不是承諾要讓你當雷族的副族長啊？」

任何說出真相的誘因頓時化為烏有，棘爪恨不得馬上跳到這位風族戰士的背上，把他的皮給剝下來。他努力控制自己站在原地，瞄了火星一眼，看見他族長翠綠的雙眼閃爍著令人不寒而慄的怒氣。

「你膽敢懷疑我跟我戰士所說的話？」火星對泥爪嘶聲怒吼。「高星是在星族的見證下做出決定的。」

「你怎麼知道？」泥爪質疑道：「你怎麼突然之間變成巫醫啦？」

「他的決定非常明確。」火星厲聲駁斥。

泥爪轉身面對他的同胞。「難道你們要若無其事地坐在這裡，默默接受這一切？」他問道：「難道要讓雷族決定我們的族長嗎？」他再度轉身怒目注視著一鬚，並出言挑釁：「你肖想多少戰士會聽命於你啊？你這個膽小懦弱、吃鴉食的背叛者！」

一鬚還沒來得及做出回應，鴉羽就踱步向前，站在樹墩邊緣。他毛髮凌亂，眼神中摻雜著憂傷與驚恐的情緒，不過當他一開口，語氣卻出奇冷靜。

「我願意追隨一鬚。我曾經跟棘爪一起同甘共苦，完成前往太陽沉沒之地的旅程，所以我知道他絕對不會撒謊。如果他說高星在追隨星族之前，指派一鬚擔任副族長，我選擇相信他的說法。」鴉羽抬起頭凝視著一鬚喵道：「一鬚，恭賀你成為我族的族長。」

此時風族傳來不少歡呼的聲浪。「沒錯！一星！一星！」可是仍有許多貓兒猶疑不定。棘爪知道要一鬚相信自己領導部族的合法性，並不是件簡單的事；他看見黑星跟豹星站在貓群的角落，彼此互換心滿意足的眼神。顯然他們一點也沒有為風族的內鬥感到沮喪；反倒樂於隔岸觀火。

一鬚對鴉羽深深一鞠躬。「謝謝你，」他喵道：「但先別叫我一星，」他懇求道：「我還沒從星族那兒領取我的聖名和九命。」他困窘地垂下耳朵，棘爪猜想一鬚在擔心自己因為風族副族長的就任儀式不對，而永遠無法得到星族的認可。

「你永遠都領不到！」泥爪咆哮道，彷彿他能看穿一鬚內心最深層的顧慮。「你才不是我們的族長呢！有種就下來跟我單挑，然後我們就會知道誰才是風族最好的領袖。」

一鬚縮起後腿，準備跳下樹墩迎接泥爪的挑戰，但火星適時地舉起尾巴攔住他。棘爪也做好心理準備，如果泥爪膽敢輕舉妄動、躍上樹墩，他就要將他攔截。

「不准動手！」只見暴跳如雷的吠臉發出怒吼。「泥爪，收回你的利爪，」他對這位風族的副族長說。「從來沒有透過打鬥來選拔部族族長的規矩。現在高星才剛過世，難道你想要高星的靈魂看著你們開打嗎？我們應該為他守靈，而不是為了誰來繼任爭吵不休。你這樣的行徑簡直就是在背叛高星。他一直都對資深戰士有非常深厚的期許。」他頓了一下，意味深遠地凝望火星，然後繼續說道：「我相信雷族貓兒的話。這是高星的選擇，而你也必須接受它。」

泥爪勉為其難地壓下頸部的毛髮，收起尖銳的腳爪。「非常好，」他吼道。他抬頭望著一鬚，眼裡的恨意宛若毒藥般致命。「有雷族的朋友幫你撐腰，你倒滿有膽站在台上嘛。不過如果你以為我會當你的副族長，那可就大錯特錯！」

一鬚點點頭。「很好，」他喵道：「我為你的決定感到遺憾。」

泥爪吐了口口水作為回應，然後轉身跟著吠臉和其他風族的貓兒將高星抬出來守靈。

「一鬚，」火星輕聲喵道：「你現在得指派另一位副族長。你沒辦法單獨領導族貓，如果泥爪存心攪局，你一定得設法取得所有你能得到的幫助。」

棘爪原本猜想一鬚會選擇鴉羽做他的副族長，因為鴉羽的眼神正仔細盯著一鬚不放。可是鴉羽才剛當上戰士不久，而且因為他在旅途中結識了棘爪和松鼠飛，所以有與雷族交好的傾向。一鬚需要一個經驗老到、深受風族信任，而且不太受異族貓兒歡迎的戰士；一個每隻貓兒都會認同、甚至連泥爪都沒話說的人選。

一鬚閉上眼睛沉思。等他再度睜開雙眼時，他望著族貓說道：「我當著高星的靈魂，以及所有星族祖靈的面前，宣示以下言論；我相信祂們會聽見並認同我的選擇。」棘爪這回終於聽見正確的宣示辭彙，欣慰地鬆了一口氣。

「灰足將是風族的新副族長。」

棘爪甚至不確定灰足究竟是誰，後來他看見一隻寬臉灰毛母貓震驚的面容。鴉羽朝她奔去，並和她互觸鼻頭；此時風族的貓兒也放聲歡呼：「灰足！灰足！」

這時棘爪才想起那隻母貓是鴉羽的母親；他之前曾在大集會時見過她一、兩次，不過從沒跟她說過話。顯然她在族貓眼中深受愛戴。棘爪瞇起眼睛細想：一鬚如他所願，做了一個明智的抉擇。

一鬚從樹墩上一躍而下，火星也跟在他後頭。灰足踱步向前，跟她的族長互觸鼻頭。「謝謝你，一鬚，」她喵道：「我會盡力而為。我從來沒想過——」

「我知道，」一鬚打斷她的話語，在她耳朵上飛快舔了一下。「這是我會選妳的其中一項原因。我不想選一隻認為自己應該獲得權勢的貓兒；我要的是一位能夠在我們重建家園時，輔佐我壯大我族的助手。」

灰足愉悅地說：「這也是我的心願。」

一鬚轉身對火星喵道：「火星，謝謝你。我很抱歉過程這麼困難。我壓根兒沒想過泥爪會指控你說謊。」

火星聳聳肩。「我並不意外。在高星辭世以前，泥爪就擔任副族長很長一段時間了；所以當他得知自己無法繼任大位，內心一定萬分震驚。不過至少現在看起來，風族裡大多數的貓兒都願意做你的後盾。」

一鬚點點頭，但臉上卻流露出一絲焦慮。「火星，我要怎麼做，星族才會賜我聖名跟九命呢？這裡也沒有月亮石。你覺得我該不該帶些戰士翻山越嶺，重回聳石區？」

火星的尾巴抽搐了一下。「這個主意實在太鼠腦袋了。往返聳石區的旅程差不多要花上一個月。可以肯定的是，你離開的這段期間，泥爪絕對會有所動作。」

他的耳朵朝著將高星遺體扛進林間空地的貓兒動了動。泥爪坐的位置離他們有些距離，但他凝視一鬚的目光卻預示了不祥的預兆。

「你說的對。」一鬚嘆了口氣。「現在不是離開部族的時機。但我們總得想個方法跟星族溝通，你說是吧？」

「附近一定還有另外一個月亮石，」灰足堅毅地喵道：「否則星族就不會將我們帶來這裡了。我們會盡快找到月亮石；在此之前，族貓對你的忠誠絕對會支持你作為族長的正當性。」

一鬚還是一副愁眉苦臉的樣子，而棘爪也明白為何他如此憂慮。不只是泥爪，網足跟夜雲顯然也對換族長的軒然風波十分不滿，而且搞不好也有其他貓兒心有同感。在一鬚得到他的九命和聖名之前，族長寶座仍然不穩；然而，在高星沒有正確指派副族長的情況下，星族還會賜予九命和新名字給他嗎？

「我們現在沒辦法去尋找月亮石，」這隻風族的貓兒疲倦地喵道：「雖然已經天亮了，但我們必須為高星守靈。」

他領著眾貓走向林間空地，蜷伏在那隻一動也不動、黑白相交的貓兒身邊，將鼻子伸進高星冰冷的毛髮中。灰足和鴉羽分別坐在一鬚的兩邊，彷彿要在他哀悼族長時保衛他的人身安全。棘爪知道他們此刻的心情一定格外悲痛，因為他們無法整夜為高星守靈；各族很快就要出發前往各自的新家園了。他感到一陣暈眩，戰士守則好似在他身邊完全崩解，在遷徙新家的壓力下粉碎成灰。

「一鬚任命灰足當副族長，真是個明智的抉擇！」火星的話將棘爪抽離自己混亂的思緒。

棘爪也認為他言之有理，但彷彿有根骨頭卡在喉嚨似的，讓他無法回話。那火星拒絕為雷族做出類似的抉擇，這點又該怎麼解釋呢？他實在很難壓抑自己的情緒，腦海中苦尋能夠表達尊敬火星與灰紋的友誼，同時又能表明沒有副族長的雷族，不可能永遠生存下去的言語。

火星碧綠的眸子此時凝望著他，看樣子已經猜出他的心思。「我們沒有證據能證明灰紋死了；而且如果他還活在世上，有一天就會回到雷族來。這麼一來，我怎能指派另一隻貓取代他的地位呢？」

「霧足失蹤時，河族也指派鷹霜當副族長啊。」棘爪冒險頂撞。

火星瞇起雙眼。「情況又不一樣。霧足失蹤時，沒有貓兒知道她到底發生什麼事了，而且看樣子她活下來的希望也是非常渺茫，可是我們都知道兩腳獸設下陷阱，把貓捉走，所以貓兒才會消失無蹤。如果兩腳獸想要置貓於死地，大可立刻就把貓兒們宰了，可是牠們沒有這麼做；因此我認為灰紋一定是被囚禁在某個地方，而且遲早就會逃脫兩腳獸的魔爪，回到我們身邊。」他伸出爪子猛刮地面，在泥土上留下深刻的抓痕。「除非親眼看見他的屍首，否則我不會放棄希望。」

棘爪不禁懷疑：你究竟想說服我，還是你自己呢？

火星不發一語，轉身朝著為高星守靈的群貓走去。棘爪望著火星離去的背影，內疚跟挫折在他腹中不停翻騰。他好想當上副族長——難道這個願望有這麼可怕嗎？

記住虎星，有個微小的聲音在他耳邊悄然說道；棘爪頓時嚇得毛骨悚然。

我跟虎星一點都不像！我是個忠心耿耿的戰士。我努力為我的部族賣命。沒有任何一隻貓有資格說我不配當副族長。

他看到松鼠飛悄悄從暗影中走了出來，與她父親親密地互觸鼻頭。他們肩並肩地在圍成一圈哀悼的風族貓兒外圍坐下，父女火焰般的鮮明毛髮交織在一起。

妒忌有如冬季鋒利的寒風，襲上棘爪心頭。他跟松鼠飛因為鷹霜而起了爭執，他的姊姊褐皮又隸屬另一個部族；沒有任何貓兒可以跟他分享松鼠飛和火星之間的複雜情感。

我到底要證明自己多少次才夠？他絕望地懷疑著。儘管鷹霜的父親也是虎星，他在河族似乎沒有相同的困擾。棘爪突然非常渴望找到鷹霜，跟他說話；但礙於各族分家在即，他明白兄弟會面的時機已經過去了。

棘爪想當上副族長的慾望，已對他造成傷害。為什麼火星跟松鼠飛不願相信他呢？他閉上雙眼，爪子使勁地刺進土地，宛若渴望的浪潮將他席捲，讓他體內的熱血頓時降到冰點。

第八章

葉掌蜷在高星屍首不遠處，注視著前來為這位族長守靈的貓兒。陽光從山脊後方撒落大地，灰暗的天空和低掛樹頭的雲朵也映入眼簾。一陣潮溼的冷風從湖面吹來，枝葉有如老鼠骨頭般窸窣作響。

族長的屍體看起來陰森僵硬，讓葉掌冷不防打了個寒顫。在冷峻的晨光下守靈是一種十分詭異的感受。

葉掌將視線從高星的身上移走，讓自己的思緒恣意遊蕩，焦慮好似狐狸的毒牙啃嚙著她。一鬚不可能再走回月亮石領取他的聖名與九命；精疲力竭的他根本無法來回跋涉這麼遙遠的旅程，而且虎視眈眈的泥爪勢必會趁高星不在時惹是生非。可是如果他們的族長沒有管道跟星族溝通，又會造成怎樣的結果呢？戰士守則有如晨光下的薄霧漸漸消散，貓兒們也將淪為無賴貓。

「星族**一定**要為我們指引迷津！」她大聲

喵道。

煤皮原本在和吠臉交談，聽到葉掌這一聲大叫，往她的方向瞄了一眼。「葉掌？怎麼了？」她一臉憂慮地走了過來。

葉掌趕忙搖頭。「煤皮，對不起，我吵到妳了。我剛才只是無意間想到一鬚。要是他沒辦法去聳石區，那該怎麼辦啊？」

煤皮伸長尾巴，溫柔地碰觸葉掌的頭。「別擔心，」她試圖讓葉掌放心。「星族將會告訴我們一個與祂們溝通的新場所。」

「要等到什麼時候呢？」葉掌凝望著導師深邃的藍眼睛。「一鬚現在就需要他的聖名跟九命。」

「葉掌，性子不要這麼急。沒有貓兒能催得動星族。我們會找到答案的。在此同時，」她口吻輕快地繼續說道：「與其在這兒瞎操心，妳可以做點比較有用的事。聽著，蛾翅想到了一個好主意。她正在幫小貓和長老盛水。」

林間空地的另一頭，那隻河族的巫醫正走向一群風族貓兒，她的嘴裡塞滿了溼淋淋的苔蘚。葉掌頓時感到十分內疚，到目前為止，她除了為自己幫不上忙的事情發愁外，什麼正經事也沒做。

「煤皮，對不起，」她邊跑邊說道：「我這就去拿點苔蘚回來。」

煤皮點了點頭。「保持忙碌，妳的心情就不會那麼差了。」

葉掌朝著湖畔奔去，不過她剛離開小灌木林，就看見幾隻貓兒往山坡上跑。他們的皮毛如湖水般光滑，而葉掌也認出帶頭的貓兒正是鷹霜。原來是河族的巡邏隊回來了；第一道曙光出現時，他們就出發到島嶼探險去了。

在好奇心的驅使下，她跟著他們回到林間空地的中心。

鷹霜跳上樹墩，發出一聲巨吼召喚眾貓。葉掌不禁納悶他是否應該這麼自以為是。

「他在搞什麼把戲啊？樹墩就像是四喬木的巨岩一樣，只有族長才配站在上面。」栗尾邊跑向她的朋友，邊呼應葉掌的心聲。「鷹霜現在甚至連副族長這個職務都丟了。」

但沒有任何貓兒指責這位河族戰士，大家反而火速聚到樹墩下聆聽鷹霜所帶來的消息。

「所以說……」豹星為鷹霜做了個開場白。「你們抵達島嶼了？有什麼新發現嗎？」

「那裡簡直就是我們夢寐以求的一切，」鷹霜宣告。「我實在想不到比那裡更適合當營地的地方了。星族帶我們來此地時，一定早就設想周到，將島嶼預留給我族作為營地。那裡有滿是魚兒的湖泊、遮風蔽雨的樹林，而且可以阻絕掠奪者的侵擾，或任何可能攻擊我族的敵人。」他邊說邊將眼光掃向其他貓族。

河族的戰士們紛紛表示贊同，黑爪也叫道：「幹得好耶，鷹霜。」

這位虎斑戰士深深地點頭致意。「我只不過是為全族爭取最好的居住環境。」他答道。

當葉掌聽到身後發出一聲響亮的「哼」聲時，不禁嚇了一跳。她往後頭一瞥，看見松鼠飛充滿敵意地瞪著鷹霜。

葉掌靜悄悄地挪動步伐，走到後頭她姊姊的身邊。「怎麼啦？」

「我不相信這個傢伙。」松鼠飛嘴裡念念有詞，目光還是緊盯著那位河族戰士。

「我也不相信他。」葉掌喵道。她想起在森林裡的某天，栗尾追松鼠時不小心越過河族的疆界時，鷹霜逮到了她；要不是蛾翅出言警告，說如此一來將造成部族之間的紛爭，鷹霜還不肯將栗尾放走。他的野心在當時就已展露無遺，甚至還暗示要趁雷族鬧饑荒、族群力量衰弱之際，進駐他們的領土。

葉掌跟栗尾當初決定不要將這件插曲告訴火星或族貓。栗尾不想承認她越界，而且她認為任何一位雄心壯志的年輕戰士都會夢想占領異族的狩獵區域；葉掌倒也希望自己能像栗尾一樣，如此輕鬆面對鷹霜對領土跟權力的渴望。

「我知道妳不相信他，」松鼠飛輕聲喵道：「我一直以來都看在眼底。很高興有貓能跟我站在同一陣線。」

霧足走到樹墩底部，抽動了一下尾端。「鷹霜，我已經跟你說過在島上紮營是多麼鼠腦袋的一件事。戰士可以游泳過去沒錯，但小貓跟長老們該怎麼辦呢？而且要是湖裡的魚兒有問題，又該如何是好？我們沒辦法把對岸的獵物帶到島上啊。」

鷹霜的眼神直接越過霧足，向豹星問道：「豹星，妳意下如何呢？」

這位河族的族長猶豫了一下，然後答道：「鷹霜，你說的一切都很正確，」最後她喵道：「島嶼比陸地任何一個地方都更容易防禦外敵，但霧足說的也沒錯。我們不能把家園設在小貓和長老有困難到達的地方；與世隔絕是能讓我們阻絕危險沒錯；但在此同時，卻也會使我族孤立無援。所以我們還是在霧足找到的場所紮營好了。」

葉掌原本預計鷹霜會勃然大怒，但沒想到他非但沒有生氣，反而對豹星深深一鞠躬，然後從樹墩上跳了下來。

「很好。」松鼠飛心滿意足地說道。

「嘿，公平點，」葉掌警告道：「妳不能因為他想幫族貓找個安全無虞的家園，就責怪他。」

松鼠飛發出一聲厭惡的鼻息。「他才不是為了這個！他只是想要挑戰霧足罷了。如果我是霧足的話，一定會處處提防。別告訴我妳不同意哦，」她又說道：「因為我不會相信的。」

「我知道，」葉掌坦承。「不過話說回來，到目前為止，他還沒做出什麼壞的勾當。」

松鼠飛瞇起雙眼。「只是時候未到而已。」她面色陰鬱地喵道。

因為起了個大早，葉掌開始打起瞌睡直到感覺有尾端拂過她耳際的時候，才醒過來。她眨眨惺忪睡眼，抬頭一看，原來是煤皮來了。

「我來幫忙將高星的屍首抬去埋葬，」她的導師喵道：「火星也要準備出發了。」

葉掌跌跌撞撞爬起來，將身上的枯葉抖落。「煤皮，對不起！」她結結巴巴地說。「妳怎麼沒早點叫我起來呢？」

「妳是需要好好睡上一覺的。」煤皮輕聲說道。

現在厚重的雲層已變得稀薄，終於撥雲見日，露出淡黃色的晨光。貓兒在樹墩附近圍著火星群聚；蕨毛將尾巴垂在長尾的肩膀上，為他指引方向；而蕨雲正溫柔地責備小白樺幾句，她的孩子正四處蹦蹦跳跳、激怒其他貓兒。

葉掌頓時感到異常興奮、睡意全消。他們即將啟程前往他們的新家園了！「有什麼需要我幫忙的嗎？」她問道。

「有，麻煩妳盡快到沼澤地採點馬尾草來。我們可能會有好一陣子沒辦法採到這種藥草。」

葉掌點了點頭。「沒問題。不過我可不可以先去找蛾翅？我想跟她道別。」

「妳們以後還能在大集會時碰面的，」煤皮說，然後話鋒一轉，溫柔地補充道：「好吧，不過別耽擱太久時間啊。」

葉掌旋即狂奔而去。讓她寬心的是，她幾乎在第一時間就發現蛾翅，只見她嘴裡塞滿溼潤的苔蘚在樹林間穿梭。葉掌滿懷內疚地想：四族的小貓和長老一定都喝過她盛的水了。

「嘿！蛾翅！」她喵道。葉掌停下腳步，她朋友身上辛辣的味道撲鼻而來，使她不禁皺起鼻頭。

蛾翅的藍眼閃爍著欣喜的光芒。「老鼠膽汁，」她難過地喵道：「今天早上沉步叫我先幫他拔蝨子，再去忙別的事；因為我一直忙著盛水，所以根本沒時間把老鼠膽汁洗掉。老實說，我現在已經習慣這個味道了。」

「真對不起，」葉掌此時感到更加內疚。「我應該來幫妳忙的。」

蛾翅聳聳肩。「沒關係，反正我也快忙完了。妳要不要拿點水給雷族的長老呢？」她把剛才扔在地上的潮溼苔蘚推到葉掌跟前。

「謝了。」她喵道。葉掌不知道在她採得馬尾草之前，有沒有時間讓長尾喝口水。她彎腰用嘴叼起苔蘚，但一陣濃烈的氣味立刻朝她的口鼻撲來，馬上將苔蘚吐了回去——這種怪異的酸味使她想起腐食。她抬起頭來，舌頭往嘴脣四周猛舔了一圈。

「妳怎麼了？」蛾翅問道。

「我也不太確定。苔蘚的味道聞起來怪怪的。妳從哪裡撿來的？」

「那裡的水池裡……」蛾翅甩尾示意。「好在這麼近就有水可用，我也就不必千里迢迢跑到湖畔了。」

「帶我去那裡瞧瞧。」葉掌喵道。

蛾翅領她走出林間空地，來到沼澤邊。她信心十足地越過沼澤地，在沙沙作響的草叢上跳躍，因為草叢之間的溼地，即使是河族的貓兒都會覺得泥濘難行。她們現在與湖畔同高，但離湖愈來愈遠。

最後蛾翅停在一潭死水的池子旁，有條流經沼澤草地、注入湖泊的小溪將水源流進小池。葉掌還沒抵達水池前，就認出那股相同的酸臭味。她小心翼翼地往前爬，朝池子裡一看只見池水黝黑、停滯不動。她彎下腰，直到自己的倒影遮住光線、直見池底。此時葉掌瞇起眼睛，因為她發現一團溼透的深色毛球躺在泥煤般的土地上。看樣子應該是隻不慎掉入水池，結果溺斃的兔子。

她發出嫌惡的嘶聲，然後抽回身體。「妳看。」她對蛾翅喵道，並挪動身子，讓這隻河族的貓兒能蜷縮在她身旁。

蛾翅頓時嚇得瞠目結舌。「我之前來這裡時，池水還映照著蔚藍的天空呢，」她嘴裡念念有詞。「我從來都沒看過那隻死兔子，而且除了老鼠膽汁的那股怪味外，其餘我什麼也沒聞到。長老他們會不會有事啊？」她一臉憂愁地問道。

葉掌張開大嘴，準備跟她說汙水有可能會使貓兒腹痛，但當她瞧見她朋友眼中焦慮的神情，剛到嘴邊的話又吞了回去。「我相信他們會沒事的，」她笨拙地喵道。畢竟如果池水真的受到汙染，蛾翅也是無能為力。「不過別再盛這裡的水給他們了。」

「我不會了。」蛾翅惱怒地甩了一下尾巴。「現在我得去湖畔了！下回大集會再見嘍，葉掌！」

「希望如此，」葉掌一邊望著她朋友往下坡跑，一邊叫道：「記得要洗爪子哦！」她又補充道，不過她不確定蛾翅有沒有聽到。

她離開水池，用小草謹慎地將爪子擦拭乾淨，免得有毒物浸入池邊的土地。就在她站立的位置不遠處，一個未受髒死物汙染的地方，她看見一叢濃密的馬尾草。

她可以幫煤皮採些馬尾草，然後離開這裡。她對自己說：只要抵達我們的新家園，所有的一切一定會好轉的！她望著蛾翅離去的背影，感到焦慮如一陣寒風朝她身上襲來。

這隻河族的巫醫幫長老和小貓盛水，原本是出於一片好意；可是汙水會不會對這些貓兒造成什麼後遺症呢？

第九章

棘爪在林中穿梭，張開大口想從盤旋在空氣裡各族混雜的氣味中，嗅出雷族的味道。這可不是件簡單的差事；他們一起跋山涉水，貓族再也沒有保留各自獨特的氣味了。貓兒在四處奔馳，與異族的朋友互道別離。

現已日正當中，火星急著啟程前往新家園。他派棘爪確定在前往新家的路上，每隻貓兒都跟上隊伍、沒有落單。

棘爪看見鼠毛正在跟河族的沉步道別。這隻雷族的戰士看起來疲憊不堪，或許等他們到了新營地，她就得加入長老的行列了。

「嗨！鼠毛，」他喵道：「火星叫我們統統到樹墩附近集合。」他盡量避免用直接命令的口吻對鼠毛發號施令；鼠毛暴躁易怒，他可不想因為出言不慎而少了條尾巴。

「好，我這就來了。」鼠毛在沉步耳朵上飛快一舔。「一路順風，」她對他說。「大集會時再見嘍。」

「再見，鼠毛。」沉步望著她離去的背影，然後對棘爪點點頭，溜進河族集合的樹林中。

松鼠飛沿著樹墩滑到棘爪腳下，差點和他相撞。

「我正在找你，」她急喘吁吁地說。「快跟我來。」她循著原路折回，帶他到一個小洞，褐皮跟鴉羽正在洞裡等他們到。「現在是時候好好道別了，」她喵道：「我們的旅程已正式畫下句點。」

悲傷宛如荊棘刺痛了棘爪的心。松鼠飛說的對，他們的探索之旅已經結束了。即便他們之間已經建立深厚的情誼，卻仍必須對各自的部族效忠。他們初次離開森林好像是很久很久以前的事了，很難回想前往太陽沉沒之地的漫漫長路上，他們彼此之間的友誼有多麼強烈。棘爪望著松鼠飛，想知道她是否依然全心全意地信任他。

他朝鴉羽和褐皮走了過去，與他們親密地互觸鼻頭。凝視著他們的眸子，他看見記憶宛如魚兒在水裡悠游。

「我們永遠不會忘記旅途的一切，」褐皮輕聲呢喃。「因為這一切，我們在未來都將變得更加堅強。」

四隻貓兒不發一語地站在洞裡，接著鴉羽憂鬱地喵道：「我們應該要有六隻貓才對。」一想到另外兩隻貓兒永遠都不會返回各自的部族，棘爪的身子不禁往後縮了一下：羽尾無私地犧牲了自己的生命，而暴毛則留在急水部落裡。

「我們是六隻貓兒沒錯，」松鼠飛溫柔地喵道：「只要我們記得他們，他們就會永遠與我們同在。」

鴉羽的眼神凝望著遠方。他低聲說道：「有時候，光是記得……是不夠的。」他的聲音小到幾乎讓人無法聽見。

褐皮甩甩身體。「這個嘛，與其沉浸在憂傷之中，倒不如捕獵物來得實際，」她喵道：「我該準備出發了。大集會時見嘍，各位。」

她轉身一蹦一跳地離去，其他貓兒則在她身後呼喚保重再見。

鴉羽欠身鞠躬。「祝你們一路順風。」他喵道，然後開始往回走。

「我們還要再一塊兒旅行好一陣子呢，」棘爪說。「我們得先越過你們的領土，才會到達我族的屬地。」

「可是我們現在只能跟著自己的族貓走了。」鴉羽轉身，旋即消失在洞頂。

棘爪凝視著鴉羽的背影，希望他能想到辦法扭轉鴉羽獨行俠的固執信念。羽尾的死在他心中造成的悲痛和陰影，似乎讓他確信友誼只能為他帶來痛苦。

松鼠飛用尾端輕輕拂過他的耳際。「來吧，火星一定在尋找我們呢。」

在回到林間空地的路上，他們看見鼠毛的見習生蛛掌正在和幾隻河族的見習生互道別離。松鼠飛友善地在他耳邊拍了一下，叫他跟他們一起出發，免得落單了

當他們抵達樹墩時，其他的雷族貓兒已三五成群地坐在地上，準備出發。

塵皮此時則在點名，檢查是否每隻貓兒都已前來集合。「棘爪跟松鼠飛還沒到，」他怒氣沖沖地對火星說，這番話剛好被棘爪聽到了。「還有蛛掌——哦，原來你們在這兒啊，」塵皮看到他們的身影，補充說道：「沒錯，火星，每隻貓兒都到齊了。」

「很好！」火星喵道。

他跳上樹墩，黑星早就在上頭等待眾族長了。沒過多久，豹星也加入兩位族長，一鬚也從風族跑了過來，坐在樹墩底下的根部——不過棘爪卻注意到泥爪心滿意足地點頭，好像在為一鬚不能與其他族長平起平坐而幸災樂禍。他頓時感到一陣寒意襲上他的毛髮。風族在湖邊正建立新家園的時期，仇恨妒忌是最要不得的忌諱。

其他貓兒開始蠢蠢欲動，有一、兩隻貓兒站了起來，不耐地用爪子猛抓地面。他們一想到要即刻前往新家園，就欣喜若狂，無法靜下來聆聽族長們的發言。

「我們四位討論未來可能的邊界，」黑星說道：「我們現在就要公布我們的決定。」

棘爪豎起耳朵。現在決定邊界會不會太早啦？畢竟巡邏隊還沒有機會探索新領域的每一寸土地。不過或許現在公布邊界，可以讓貓兒對各族領土的大小範圍有個心理準備，以免某族擅自索取超出原本劃定的土地。

「褐皮說在松樹林旁有一條小轟雷路，」黑星接著說道：「影族將以這條轟雷路作為我們與河族的邊界；至於遠方的湖畔，一條流經空地的小溪，將作為我族和雷族的邊界。」

「可是我們並不知道小溪的上游到底有多遠，」褐皮坐在她的族貓之間，提醒黑星。

黑星點了點頭。「我們一到那裡，馬上就去查個明白。」

「而雷族的領土將從空地開始，」火星喵聲說：「棘爪說樹林的另一頭也有另一條小溪在山脊底部。那兒將作為我族和風族的邊界。」

「河族的領土將從馬廄場開始。」豹星放聲說道：「一直到松樹林邊緣的轟雷路為止。」

「而風族的領土則從馬場開始，直到剛才火星提到的小溪為止。」一鬚喵道。

棘爪與林間空地另一頭的褐皮四目相交。族長們的決定聽起來滿公平的。各族都有連綿延亙的土地、都能通往湖泊，而且還有寬敞的空間可讓他們獵捕最熟悉的獵物。

「這只是個粗略的概念，」火星提出警告。「在留下氣味記號之前，我們必須對領土有更好的了解。我們會在下次集會時宣布確切的邊界。」

「希望我們在探索領土的過程中，不要引發戰爭，」吠臉大聲疾呼。「在你們大打出手之前，牢記我們巫醫還沒有時間儲存藥草呢！」

貓兒們全都莞爾一笑，棘爪看見許多戰士也紛紛點頭表示贊同。然而，並不是藥草短缺才凸顯出戰爭的錯誤；與曾經攜手逃離殘破的森林老家、並肩翻山越嶺、長途跋涉的貓兒開戰，這才讓人感到奇怪。

「出發吧，」火星催促大家。「願星族與我們同在。」他跳下樹墩，往雷族貓兒群聚的地方走了過去；只見他筆直地舉起尾巴，難掩興奮之情。「棘爪、松鼠飛，我看最好還是由你們帶路，畢竟你們知道該怎麼走。」

棘爪點了點頭，往部族的隊伍前方走去。這才像話嘛——畢竟他已經帶隊走了這麼長一段距離了，他的同胞應該知道他為了大夥兒尋找新家，奉獻多少心力。他心想或許火星也明白副族長這個職務，他絕對是當之無愧。

雷族穿越樹林時，一鬚向他們打了一聲招呼，帶著他的族貓跑了過來。「我想我們還要一起再走一小段路，」他對火星喵道：「剛好我們要走同一個方向。」

火星點點頭：「好主意。」

他們行進的同時，棘爪注意到鴉羽在風族的隊伍前端，與他的同胞走在一塊兒。但是這位年輕的戰士並沒有往旁邊偷瞄棘爪，他只是目不轉睛地盯著前方，毅然決然地朝著湖畔的方向走向下坡，那兒有一條通往山脊的羊腸小徑。棘爪也發現泥爪正垮著臉怒視一鬚，但他的敵意究竟是來自於單純的妒忌，還是不想跟雷族走在一起，實在是很難講。

河族和影族此時也在不遠處，往相反的方向斜越山坡。棘爪瞇起雙眼，看見鷹霜走在他族貓的邊緣，而同一時間，鷹霜居然也轉頭迎上棘爪的目光。只見他小聲跟身旁的戰士講了幾句話，然後就脫離河族的隊伍跑了過來。

「棘爪。」鷹霜相當正式地鞠躬致意，但他冰藍色的眼裡卻流露出友善的光芒。「希望你到了新家後，能一切順利。願星族與你同在。」

「你也是。」棘爪答道。

「我很期待下次大集會時能再度與你見面，」鷹霜補充道。他的目光在棘爪的雙眼中來回搜尋，彷彿還想再多說些什麼，但河族貓的一聲嗥叫，使鷹霜急忙轉頭回望。兩族已經快要抵達湖畔了，如果他再不留神，就得跑好長一段距離才能追上同胞。「我得走了，」他對棘爪喵道：「大集會時見嘍。」他眨了一下眼，旋即轉身朝河族的隊伍疾馳。

「大集會時見！」棘爪在他身後大叫；一想起自己錯失深入了解自己兄弟的最佳時機，心中就百感交集、五味雜陳。

「我們到底可不可以動身了？」松鼠飛埋怨道：「還是你打算一直站在這裡瞎扯？」

「他只是想釋出善意罷了！」棘爪暴跳如雷地反駁道。

「善意？」松鼠飛嘶聲叫道，不敢置信地睜大雙眼。「少了他的善意，我們又不會怎樣。看看他為了河族的營地，一副要霸占島嶼的德行！」

「他並不是要霸占島嶼。別族的貓兒又沒辦法使用那塊土地，他只是想為河族爭取最好的營地而已。」

「如果你連這種瞞天大謊都可以相信，那世上沒有一件事你不信的了。」松鼠飛昂首闊步、高舉尾巴，飛快地向前邁去。

棘爪跟在她身後時，發現她渾身上下的毛髮都有如針刺般直豎。他不禁縮緊神經，感到腹部隱隱作痛。這一路漫長的旅程下來，他與異族貓兒建立的友誼中，應該不會因為各族的分道揚鑣而有所動搖吧？不過他跟鷹霜的情誼卻有如朝露一下子就消失無蹤，一切都只因為松鼠飛受不了他跟他一半血緣的兄弟親近。如果她認為他寧願跟鷹霜做朋友，而不願和她好，那她可就錯了。棘爪內心只有松鼠飛，而且他對她與日俱增的思念，都快讓他無法呼吸了。

雷族和風族沿著湖邊，靜悄悄地越過馬場籬笆，接著往山上爬了一小段路，這樣一來大夥兒才能眺望一望無際、波光粼粼的湖水。湖濱鄰近島嶼之處，棘爪看見兩團小黑點在緩慢地移動：原來是影族和河族朝著各自的新家園前進。

貓兒們一起橫越山腰，來到一個狹小窪坑，只見岩石突出勁草，有條涓涓細水流經坑底。

一鬚停下腳步，搖尾召集族貓。「我們要在此地跟你道別了，」他對火星喵道：「這裡將通往山脊——也就是鴉羽說的可供我族紮營的所在地。」他欠身鞠躬，繼續說道：「我們致上最深的謝意。要不是您的鼎力相助，風族永遠沒有機會目睹這些山丘。」

棘爪聽見風族戰士中一陣壓抑的嘶吼聲。他不知道不滿的聲浪究竟出自於哪隻貓兒，但他也不需要知道。聽到風族欠雷族一份人情的這種說法，泥爪絕對會第一個跳出來表達不滿。

火星將尾巴輕輕掠過一鬚的肩膀。「一路順風。星族幫大家都找到了完美的歸宿。」他降低音量，繼續說道：「如果遇上了什麼麻煩，儘管跟我說。雷族非常樂於伸出援手。」

棘爪不確定自己是否應該聽見這席對話，所以連忙走避，免得火星發現他得知雷族族長所立下的承諾。棘爪的毛髮感到隱隱作痛。一鬚倚賴異族族長來支持他領導者的正當性，想必不怎麼牢靠吧？而且不只如此而已——一鬚知道火星跟棘爪是另外兩位知道高星指派新副族長時，說了什麼、遺漏了什麼的貓兒。一鬚得靠他倆來幫他隱藏祕密、超脫戰士守則的規章來效忠他，儘管他的地位尚未獲得星族的認可，也要擁護他、支持他。

當風族開始爬上陡峭的深壑時，兩位族長便互道別離，兩族也在離情依依中互訴珍重。雷族的貓兒站在原處凝望他們遠去的背影；棘爪發現葉掌嘴裡叼著一束藥草，腦袋歪向一邊、滿腹狐疑地望著風族貓兒。他想知道是不是有什麼雜事困擾著她——或許星族警告她風族這段路上會出什麼事也說不定——但他還沒來得及開口詢問，火星就召集全族。

如今只剩下雷族了——周圍的湖泊、土地，看起來比以往更加遼闊，同時也更加陌生險惡。棘爪敏銳地意識到岩石或灌木後，都可能會有敵人藏匿其中。他警覺地豎起寒毛；奇怪的是，他之前巡邏時，並沒有感到危機四伏。撇開霧足不談，他跟其他巡邏隊的成員曾共同面對許多危難，他相信他們會照顧自己，並留意隊友的安危；但是現在他必須為全族的生命安全擔憂，而偏偏他的族貓又缺乏在未知領土漫遊的實際經驗。

顯然火星也跟棘爪一樣意識到不安。「大家保持警覺，」他大聲喊叫；接著他又輕聲說道：「蕨毛、塵皮，看守靠湖畔的那一頭；雲尾、亮心，負責另一頭；沙暴、栗尾，妳們殿後，確保沒有貓兒落單走失。」

戰士們各就各位，雷族也繼續前行。原本歡樂的貓叫聲和嬉鬧說笑的聲浪已逐漸消散，貓兒們無不睜大雙眼、環顧四周，躡手躡腳地在未知的土地上悄步行走。

當大夥兒來到一個小坡底下的溪流時，凜冽的灰光已漸漸昏暗。對岸的樹林正是松鼠飛發現石洞的所在地。棘爪不知道他的族貓是否會滿意這個新家園，緊張地猛拉耳朵。

「我們之前曾越過這條小溪，」眾貓在岸邊停下腳步時，松鼠飛低聲喃喃道：「等到我們走到另一頭，就等於真的踏在雷族的領土了！」

「除非我們確定這裡真的是雷族屬地。」棘爪提醒她。

由於溪流過於寬闊，貓兒們無法一躍而過，全都在岸邊猶豫不決，尋找可以幫助渡河的踏腳石或樹枝。當最後一絲陽光散去，前方的樹林成為一片窸窣作響的黑影時，棘爪開始意識到族貓們愈來愈焦慮不安。蕨雲捲起尾巴環繞小白樺的肩膀，不讓他碰到半點溪水；而且甚至連見習生們都面露驚恐。

「長尾怎麼辦呢？」鼠毛叫道：「你們認為他有辦法渡河嗎？」

「老鼠屎！」松鼠飛橫著臉埋怨道：「那就爬山吧，爬到之前我們橫越的地方。往上爬總比較容易了吧。」

「不，先等等，」棘爪喵道。如果他們想趕在天黑前抵達石洞，翻山越嶺所花費的時間絕對不夠用。「溪水看起來不是很深，讓我們看看能否涉水而過。」

他將一隻爪子伸進水中，被冰冷的溪水凍得直打寒顫，接著一鼓作氣踏入溪流。卵石鋪成的河床坡度和緩，他發現即使溪水最深之處，也不過到他的腹部而已。

「來吧！」他一邊向大夥兒大叫，一邊跳到對岸，將四條腿上的溪水輪流甩開。「這很簡單的！」

對岸響起幾聲不滿的咆哮。「如果你以為我願意下水的話，那你腦袋裡肯定生蜜蜂了！」鼠毛朝對岸的棘爪叫道。

棘爪嘆了一口氣。爬山要比橫越溪上的踏腳石更費時間，而且如果族貓們在暗處尋覓新家的過程中，迷失方向、失足踉蹌，很有可能會跟當初松鼠飛發現石洞的方式一樣——跌進懸崖邊緣。令他寬心的是，火星甩尾向雷族的族貓們示意。

「快點！」他不耐煩地喵道：「我們經過重重困難，不會被這條小溪難倒的，你們說是吧？」

於是眾貓一隻接著一隻開始渡河。雲尾和沙暴打頭陣，他們步履緩慢地涉水而過，尾巴在他們身後被流水打得左搖右擺；塵皮帶著小白樺走在後頭，只見他不時用頭護衛小貓，免得小白樺被水浸溼；塵皮後頭跟著蕨毛和栗尾，他們倆領著長尾過河；而松鼠飛最後終於成功地說服鼠毛下水，向她保證有個乾燥苔蘚鋪成的溫暖小窩在前方等著她，這位資深戰士每走一步路，嘴裡就嘟噥個沒完。好不容易上了岸，鼠毛一邊甩乾身體，一邊怒目注視著棘爪；鼠毛身後的松鼠飛則骨碌碌地轉動眼珠，好像一點也不期待兌現自己剛在對岸許下的承諾。

好脾氣的火星最後也忍不住暴跳如雷。「好啦，」等他上了對岸，到棘爪身邊，馬上就劈頭問道：「營地在哪兒？」

棘爪連忙跟松鼠飛交換了個眼神。他們先前並非從這個方向前往石洞，而且在伸手不見五指的黑暗中，景物也全都變了樣。顯然松鼠飛跟他一樣都是丈二金剛，摸不著頭腦。她茫然地回望著他，微微地搖了搖頭。

棘爪朝空氣中嗅了嗅，試圖從溪流和山丘的坡度來判斷他們所處的方位。「往這兒走。」最後他喵道，並希望自己的聲音聽起來不會那麼心虛。

雷族的貓兒跟著他走進樹林。棘爪跟松鼠飛並肩走在族貓前方。「嘿，如果我們找不到石洞的話，怎麼辦？」他小聲喵道。

松鼠飛轉頭望著他，她那碧綠的雙眼在黑暗中閃閃發光。「那我們身後就會有一堆怒氣沖沖的貓兒。別擔心了，」她補充道：「石洞就在附近，之前我們也是無意之中才發現這塊寶地的，你還記得吧？」

棘爪並沒有跟她說這才是他害怕的地方——他們當初之所以會發現石洞，是因為有隻貓兒不小心掉了進去。他戒慎恐懼地在枯葉上行走，望著周圍參天的灰色樹幹，突然感到自己的渺小與脆弱。就算我們找到石洞了，其他貓兒會滿意這個地方嗎？他迫不及待想知道答案。

他聽見其他貓兒心神不寧的耳語，想必是大夥兒已經發現他們在樹林裡瞎繞了；此時他看見松鼠飛豎起耳朵。

「看！」她喵道：「那裡的樹木之間有個裂口，還有一團死蕨叢……我之前有看過。」

「妳確定嗎？」棘爪問道。松鼠飛等不及回答他就往前狂奔。他也跟在她後頭跑進一個小空地，並在一團糾結的荊棘前猛然停下腳步，這裡就是當初松鼠飛第一次發現石洞，並且消失無蹤的地點。

她站在林中空地的中央，雙眼炯炯有神。「就是這裡！」她驕傲地叫道。松鼠飛轉身叫喚她的族貓：「來吧，我們到新家嘍！」

此時蛛掌發出欣喜若狂的一聲尖叫。他從雷族的族貓中脫隊而出，旋即衝向有刺灌木。棘爪看傻了眼。他們找到了石洞沒錯，但這裡不是入口！

「回來啊！」鼠毛在她的見習生身後呼喚。

蛛掌沒有回應。棘爪在荊棘間驚鴻一瞥他隨風擺動的黑色長尾，只見蛛掌就要往前縱身一躍；不過說時遲，那時快，松鼠飛搶先一步！

她大叫一聲。「不！」松鼠飛急忙跟在蛛掌身後鑽進荊棘；而棘爪則滑進枝葉底下，發現他倆站在懸崖的邊緣，差半步可能就要墜落谷底、粉身碎骨了。松鼠飛一手按住蛛掌的脖子，她的脅腹使勁地上下起伏。她身子底下的小見習生盯著陡峭的岩壁看，頓時嚇得目瞪口呆。

「你這個笨毛球！」松鼠飛驚叫道：「你想摔斷脖子嗎？」

「對不起，」蛛掌含糊地說。「妳剛說我們到了嘛，所以我想——」

松鼠飛縮起利爪、伸出大掌朝他耳朵揮了一掌。「回到隊伍裡去，」她厲聲說道：「下次你最好多聽別人說，不要自個兒胡思亂想！」

當棘爪聽見松鼠飛說出別人最常給她的忠告時，差點忍不住笑了出來。他先等大家都遠離懸崖後，才跟在隊伍後頭步出荊棘。

「發生什麼事了嗎？」當大夥兒走進林中空地時，蛛掌的母親——蕨雲問道：「灌木叢裡是不是有什麼危險的東西啊？你怎麼不先警告我們呢？」

不安的情緒如利爪般劃過棘爪的脊柱。「呃……我們已經找到營地了，」他喵道：「那些荊棘的另一頭有洞穴，營地就在裡面。」他忙不迭地說：「等你們知道洞口在哪兒，就一點也不危險了。快過來瞧瞧吧。不是那條路！」當白掌正準備朝荊棘那頭走時，他大聲嚇阻道。

他和松鼠飛率領眾貓浩浩蕩蕩地往下坡走，在有刺灌木和榛木林間迂迴穿行，最後終於來到石洞的裂口。大夥兒排成縱隊走進洞裡，探頭環顧高聳的石牆；而棘爪則提心吊膽地觀看族貓們的反應。天際猶如一塊漆黑的畫布，雲彩半遮月亮皎潔的面容，石洞此時看來十分黝黑，而且絲毫無法引起大家的興趣。洞裡的有刺灌木和棘叢比他記憶中還要繁多，使得整個石洞看上去既狹窄又雜亂。有些樹叢可作為遮風蔽雨的處所，可是其餘的雜草就勢必得被清除。

鼠毛最先開口。「這裡哪叫什麼營地！小窩兒都在哪呢？洞裡連條蛇做日光浴的空間都不夠咧。」

「嘿！」松鼠飛高聲抗議。「難道妳以為星族都幫我們打點好啦？我當然知道建立家園還有很多後續工作要進行，不過妳想想這些斷崖絕壁所形成的天然屏障，多麼易守難攻啊！」

「我覺得這裡看起來很棒，」棘爪喵道：「相信很快就能打點好小窩以及育兒室了。」

「我等不及要馬上一探究竟了！」白掌叫道，只見她活動四肢、躍躍欲試。「蕨毛，可不可以讓我們到處看看嘛？拜託！」

她的導師輕輕地推了她一把。「等明早天亮才准四處逛逛。」

金花站在長尾身旁，她的尾巴環繞他肩頭。「這是個四面都是石牆的寬廣空地，」她溫柔地喵道：「現在放眼望去，到處都是一片漆黑，不過我想石牆上應該布滿了蕨類跟苔蘚。你有沒有聽到涓涓的流水聲？聽起來不像是真正的小溪，反倒像岩石上的雨水漸漸枯竭的聲音。這個洞穴充斥著有刺灌木和棘叢，不過卻有足夠的空間讓全族居住。」

「星族將我們帶到一個完美的棲身之處，」長尾喵道：「我已經可以想像大夥兒在這裡築巢蓋屋了。」

他們樂觀的對話讓棘爪的精神為之一振；然而，並不是每隻貓兒都如此樂天。蕨雲疑神疑鬼地環顧四周，而灰毛則一臉焦躁地東聞聞、西嗅嗅，好像期待有什麼獵物跳進他懷裡似的。鼠毛嗤之以鼻地說道：「如果說那些灌木又溼又冷，又滿是蝨子，我可一點也不會感到奇怪。」

松鼠飛氣得瞇起雙眼，不過在她沒來得及回嘴前，沙暴卻一掃尾巴，輕拂松鼠飛的耳朵，示意她閉嘴噤聲。

「好了，還有許多活兒等著我們去做呢，」她振奮地說道：「石牆可為我族遮風蔽雨；而且，松鼠飛，就像妳說的，這兒的確是個固若金湯的巢穴。」

「不過我們還是得想辦法處理那裡。」塵皮朝著入口處點了點頭。「影族三兩下就可以從那裡鑽進來了。」

雖然棘爪第一次看到這個洞穴時，心裡也起了同樣的疑慮，不過這席話仍然讓他覺得有些惱怒。難道他的同胞認為一進新家，就能看到一個完美無缺的營地嗎？

「不過今晚做什麼事情都嫌太晚了，」火星喵道：「而且天色也太暗了。不過你說的對，這裡看上去的確滿適合紮營的，」他對棘爪補充道：「等到明兒個天一亮，我們就能做最後的定奪。塵皮、棘爪，能不能請你們檢查一下有沒有狐狸跟獾的蹤跡？然後其他貓兒就可以準備找地方就寢了。」

兩位戰士脫隊而出，開始以相反的方向繞著洞穴視察；他們每走幾步路，就朝空氣中聞了又聞，並三不五時盯著岩石間的裂縫和底下的灌木打量。

「那獵物怎麼說呢？」雨鬚問道：「難不成要讓大夥兒餓腸轆轆地入眠嗎？」一、兩個同意的聲音從眾貓中傳了出來，而棘爪感到自己頸部的毛髮猛然豎起。

「不久之前，我們幾乎每晚都是空腹入睡，」松鼠飛在他耳邊低聲嘀咕。對於族貓們對石洞的反應，她跟棘爪一樣都感到非常失望。「為什麼他們總是抱怨連連呢？」

「我們抵達湖泊後，就吃了豐盛的一餐，」棘爪提醒她。「如今我們的肚子又開始習慣飽餐；不過等到明天早上再獵食，也無傷大雅就是了。」

「等到明兒個天一破曉，我們馬上就派巡邏兵打獵。」火星向他的族貓保證。

仍舊可聽見眾貓幾聲零星的怨言，不過大夥兒抱怨的情緒漸漸散去，原本三五群聚的小團體也開始解散，貓兒四處尋覓睡覺的處所。

「棘爪，你知道有什麼遮風蔽雨之處，可以讓小白樺睡覺嗎？」蕨雲焦急地問道：「如果沒有溫暖的地方就寢，我怕他可能會染上白咳症。」

「我不知道耶，」棘爪坦誠以對。「不過我可以幫妳找找看。遠處圍牆附近有許多有刺灌木叢生。」

「有鋪床用的苔蘚嗎？」鼠毛插話問道：「難不成要我們大剌剌地睡在地上啊？松鼠飛還跟我說，等我跨過小溪，就有溫暖的寢室小窩等著我咧。」

「我沒辦法凡事都幫妳做得好好的！」棘爪厲聲說道，顯然他的耐性已到達極限。「今晚妳得想辦法自己打理！」

鼠毛噘起嘴、弓起肩膀，悻悻然地掉頭就走。棘爪感到自己的毛髮在隱隱作痛；他抬起頭，發現火星正在望著他。這位部族族長的眼神毫無喜怒形色，但棘爪深知：如果他想當上部族副族長，在資深戰士面前情緒失控、大發脾氣，似乎不太妥當。

「對不起，」他一邊喃喃說著，一邊跟在鼠毛身後。「等我把蕨雲安頓好了，就過去幫忙，好嗎？」

「不了，我來幫忙好了。」蕨毛走了過來，用口鼻輕推鼠毛的肩頭。「妳別跟棘爪鬧彆扭，」他對她說。「他已經盡力了。」

鼠毛哼了一聲鼻息。「那麼他的能力也未免太弱了吧。」

「妳先好好睡一覺，睡醒之後心情就會好很多了，」蕨毛向她保證。「來吧，我們到那裡的蕨叢瞧瞧。」

他同情地瞄了棘爪一眼，然後朝著岩石圍牆走去。鼠毛跟在他後頭，尾巴有氣無力地在潮溼的草地上拖行。棘爪望著她的背影，悲憫的情懷油然而生。這位長老戰士以往並沒有那麼不好相處；一定是這趟長途旅行把她給累壞了，她跟其他所有的貓兒一樣，都對新家園感到興奮恐懼。

他一邊幫蕨雲尋覓她孩子的小窩，一邊細想蕨毛跟鼠毛交涉的經過。儘管鼠毛脾氣暴躁，但這位薑黃色的戰士依舊能夠保持幽默及冷靜，展現他經年累月照顧族貓的豐富經驗。這是不是表示他比棘爪更有資格勝任副族長一職呢？棘爪不安地捲起尾巴。不只是蕨毛——其他好幾隻貓兒，像是塵皮跟雲尾，擔任戰士的年資也比他來得久。

但那不是唯一可能造成棘爪角逐副族長失利的理由。他身上背負著其他雷族貓兒都不用承受的重擔：虎星。當他們離開森林時，火星表示所有虎星的子女都已在各族之中過生活；一直以來，火星都想方法說服鷹霜跟蛾翅待在河族，而非跟著無賴貓母親莎夏亡命天涯；但棘爪知道火星也有為他和褐皮著想。縱使如此，火星和虎星之間的水火不容，還是深植於每隻貓兒心中；當年兩貓的對抗差點摧毀森林裡的各個貓族。棘爪也懷疑族長在注視他的時候，是否會看見自己宿敵陰魂不散的暗影。

當他在有刺灌木間清掉枯死的荊棘、做了一個舒適的小窩給蕨雲和小白樺時，大部分的貓兒都已找到安睡的處所。他本能地開始尋找松鼠飛的身影，發現她跟其他年輕的戰士一起窩在一小簇蕨叢中。

棘爪呼喚她的名字，不過即便聽到了他的叫喚，松鼠飛也沒有回話。只見她蜷縮在灰毛身邊，暗黃色的毛髮與他灰色的皮毛交雜在一塊兒。棘爪向她走了一步，隨後又轉身離去。如果松鼠飛是在等他為跟鷹霜說話而開口道歉的話，那肯定還要等很久。

為了幫自己找個遮風蔽雨之處，他經過自己母親金花身邊；只見她剛把長尾安置在枯蕨葉做的小窩裡；看樣子這位虎斑戰士已經入睡，他緊閉全盲的雙眼，捲起尾巴蓋住鼻子。

「開心點，」金花喵道：「我深信一切都會好轉。」

棘爪在她身旁倒下。他累到無力假裝這就是他期待族貓抵達新家的態度。「大夥兒展現一點熱情，也無傷大雅吧。」他埋怨道。

金花用口鼻磨蹭他的脅腹，發出一聲溫柔親切的低鳴。「大家都累得半死，不然你還期待我們怎麼做呢？其實每隻貓兒都知道我們對你有所虧欠。如果我們還待在森林裡，現在搞不好早已經都死光了。多虧有你帶大夥兒來到這裡，我們才能平安無事。」

「我知道，可是──」

「所以旅程的結束並不是你想要的結局。現在我還真不明白這有啥大不了的。」她在他耳際飛快地舔了一下；一時之間棘爪覺得自己又回到了孩提時期，他希望自己能跟褐皮無憂無慮地住在育兒室裡，除了想下一餐要吃什麼、外頭氣候暖不暖和、能不能出去玩耍之外，其他事也不用操心。

「休息一會兒吧，」他的母親說道。她挪動身軀、轉身離去，美好的幻象也隨之破滅。「到了明早，一切都會看起來煥然一新。」

第十章

葉掌跟煤皮在石洞後找到一個垂懸的岩石。

「我們可不能把這裡當成永久住所，」煤皮發出警告。「我們需要一個四面都是圍牆、可以儲存糧食的洞穴，就像之前在森林裡的那個洞窟。不過今晚先將就點吧。」

葉掌跟在導師身後鑽進石洞，終於找到一個乾燥的地方將從沼澤帶來的馬尾草放下。

「好好睡一覺，」煤皮躺下來，將鼻子藏到尾巴後頭。「明天一早還有許多事等著我們去做呢。」

葉掌知道自己如果不將心中的疑惑一吐為快，絕對無法闔眼入眠。「煤皮？這裡真的是我們的歸屬之地嗎？」她鼓起勇氣問道：「星族真的希望我們在此定居嗎？」

煤皮打了一個哈欠。「等到星族準備告訴我們就會曉得了。現在別再瞎操心，趕快上床睡覺吧。」她又把鼻子往尾巴深處塞；只見她慢慢進入夢鄉，呼吸也漸漸變得緩慢。

然而葉掌卻無法安然入眠。她坐在突出的岩石底下，將四隻爪子藏在身子底下，凝視著滿布陰影的洞穴。星族，祢們究竟在哪兒？她靜靜地祈求道。但夜空中只有一、兩顆孤寂的星辰閃爍微光；葉掌覺得今晚她的戰士祖靈們似乎因為距離太遠，而無法看顧她的部族。

最後她還是不知不覺地睡著了，等她睜開眼時，發現自己身在夢中。她站在山腰一條昏暗的彎路上，俯視銀毛星群投射在黝黑湖面的點點微光。照理說，島嶼在湖水襯托下應該顯得相對陰暗，但沒想到它在月光的照耀下閃閃發亮；葉掌感覺那個地方在召喚著她，彷彿有更多未知的事物等著她去探索。她提醒自己：不能去那裡，並不是每隻貓兒都跟河族一樣會游泳。

此時吹起一陣微風，在布滿繁星倒影的湖面低語，也吹皺了葉掌的皮毛。雖然她的戰士祖靈依然沉默不語，葉掌卻突然感到一線希望在內心深處湧現。她並不害怕；星族在眾群翻山越嶺的長途旅程中，也一直保持緘默；同時葉掌也學到：有時貓兒唯一可以仰賴的，是存在於大家心中的勇氣。他們可以在這紮營，探索樹林裡的每一寸土地，最後就能知道哪裡適合狩獵、飲水、睡覺；同時也會發現藥草生長的地點，以及玩耍和做日光浴的場所。就目前來說，一切是如此的陌生、如此的讓人卻步，但最終它還是會成為貓兒的家園。他們會認真努力，一步一步讓夢想成真。

當她站在山腰凝視湖水時，葉掌發現水面正靜悄悄地產生了一些變化。閃閃發亮的星光已然退卻，湖水的顏色變得愈來愈紅，血紅色的波浪也不停拍打著沿岸。葉掌抬頭仰望天際，但令她吃驚的是夜空依舊黑暗如昔，所以血紅的水面不可能是日出的倒影。湖水似乎愈發濃稠，並且開始緩緩移動，襲向卵石——而就在這一刻，葉掌發覺這根本就不是水。湖裡充斥著深紅的血液，多條小溪宛若開裂的傷口，將鮮血源源不絕地注入湖泊。又有一陣疾風朝葉掌吹來，但這回卻是布滿粉塵的熱風，而且還帶來一股鴉食的惡臭。

她冷不防地打了個寒顫，有個聲音清晰地在她腦海響起：**和平降臨之前，血，依舊要濺血，而湖水將會染成血紅一片。**

「煤皮！煤皮！」

葉掌猛然從夢中驚醒。現在仍是深夜，栗尾卻跑來垂懸的岩石底下向上凝望，焦急地呼喚煤皮的名字。石洞的某處傳來貓兒痛苦而詭異的呻吟，劃破了寂靜的黑夜。

「怎麼了？發生什麼事啦？」葉掌邊問邊跌跌撞撞地站了起來，用爪子戳煤皮的脅腹。

「鼠毛出事了，」栗尾喵道：「她說她肚子很痛。」

「我馬上就到。」煤皮邊說邊站起身子。

「如果鼠毛腹痛的話，我們就得找水薄荷或杜松莓幫她治病，」葉掌對她說。「在湖泊另一頭有許多藥草，需要我去採一點回來嗎？」

她的導師面色凝重。「最好在附近就把藥草找齊，不過如果在黎明之前就要，那妳就得再回去一趟了。」

她們跟著栗尾的腳步橫越石洞，來到鼠毛築窩的蕨叢，在一片漆黑中蹣跚地在石塊上步行。葉掌嗅了嗅空氣，試圖在附近尋覓她們需要的藥草，但在諸多摻雜的氣味中，實在很難聞出藥草獨特的味道，更何況洞裡的貓味又是如此濃烈。

她跟煤皮走近鼠毛時，只見那隻棕色戰士側身臥倒在地，痛苦地扭動身體，張開大嘴發出另一聲淒厲的嚎叫。

「鼠毛，聽我說。」煤皮坐在她身旁。「妳知道腹痛的原因嗎？妳是不是吃了鴉食？」

鼠毛痛苦地眨了眨她呆滯無神的雙眼。「鴉食？沒有，」她厲聲答道：「妳以為我是鼠腦袋嗎？哎唷……我的肚子……」她的話還沒說完，再度悽慘地大叫一聲。

葉掌的腦海中突然閃過一個可怕的念頭。她把煤皮叫到一旁，輕聲說道：「鼠毛一定是喝了蛾翅盛來的水。我想水源一定有受到汙染，水的味道很臭，而且當她帶我去她取水的池塘時，我還看到有隻死兔子在池底。」

煤皮惱怒地嘆了口氣。「她難道沒想過……算了，現在討論這個也無濟於事。」

「那我們現在該怎麼做？」葉掌心急如焚地問道。

煤皮轉身面向栗尾。「妳知道還有誰喝了池水嗎？」

栗尾搖了搖頭。

「金花跟長尾好像也有喝，」煤皮繼續說道：「栗尾，請妳去查清楚好嗎？」

這位玳瑁色的戰士點點頭，隨即消失在黑暗之中。

「鼠毛，躺著別亂動，」煤皮強烈要求道：「讓我檢查一下妳的肚子。」她用手爪輕拍幾下鼠毛的肚皮。對葉掌而言，這位棕色戰士的肚子實在膨脹得很不尋常。

「妳手頭上有我可以服用的藥草嗎？」鼠毛不禁發愁問道。

煤皮無奈地搖搖頭。「我們還沒時間去找藥草。」

鼠毛張開嘴巴，似乎想說些什麼，結果卻是一陣反胃，並開始嘔吐。

「這其實也算是種好現象，」煤皮對葉掌喵道：「至少她把毒物吐出來了。」

葉掌點點頭，覺得自己無能為力，一點忙也幫不上。因為巫醫少了庫存的藥草，就什麼事也不能做，只能眼睜睜地看著鼠毛患病受苦。「天一亮我們就得趕快尋找藥草，」她喵道：「尤其是水薄荷跟杜松莓。我也會將這兩種藥草拿到其他部族，免得還有貓兒誤飲毒水。」

煤皮吃驚地瞪大她湛藍的雙眼，而葉掌的臉孔也難為情地抽搐了幾下。她早已習慣將四族看作是一個大家庭，大家都有共同的問題及解決方法。一想到異族的長老也可能跟鼠毛一樣深受汙水之苦，葉掌自然而然就想要伸出援手、幫助他們；可是現在各族間的邊界又已重新建立，她這麼做算不算是對雷族不忠呢？

「至少我們應該去查看一下風族啊，」她試圖說服煤皮。「他們的貓兒向來體弱多病，所以處境也格外危險。」

煤皮點點頭。「等太陽一露臉，妳就可以去風族查探毒水風波，不過最好多帶一名戰士陪妳去。我們盡快向火星稟報此事。情況怎麼樣？」一看到栗尾回來，煤皮馬上問道。

「金花說她肚子也有點疼痛，但她長久以來都有病在身，所以感覺沒有格外嚴重，」這位玳瑁色的戰士回報。「長尾正在睡覺，不過他看起來很正常，所以我沒有把他叫醒。」

「謝了，」煤皮喵道：「長尾比較年輕，身體也比較強壯。等他醒來，我會跟他談談。」

「蛾翅其實是一片好意。」葉掌低聲喃喃道。她不希望她的朋友因為沒注意到池底的死兔，而身陷困境。

讓葉掌稍微寬心的是，煤皮似乎並沒有對蛾翅多加責難。「我知道。每隻貓兒都會犯錯。」但這隻巫醫的眼神頓時變得陰鬱，她繼續往下說：「但蛾翅首先必須承認跟其他巫醫相比，她的確經驗不足；而且泥毛死後，也沒有導師能繼續教導她了。我希望上天保佑河族，讓她別太常犯這種錯誤。可以確定的是，她需要星族的所有協助。」

一陣嘔吐過後，鼠毛雖然虛弱不堪，卻也舒服許多，勉強設法進入夢鄉；而栗尾則留在鼠毛身旁，隨時注意她的病情變化，同時煤皮也有傳授栗尾一些疼痛復發時，該準備的要件。只見天快亮了；即使葉掌感到筋疲力竭，也不可能在當下回去臨時小窩補眠。等到陽光一變強，她跟煤皮就立刻動身去見火星。

微弱的晨光斜照石洞，在懸崖頂部留下一道陰影，卻也從入口為蕨叢捎來了一絲溫暖。貓兒們紛紛從睡夢中甦醒。葉掌聽見大家興高采烈地打招呼，還瞧見小白樺從有刺灌木中出現，忙著撲打一片枯葉。看到這裡跟以往的森林一樣，獵物尚未消失、眾貓不用挨餓時的生龍活虎，頓時讓葉掌為之一振，她立刻在心中默默向星族道謝。她努力揮別夢中那個可怕的血腥預言，並告訴自己這裡勢必就是雷族安身立命的歸宿。

他們在洞穴中央的空曠處找到了火星；他已經召集一些戰士到他身邊。

「我們得立刻出去、劃定邊界，」葉掌跟煤皮走近時，聽見塵皮如此說道：「如果我們不這麼做，風族跟影族勢必會在你之前，瓜分掉所有的林地。」

「我們也得澈底探索領土，」沙暴說道：「樹林裡也有可能到處都是獾和狐狸。」

「更別提老鷹了。」棘爪附和道。

沙暴低聲表示贊同。「如果你想要的話，我可以去關照一下狩獵隊。」她對火星喵道。這位部族族長滿懷感激地對她點了點頭。「那太好了，謝了。」葉掌一想起自己的母親是全族最優秀的狩獵者，就覺得引以為傲。

塵皮動了動耳朵。「我來負責守衛營地——我看入口的那個大裂口很不順眼。等等我會召集見習生，看看能否用荊棘堵住裂口。」

「那我來負責邊界巡邏隊。」棘爪提議。

「這可是項艱巨的任務，」火星提出警告。「尤其我們現在連邊界要設在哪裡都不知道。蕨毛，可以請你跟棘爪共同背負這項重責大任嗎？」

兩位戰士都欣然點頭。

「雲尾，我要你組一支巡邏隊，到營地外偵查，」部族族長說道：「回報任何你覺得我應該得知的消息。我們要考慮的不只是邊界而已——我也要知道在我們的領土中究竟有何玄機。」雲尾搖尾表示同意。「那我呢？」刺爪問。

煤皮一瘸一拐地邁步向前。「抱歉，刺爪。火星，我們有麻煩了。」她迅速向他陳述鼠毛腹痛的經過。「我想出去尋找適當的藥草，」她解釋道：「同時我也想拿點藥草給風族；可能每一族都有貓兒喝了汙水，但風族最體弱多病，處境也格外危險。」

火星沉思了好一會兒，才開口回話。他臉上的表情令人難以捉摸，葉掌想知道他是否不願在重建家園之際，多花時間和精力幫助異族。

「只要有任何幫得上忙的地方，我們都不應該袖手旁觀。」煤皮極力主張。

「所有的巫醫都知道該如何醫治腹痛，」火星提醒她。「不過妳說的對，煤皮，風族所經歷的劫難已經夠多了，而且受害的又都是無辜的小貓和長老。我可以派刺爪跟妳一起去。」

「謝了。我會先去查看鼠毛跟其他貓兒的情況，然後我們就可以出發了。」

葉掌跟著煤皮回到鼠毛的寢室小窩。那位棕毛戰士仍睡得香甜，一旁的栗尾也在猛打瞌睡。長尾和金花也在睡夢中，但長尾一聽見訪客的腳步聲，立刻抬起頭來，豎直耳朵朝向她們，彷彿他能親眼看見葉掌和煤皮似的。

「嗨，煤皮、葉掌。」他向她倆打招呼。葉掌知道他憑藉嗅覺，聞出她跟煤皮的氣味。

栗尾眨眨眼睛，從睡夢中甦醒，忙不迭地站起身子。「我想一切都沒什麼大礙，」她喵道：「打從妳們離開後，鼠毛就一直在睡覺。」

「她的體力也差不多要恢復了，」長尾也補充道：「金花也是，不過我想她一開始就沒喝多少汙水。」

煤皮低頭檢查鼠毛和金花的病情。「她們現在沒事了，」她挺直身體說道：「栗尾，妳也可以走了，巡邏隊需要妳的幫忙，謝謝妳一整晚陪在鼠毛身邊。」

這位年輕的戰士狂奔而去，行經葉掌時還向她搖尾致意。

「長尾，那你身體還好嗎？」煤皮問道：「你有沒有覺得肚子痛呢？」

「有一點點，」盲戰士喵道：「栗尾說這是因為我們喝了蛾翅盛來的汙水。我當初就覺得水的味道不太尋常，但既然是巫醫拿來的——」

「每隻貓兒都有犯錯的時候，」煤皮喵道：「我跟葉掌要去採藥草，這麼一來，如果有其他貓兒發生同樣的症狀，也就有庫存的藥物可供治病了。」

「祝妳們好運嘍。」長尾喵道。他的語氣聽起來似乎也想跟著她們一道探索新家園。

兩隻巫醫重返營地中央，只見戰士們正在分組準備巡邏。葉掌發現棘爪刻意往松鼠飛的方向靠攏，但還沒來得及接近她，就被灰毛捷足先登。

「嘿！松鼠飛！」他喵聲說：「沙暴說希望妳加入狩獵隊耶。」

「沒問題。」松鼠飛答道。

棘爪望著她離去的背影，眼神流露出無限的沮喪和失意，但他卻沒有試著將她攔下。葉掌嘆了口氣，這位虎斑戰士跟她姊姊之間肯定出了什麼問題，不過她並不曉得事情的來龍去脈。

「醒醒吧。」煤皮戳戳她的側身。「刺爪已經準備好了，我們出發吧。」

當大夥兒朝著岩壁的裂口邁開大步時，葉掌的腳爪興奮地隱隱作痛。塵皮正對蛛掌和白掌發號施令，命令他們從營地中清除一些無用的荊棘，造一個阻礙的路障。「我可不希望老鼠在這裡進出自如。」他喵道。

「什麼？那貓兒也不能過路啦？」蛛掌一邊搖尾巴一邊厚著臉皮地問道。

塵皮嘆了口氣。「我們會留一條隧道啦，你這個鼠腦袋。」

葉掌鑽入一簇蕨叢，這兒看起來不像隔壁的有刺灌木那麼扎人；她停在半途，深深地吸了一口周遭的綠意。一座未知的森林，正在彼端通往石洞的裂口的遠方等待他們到來。

不——是雷族的新領土，正在那兒等待他們的到來。

第十一章

「妳被卡住了嗎？」刺爪問道。他在蕨叢中穿行，差點撞上前方的葉掌。

葉掌向前一躍，跳出氣味濃烈的莖柄。「抱歉。」她氣喘吁吁地說道。

刺爪放慢腳步，注視著葉掌。「有點陌生，對不對？」他喵道：「不過，妳要記住，這裡永遠都會讓人感到陌生。但我們只要探索一回，就要把它當作自己的家了。」

葉掌心頭感到些許慰藉，與他並肩步行，遠離石洞。一想到她的族貓在高牆的屏障下，安全地隱身在樹林中，葉掌就覺得滿心歡喜。

此時前方傳來一些聲音，他們繞過一株壯碩的橡樹，發現雲尾、亮心和栗尾正滿腹疑慮地朝樹根間的裂口猛聞。他們是火星指派的巡邏兵，負責探索距離石洞最近的區域。

「狐狸。」葉掌聽到雲尾如是說。

亮心抬起頭，小心翼翼地嗅了嗅空氣。「氣味十分久遠，」她說道：「我想狐狸應該有好幾個月都沒來這兒了。」

「要不要我進去瞧瞧？」栗尾問道。

亮心搖搖頭。「妳的導師難道沒有警告妳不要隨意進入陌生的窟窿嗎？我們用鼻子聞，知道沒有東西在裡頭，這樣就夠了。繼續往前走吧。」

栗尾向葉掌打了聲招呼，然後就跟著戰士們朝樹林深處前進。

葉掌停下來讓煤皮可以跟上她。四面八方的蒼鬱樹林不比以往的森林高聳，不過葉掌猜等到綠葉季，群樹就會築成枝繁葉茂的濃密陰涼頂篷。葉掌不太習慣如此暴露開放的家園，她希望一到新葉季，所有植物就能茂盛成長，提供貓族更多獵物，同時也讓巡察領土的貓兒不會感到安全受到威脅。

煤皮跟上葉掌，一拐一瘸地站穩腳步，傾聽流水的聲音。「在這裡恐怕沒辦法找到杜松，」當三隻貓兒肩並肩走來時，她向大家說道：「葉掌，還有什麼藥草能治腹痛？」

「水薄荷？」她答道：「還是山蘿蔔根？」

「這兩種植物都能治腹痛，」煤皮說。「不過水薄荷應該要比山蘿蔔根容易找。」

他們抵達溪邊，只見溪水湧入樹木盤根錯節的深縫之中。葉掌站在溪畔，四處尋找植物綠意盎然的新芽徵兆，然而放眼望去，只見滾滾溪水在她下方一尾長的灰石上汩汩流動，鮮綠色的蕨類也在岸邊蔓生、隨著流水波動。

「不如到對岸瞧瞧吧。」當大夥兒來到下坡可以涉水而過之處，刺爪如此提議道。

煤皮表示贊同，不過對岸也好不到哪去：開闊的林地、以及些許樹叢。接著葉掌聞到溼地的氣味，跟湖畔遠方的沼澤十分雷同。水薄荷不見得只長在溪中——有時在溼地也找得到它們的蹤跡。她奔向前方，越過幾簇扎人的草地，然後發現高聳參天、枝繁葉茂的樹幹半掩在一叢蕨類後方。

「幹得好！」煤皮讚賞葉掌一番，走上前加入她。「這裡的水薄荷夠我們用了。」貓兒們把頭歪向一邊，咬了幾株莖梗。植物的汁液沾到葉掌的毛髮，使她的眼睛頓時充滿淚水，辛辣的氣味也頓時在她口中四溢。

「我最好先回去營地，」當大夥兒摘完水薄荷時，煤皮喵道：「刺爪，現在可以請你帶葉掌去風族了嗎？」

「我們先送妳回家，」刺爪喵道：「在對樹林有更進一步的了解前，我想任何貓兒都不該單獨行動。」

他由土地傾斜的角度計算，帶領眾貓從另一條較快通往石洞的路徑回家。他們在山毛櫸中穿行；此時有一股松鼠味撲鼻而來，葉掌的肚子也開始餓腸轆轆。

刺爪嗅了嗅空氣，他的眼中頓時閃現一道光芒。「我們有時間狩獵嗎？」他問煤皮。這隻巫醫放下口中的水薄荷梗。「如果不會花太多時間的話就可以。」

「絕對不會很久的。」刺爪向她保證。他彈了彈耳朵，接著葉掌就看見有隻松鼠在盤根錯節中啃食一顆堅果。

刺爪停住計算風向，然後躡手躡腳地從順風面接近松鼠。只見他隆起後腿及臀部，接著縱身一躍；那隻松鼠抽搐地踢了一腳，就再也無法動彈。

「來吧，」他叫道：「這夠我們大夥兒吃了。」

這隻獵物簡直就是佳餚，葉掌迅速向星族禱告，感謝祂們將貓兒帶到一個獵物肥美的好地方。她的嘴裡充斥著松鼠濃郁的香味，導致三隻貓兒突然出現在不遠處的樹幹時，葉掌一點警覺也沒有。當那三隻貓兒瞧見雷族貓時，先是頓了一下，然後邁開大步朝他們走去。他們一靠近，葉掌這才發現原來是風族的巡邏隊：裂耳跟他的見習生鴞掌以及白尾來了。

刺爪吞下最後一口食物，面向風族的貓兒，但裂耳搶先一步開口說話。

「你們在這兒做什麼？」他問道：「這裡是風族的領土。」

「你這是什麼意思？風族的領土？」刺爪詫異地望著他。「各族的邊界還沒劃分好啊。」

「我們現在就在劃分邊界，」白尾有些難為情地說道：「火星曾說過流經山腳的溪流就是邊界，而這裡剛好就是風族的領域。」

「火星也說這只是一項提議而已，」刺爪提醒這群風族戰士。他向四處搖了搖尾巴。「瞧，到處都是樹木。這裡最適合雷族打獵了。你們需要的是荒野跟兔子吧，不是嗎？」

「這裡的兔子沒有老家來得多，」裂耳解釋著。「所以我們必須擴張版圖，將觸角伸入樹林之中，否則就沒辦法讓我們的族貓得以三餐溫飽了。」

「這個嘛，你可不能將觸角伸來這裡。」刺爪語氣堅定，但脊椎的毛髮也豎得筆直；葉掌猜想此刻他一定覺得很不自在。想讓貓兒忘記旅途中各族之間建立的深厚情誼，並不是件容易的事。要是回到森林的老家，遇到這種情況，大家早就利爪出鞘了；不過此時，沒有貓兒想在尚未探索完畢的未知領域上大打出手。

「妳覺得星族會捎給我們一個預兆，告訴貓族如何劃定邊界嗎？」她向煤皮問道。

這隻巫醫搖了搖頭。「星族向來不會偏袒任何一族，也不會涉入貓兒的紛爭。邊界的設定，各族必須靠自己的力量，消弭爭端。」

戰士們尷尬地呆站在原地好一會兒，接著白尾發現雷族摘的那堆水薄荷梗。「這些是用來治腹痛的嗎？」她問道。

「沒錯，」葉掌回道：「你們族裡有沒有貓兒肚子痛呢？」

白尾往裂耳那頭飛快地瞄了一眼，然後才開口回話。「有，」她答道：「晨花跟暗足。」

「晨花？」葉掌擔憂著這位向來都與雷族關係良好的風族貓后。「吠臉有想辦法幫她治病嗎？」

「沒有藥草，他也不能做什麼，」裂耳喵道：「最後我聽說他去尋找杜松了。我只希望他別花太長時間，在我看來，晨花這回可病得不輕。」

葉掌旋即轉身，面對她的導師。「我現在就可以帶點水薄荷到風族的營地，」她喵道：「這些貓兒可以幫我帶路，而刺爪可以陪妳返回洞穴。」

「沒問題，」煤皮說。「不過記得要快去快回啊。」

能夠找到一件比邊界還要迫切危急的事，戰士們的心情都顯得寬慰不少。刺爪和煤皮啟程返回石洞，而葉掌則跟著風族的貓兒往另一個方向邁進。他們領著葉掌來到樹林的邊緣──就如三隻貓兒所說的，溪水流經山腳，彎進此地的樹林，然後穿越開闊的荒野。接著他們沿著另一條分成好幾小條汩流的瀑布，陡直地往上攀爬。溪畔有幾株矮小的荊棘，到處都聞得到野兔的氣味。葉掌心想：所以風族在這裡也有不少獵物嘛。裂耳說獵物不夠，此話究竟是真是假？

最後他們來到四周長滿灌木的高峰，葉掌低頭一看，風族的營地盡收眼底。這兒的斜坡不比圍繞雷族石洞的懸崖陡峭，但光禿禿的平坦坡道卻能讓攻擊者無所遁形。

葉掌看到一鬚跟灰足在洞穴中間散布一地的巨礫堆旁，與幾位戰士交談。

「我直接帶妳去見晨花。」白尾喵道。

「那我去稟報一鬚，跟他說妳已經來了。」裂耳一邊說，一邊跟鴞掌往山坡下奔去。

白尾領著葉掌來到洞穴遠處的金雀花。當風族戰士對葉掌行注目禮時，她因為尷尬困窘而感到毛髮隱隱作痛；所幸他們的眼神只是流露好奇困惑，而非充滿敵意。

晨花躺在灌木叢中蕨類鋪成的小床上。暗足也蜷縮在一尾長的距離外，但葉掌實在無法將她驚恐的目光從這隻老母貓的身上移開。晨花四肢無力地癱在蕨葉上，呼吸聲刺耳而淺弱，只見她的肚子隆起，身上傳來陣陣酸臭的嘔吐味，她緊閉雙眼，除了脅腹偶發性地抽搐幾下之外，身子一動也不動。在葉掌看來，她離星族不過一步之遙。

葉掌放下水薄荷梗，低頭接近晨花；但在她將一隻手輕放在晨花肚皮，準備為她診斷病情時，一聲震耳欲聾的咆哮中斷了她的診療。

「妳在幹嘛？」

第十二章

狐狸！棘爪抬起頭，小心翼翼地辨別身旁刺灌木上的氣味；到了一條隧道的洞口，這股氣味特別濃。這條隧道看起來，好像有動物時常在那兒穿梭似的。

「不久前還在這裡，」他出言警告蕨毛。「附近可能會有狐狸的洞穴。」

他們正率領一支巡邏隊為新家園的邊界設下氣味標識。雨鬚也來了，而塵皮也在叮囑白掌跟蛛掌將荊棘拖回營地、堵住入口後，跟著隊伍一道前來。

「我們得將此事跟火星稟報，」蕨毛說。「在我們查明牠究竟是定居於此，或只是路過之前，勢必得謹慎行事。」

棘爪點了點頭。他渾身上下的毛髮因情緒激昂而感到刺痛，他對洞穴的疑慮現在全都一掃而空，因為白晝降臨大地，貓兒們就能明白這兒是紮營的首選之地。當火星選他加入巡邏新邊界的隊伍時，棘爪感到相當高興；他每走一步，就覺得這個陌生的樹林愈像雷族的領土，他走路時也刻意與有刺灌木和樹幹擦身而過，以確保留下雷族的氣味。

他讓蕨毛帶隊前進。當大夥兒繞過榛樹叢的邊緣時，塵皮停下腳步，嗅了嗅低矮的樹枝。他抬起頭來，眼神中流露無限憂愁，其他三隻貓一看不對勁，立即湊了過來一探究竟。當他們聞出兩腳獸的氣息時，全都憂心忡忡地彼此互望。

「至少氣味陳腐，不怎麼新鮮，」蕨毛說道：「我猜大概有好幾天了吧。」

「不過這代表牠們確實會來這裡，」塵皮噘起嘴說道：「如果說我只見過一隻兩腳獸，想必很快就有機會再跟牠們碰頭了。」

棘爪深吸口氣，緩和自己猛烈的心跳。他跟塵皮有一樣感受，但倘若他在這些戰士面前表現出擔憂，那就是自曝其短。如今這裡已是他們的家園，貓兒們不能成天提心吊膽，害怕敵人搶走幸福的家。他將尾尖擱在這位資深戰士的肩上。「這是我們離開石洞後，第一次聞到兩腳獸的味道，」他開口說道：「我們離轟雷路也有很長一段距離。這裡不會有兩腳獸的。」

塵皮輕彈耳朵，一語不發地往前走。其他貓兒也跟在後頭，而棘爪則選擇殿後，因為他害怕當他努力揮別森林被摧毀崩解的影像時，貓兒會從他眼中識破他的恐懼。

「不如我們來打獵好了！」蕨毛提議。

「好主意！」雨鬚深表贊同。沒有半隻貓兒提起這是個讓大家轉移注意力的妙方，大夥兒好像餓了一個月似地全神貫注尋找獵物。

棘爪放慢腳步，深吸一口夾雜松鼠和野兔氣味的空氣。突然間有一聲驚叫嚇了他一跳，原來是雨鬚逮著一隻歐掠鳥。棘爪激賞地對他點點頭，並與他擦肩而過，走進森林深處，直到在枯木的錯節間發現一隻歌鶇在啄食東西，才停下腳步。他蹲低身子，躡手躡腳地匍匐前進，接著往他身上猛撲，在他脖子留下致命的一擊，那隻可憐的鳥兒頓時就一命嗚呼。

當他低頭享用美食時，突然感到身後有東西靠近，同時利爪也戳進他的皮毛。他本能地側身閃避，滾到地上躲過敵人的攻勢。避開毒辣的利爪後，他瞥見一團薑黃色的毛髮，頓時以為攻擊者就是蕨毛。難道他的隊友發瘋了嗎？但當他手忙腳亂地穩住陣腳，回頭一望時，這才發現眼前站的居然是位放聲怒吼的影族戰士。

「花楸爪！你在這裡做什麼？」

「你覺得我在這裡還能幹嘛？」這隻薑黃色的公貓毫不客氣地咆哮道：「當然是捍衛影族的邊界嘍。」

「什麼？」棘爪環顧四周，發現雷族營地周圍的山毛櫸跟橡樹一到這裡居然跟松樹混雜在一塊兒了。

「別假裝你什麼都不知道！你已經越過我族的氣味標識了。」

「我根本沒注意到這裡有什麼氣味標識！」棘爪立即辯駁。「就算有，氣味也一定很微弱。」他刻意迴避另一種可能性——各族的貓兒一起跋山涉水尋找家園，導致氣味早已交互摻和；事實上，現在已經沒有貓能辨別彼此的氣味了。如果真是如此，劃定邊界的構想就不可能實行了。

「很微弱！」花楸爪輕蔑地譏諷道：「老鼠屎！我看你就老實說吧，你想盜取領土，是吧。」

「是你在盜取領土吧，」棘爪義憤填膺地回嘴。「之前在馬場，我們說好要將小溪作為邊界，各自使用溪水兩邊的空地。既然我沒有踰越邊界，那麼侵犯邊界的就是你了。」

「鼠腦袋，這裡根本沒有空地，」花楸爪吼道：「小溪轉向深入我們的領土，樹木也在溪流的兩岸叢生。我們是以直線劃定邊界，從小溪流經空地之處開始算起。下次記得先留意氣味標識，然後你就會知道從哪裡開始算是影族的領土了。」

只見他亮出利爪，隆起後腿；而棘爪也擺出開戰的架式。但當花楸爪發動攻勢之前，一個玳瑁色的身影倏忽從灌木中竄出，將他撂倒。褐皮來了。

「你在做什麼？」她厲聲問道：「現在就為領土爭個你死我活，也未免太早了吧。」

花楸爪怒視他的族貓。「真是個大驚喜啊，我說是誰咧，原來是混血戰士來了啊！」他嘶聲叫道：「其實大夥兒都心知肚明，妳寧可保護妳的弟弟，也不願捍衛妳的部族。」

「事實才不是你說的這樣咧！」褐皮抗議道。

「不，不是的。」棘爪踱步向前，走到他姊姊身邊。「我很清楚褐皮對影族，絕對忠心耿耿、別無二心。」

花楸爪懷疑的眼神有如一隻利爪狠狠揪住他的心。「如果你問我的話，」他咆哮道：「我會說所有去見那隻獾的貓兒，全都忘了什麼叫效忠自己的部族。」

暴跳如雷的棘爪發出一聲怒吼，正當準備撲向這隻話鋒犀利的公貓時，分別出現杉心、橡毛和爪掌，這三隻影族貓。棘爪縮緊腹部；要他以一打三，制伏整支影族的巡邏隊，是項艱巨的任務，況且如果他們要求褐皮加入一起攻擊她的弟弟，她又該如何是好呢？

此時，棘爪身後傳來蕨毛的呼喚聲，這才讓他鬆了一口氣。「棘爪！發生什麼事了？」他回頭一望，看見三位族貓從樹林間向他奔來。影族的戰士見狀，紛紛蹲低身子、亮出利爪，不過就當兩方正準備開打時，又傳來一聲響亮的叫聲。

「住手！」

火星從棘爪身後的荊棘叢中走了出來，目光中燃燒著熾烈的怒火。「我不敢相信你們居然如此愚蠢，如果我們無法和平建立各自的邊界，最後就只能以血濺森林收場。」

棘爪心頭感到一陣痛楚，往後退了一步，同時發現他族貓頸子的毛髮也頓時塌了下來。影族的戰士也一樣暫停攻勢，只不過他們的尾巴還是怒氣未消地不停抽搐。

「他們踰越了我族的氣味標識。」花楸爪喃喃說道。

「我們沒有，」棘爪堅持己見說道。他想從部族族長身上得到支持，但火星的態度好像並不希望棘爪捍衛他們的領土。「我們必須戰鬥，」他爭辯道：「這裡是我們的家園，而我們必須隨時準備——」

「好了。」火星的目光異常冷酷。「如果影族先設下氣味標識，那這裡就是他們的領土。」

「如果這群貓兒真設好標識的話，那就讓給他們，」塵皮加入話局。「不過我可是半點氣味也沒聞到。」

「我們不能責難異族撒謊的貓兒，」火星嘶聲說道：「花楸爪，先前我們講好作為邊界的小溪跟空地在哪裡？」

這位影族的戰士把頭一扭，指向他們的領土。「小溪在後頭，而且從這裡一直到湖泊，根本沒有什麼空地。」他輕蔑地將尾巴指向棘爪，繼續說：「這點我已經跟他說過了。」

「那麼影族有權占領這塊領土，」火星做出決定。「雷族會另尋別處打獵。走吧，我們回營地。」

棘爪不敢置信自己耳朵聽到的話。他咬緊牙關、抿住雙唇，免得自己在異族戰士面前公然挑戰族長。他唯一能做的就只有在轉身尾隨火星重返樹林時，狠狠地怒視影族的巡邏隊。

當他回到先前獵殺歌鶇的枯樹時，棘爪在空氣中聞到一股微乎其微的氣味；那正是影族的標識，不過實在是淡到連他都無法辨認，而且勢必跟雷族、風族和河族的氣息相互交雜。雖然影族的貓兒沒有撒謊，卻無法澆熄他心中的怒火。讓他火大的不是影族，而是火星。

為什麼他的族長會假設問題出在雷族貓兒身上？為什麼他不停下來聽他們踰越邊界的理由呢？棘爪噘起嘴。如果火星持續一意孤行的話，最後注定要將整片樹林拱手讓給其他部族。

他和另外五隻貓在前往太陽沉沒之地之旅時，無論大小事都一起商議，即使當棘爪自然而然成為領袖後，他們還是會一起共同討論。為什麼火星不這麼做呢？族裡的每隻貓兒對新家都有各自不同的看法，盲目地服從指令不一定是最好的解決方法。

在大夥兒抵達石洞之前，火星停下腳步。「蕨毛，我要你往那條路走。」他的尾巴指向一塊貓兒尚未探索、樹林茂密的土地。「看看你能發現什麼新鮮事，還有記得要尋找適合當邊界的地標。但我需要你們其中一位跟我回石洞——棘爪，就是你啦。」

棘爪目送另外三隻貓消失在蕨叢中，然後掉頭跟隨火星返回。「你要我辦什麼事呢？」

「我們需要大量的苔蘚做小窩，」火星答道：「我要你在天黑之前，能採多少就採多少。」

「什麼？」這個答案讓棘爪瞠目結舌，怒火再度湧上心頭。「那是見習生的工作吧！」

「通常來說，是這樣沒錯。不過現在見習生們都忙著在營地入口建造屏障。所以動手去做吧，棘爪。你很清楚每隻貓兒都得貢獻一己之力，共同打造一個完美的新家。」

「好的。」棘爪低聲喃喃道。

於是火星獨自回到石洞，徒留棘爪獨自站在樹底下，在盤根錯節中使勁挖出苔蘚，將怒氣發洩在群聚的莖柄上。雖然火星嘴上說每隻貓兒都該貢獻己力，事實上這是針對棘爪跟影族巡邏隊起爭執，而給他的懲罰。棘爪只是想捍衛自己部族的領土罷了；他希望族長能夠信任他、將重責大任託付給他，而他現在居然只被分到摘採苔蘚的工作。

在棘爪嘴裡緊咬一球苔蘚，踱步走回石洞的路上，他遇見了松鼠飛和狩獵隊的其他成員帶著獵物滿載而歸。

「嗨！棘爪！」松鼠飛將嘴裡的松鼠放在地上呼喚他。「這裡真是物產豐饒的天堂啊！」

棘爪沒有興致分享她的興奮之情。族長唯一指派他做的只有尋覓苔蘚這般微不足道的差事。他也省去放下苔蘚回話的麻煩，與族貓擦肩而過，逕自邁開大步回到營地。

第十三章

「妳來這裡做什麼？」

葉掌迎上鴉羽火冒三丈的眼神，嚇得全身豎起寒毛。「我是來幫忙的！」她嘶聲叫道：「晨花跟暗足都生病了，我為他們帶來一些藥草。」

「妳怎麼知道他們生什麼病？」鴉羽滿腹猜疑地問道。

「因為雷族裡同樣也有貓兒染上一樣的病。」葉掌馬上回嘴。沒有必要告訴他蛾翅和汙水的小插曲；葉掌不想給這位敏感易怒的風族戰士指責蛾翅存心毒害長老的半點機會。

「退後，鴉羽，」白尾喵道：「是我請葉掌來的。」

這隻深灰色的戰士貓發出一聲嫌惡的鼻息；他不再發言，但當葉掌開始診療晨花的病情時，他卻在一旁緊迫注視。葉掌覺得他的舉動著實討厭，卻又沒有辦法請他離開。

一確定晨花跟鼠毛罹患相同的疾病，葉掌

將幾片薄荷葉嚼成葉泥，用手爪撐開晨花的嘴巴。接著她將葉泥放入晨花的嘴中，輕撫她的喉嚨，讓她吞食藥草。

白尾蹲低身子、湊近葉掌身邊問道：「這個病會致貓於死嗎？」

「我不知道。」葉掌坦承道。她默默向星族禱告：請讓她早日康復。

等待藥草發生療效的同時，她聽見暗足起床的聲音：這隻老公貓抬起頭來，用他的朦朧雙眼環顧四方。「偉大的星族，我的肚子好痛，」他出言抱怨。「吠臉帶回杜松了沒啊？」

「他還沒回來，」白尾喵道：「不過葉掌有帶來一些水薄荷。」

「葉掌？」暗足不可置信地眨眨眼。「她是隻雷族貓耶。」葉掌還來不及多做解釋，他又繼續說道：「雷族、風族，管她是哪一族的，只要知道怎麼治病就行。」他嚼了嚼葉掌送上來的薄荷葉，然後頭又擱回爪子上繼續休息。

晨花那頭傳來一陣哽咽的聲音，將她的注意力重新拉回風族貓后身上；這隻老母貓開始虛弱地反胃作嘔，四條腿不停抽搐。

「妳對她做了什麼？」鴉羽咆哮：「現在她病得更嚴重了！」

他試著將葉掌推到一旁。葉掌往後退了一步，當她試圖閃躲鴉羽並回到病患身邊時，鴉羽毫不留情地對她亮出利齒。

「住手！」葉掌轉身一看，發現一鬚走進灌木之中，身後還跟著裂耳。「鴉羽，你以為你在做什麼？葉掌是來這裡幫忙的。」

「她不應該在這裡出現。」鴉羽怒斥道。

「你的意思是說她不該對我們伸出援手嘍？難道她不該拯救我族貓兒的生命嗎？」一鬚語氣平靜，但從他的口吻中，不難發現他已經怒不可遏。鴉羽靜默之際，一鬚又接著說道：「既然你這麼有興趣，就留在這裡盯緊她。如果她有任何需要你協助的地方，你就得幫忙。葉掌，不要害怕，有事儘管吩咐他做。」

葉掌微微點頭。「謝了，一鬚。我想我跟白尾就能處理了。」

「我想要白尾加入狩獵隊，」一鬚對她說。「但鴉羽沒別的差事要做。」他點頭召喚白尾，然後兩隻貓兒就踱步而去。

鴉羽生氣地注視葉掌。「如果妳敢把我當作見習生，我肯定會把妳變成鴉食！」他嘶聲說道。

儘管鴉羽的敵意讓她飽受驚嚇，葉掌還是覺得一鬚對他有點太過嚴厲了。「現在只要專心照顧晨花就好，」她喵道：「我們得再餵她吃點水薄荷。」

她又把一些葉片放進嘴裡嚼，並請鴉羽扳開晨花的嘴，好讓她將葉泥置入病貓的口中；同時葉掌也在心中暗自祈禱晨花別再將藥草吐出來了。當鴉羽與她擦身而過時，她不由得往後縮了一下，身上的毛髮就像暴風雨前的空氣般震顫不已。鴉羽也往後一跳，後來又刻意迴避她的眼神，尷尬地往前邁步。

晨花再度顯得委靡無力，彷彿全身精疲力盡。葉掌坐在她身旁，用尾巴輕撫她的腹部。她很清楚鴉羽正目不轉睛地注視著她，希望他能趕快走開。

過沒多久，她就發現這隻老母貓的呼吸漸趨有力；而一旁的暗足又打起瞌睡，偶爾會發出幾聲遲緩的低鳴。

「他們情況有沒有好轉？」鴉羽低語問道。

「應該有，」葉掌答道：「我確定暗足沒事了，現在比較擔心的是晨花。」

「葉掌。」一道暗影越過晨花的身體，葉掌抬頭一看，原來是吠臉回來了。「很高興見到妳。」他嘴上纏著一捆葉片；他放下時，葉片展露開來，只見幾粒乾癟的杜松籽包覆其中。

「吠臉，希望你不要介意，」葉掌提心吊膽地說道：「我在樹林裡遇到你的族貓，他們說晨花病得不輕。剛好我們族裡也有貓兒罹患這種病，所以——」

吠臉一揮尾巴，中斷了葉掌的發言。「我們非常歡迎妳。我不曉得最有效的藥草都生長在哪裡——我只找到一簇杜松灌木，不過大部分的莓果都被鳥兒吃光了。」他仔細聞了聞晨花，繼續說道：「她的病情比我當初離開時好轉不少。妳讓她服用什麼——水薄荷嗎？虧妳想的到；如果我能找到多一點杜松，就會直接用杜松籽了。」

「我可以走了嗎？」鴉羽高聲問道。

「哦，當然可以。」吠臉搖尾請他離開。「現在我來負責就好了。」

葉掌目送他離去，奇怪的是心中居然有些許惆悵。她厭惡與貓兒發生爭執，尤其鴉羽又是松鼠飛的朋友，葉掌更不願跟他鬧得不愉快——雖然她也不知道姊姊對他有什麼想法。

「葉掌，不如妳也回去吧，」吠臉喵聲說：「妳已經幫了一個大忙，妳的部族將會需要妳的協助。」

於是葉掌留下剩餘的水薄荷，準備離開。「記得跟我說晨花的復原情形。」

「我會的。我會想辦法捎口信給妳的。」吠臉向她保證。

葉掌鑽出灌木，此時一鬚剛好在營地中央，幾名戰士圍繞在他身旁。葉掌見狀決定過去向他道別，可是當她看見其中一名跟部族族長講話的戰士，不是別人，正是泥爪時，卻不由得躊躇不前。

眼尖的一鬚發現了她。「晨花情況還好嗎？」他問道。

「我想她的身體沒什麼問題了。現在有吠臉在一旁照顧她。」

「妳的幫忙我們實在無以回報，」風族的族長喵道，他的眼神流露出溫暖的光芒。「裂耳說他遇見妳時，他跟刺爪在樹林裡剛好為了邊界的事發生爭執。我已經決定，從現在開始，我們要將那塊領土讓給雷族。我們也將在樹林邊緣——也就是山腳附近，設置我族的氣味標識。」

「你真是太慷慨了！」葉掌開口說道，但話還沒說完，就被泥爪的一聲咆哮打斷。

「你真的是鼠腦袋嗎？」這位前副族長厲聲喝斥。「就為了一爪分量的治病藥草，你就要把風族的領土拱手讓人？就算沒有這位見習生多管閒事，吠臉也能不費吹灰之力把病貓治癒。」

一鬚轉身面對泥爪。「泥爪，如果你以為這件事只跟藥草有關的話，那你還真是個笨蛋。你也不想想看雷族幫了我們多少忙。他們對我們的恩情，風族不知要用多久才能回報？要不是他們的援手，風族的貓兒現在全都會變成鴉食。」

泥爪發出一聲咆哮，並噘起嘴脣、露出一口銳利的牙；而葉掌見狀，只能將爪子插入土地，免得自己嚇得落荒而逃。另外一、兩位戰士也顯得心神不寧，其中就包括了鴉羽。葉掌原本預期他挺身支持泥爪，並斥責她不該踏進風族的領土，但那位纖瘦的灰毛戰士卻不發一語。

「我不想聽見任何因為領土糾紛，而跟雷族發生爭執的事，」一鬚吼道：「那片林地對我族而言，沒啥用處。風族什麼時候開始在樹林裡打獵啦？」

「樹林裡不光只有獵物。」網足邁步向前，站在泥爪身邊。「而且還有藥草。我知道吠臉需要一些我們在荒野中永遠都找不到的植物。」

「有完沒完啊！」一鬚厲聲喝道：「我族的領土廣闊，而且也沒聽說吠臉在尋覓藥草存糧的過程中，遇上什麼困難。」

戰士們紛紛垂下頭來，但沒有半隻貓兒滿意他們族長的命令。泥爪轉身而去，用足以讓大家聽見的音量喃喃一聲：「叛徒！」

葉掌因為過度焦慮而緊縮腹部。她猜想風族會有好幾位戰士贊同泥爪的想法，重提他們與雷族的恩怨情仇，責難一鬚沒有將自己部族的利益擺在第一順位。她不知道要是泥爪發動篡位陰謀，會有怎樣的下場，會有多少貓兒張牙舞爪地支持泥爪，虎視眈眈地肖想族長之位呢？

「妳一定想回家了，」一鬚喵道：「鴉羽，請帶葉掌回她的營地，並轉告火星我的決定。」

鴉羽抬起頭，睜大雙眼、不可置信地望著族長。「我？」

葉掌心想：**哦，不**。她嘶聲說道：「不必麻煩。我會自己照顧自己；雖然我是隻巫醫，但這並不表示我不懂防衛。」

一鬚朝她輕彈耳朵。「鴉羽，這是我的命令。」

鴉羽仍然是驚嚇過度的樣子；只見他意味深長地嘆了口氣。「走吧，看來如果我不陪妳走這一程，就會惹禍上身了。」

葉掌知道自己不得不妥協。當鴉羽飛快轉身、朝營區邊境的上坡前進，她也隨即朝一鬚點頭道別，緊跟在暗灰色的戰士身後。他步伐矯健，也沒有詢問葉掌跟不跟得上。他是這麼的無禮魯莽，所以葉掌也犯不著掏空心思、設想對話內容；但即使在寂靜之中，他倆之間的氛圍仍像綠葉季的閃電劈啪作響，顯然他無法苟同一隻雷族貓居然幫了他的部族一個大忙。

身為巫醫，葉掌不像其他貓以部族作為優先考量。如果現實情況如此，她慶幸自己不用因為貓兒來自不同的部族，就與之為敵。雖然鴉羽身為參與旅程的其中一員，他卻比其他貓更快適應舊日的族群對立。從他豎直的毛髮和尷尬的餘光看來，他早已準備重新點燃宿敵的戰火。

當他們抵達溪流，葉掌終於能夠鬆口氣。此時的水量比昨晚雷族渡溪時還要高漲，只見鴉羽手腳敏捷地領她越過幾顆踏腳石，返回雷族的領土。沒過多久，她就認出環繞石洞頂端的灌木林。葉掌帶頭沿著坡道往下走，來到懸崖間的裂縫。他們到達入口時，她看見一部分的荊棘屏障已搭建完成，裡面有成堆的獵物置於有刺灌木間的空地上。

火星正站在昨晚蕨雲跟小白樺睡覺的灌林叢旁，而松鼠飛則在幫忙蕨雲將刺藤的卷鬚拖出來。

「我們可以在這裡蓋個很棒的育兒室，」蕨雲一邊抬起後腿，將脅腹上的刺藤踢除，一邊氣喘吁吁地說道：「這裡剛好倚著石壁，能夠阻擋風雨的侵襲。不過我們還得清除雜物，讓裡頭的空間更為寬敞。」

「不用多久，我們就能料理妥當。」松鼠飛向她保證，然後精力充沛地拉走一條比她身子長兩倍的刺藤，不過小白樺則調皮地猛拽刺藤的另一頭。

棘爪帶著一顆苔蘚球，穿越新育兒室的入口。葉掌看見他願意放下戰士的架子，紆尊從事見習生的苦功，內心深受感動；顯然棘爪下定決心要將族貓好好安頓在新家之中；蕨雲跟著他走進室內，幫他安置苔蘚；而小白樺也放下松鼠飛的刺藤，隨著母親的腳步跑進育兒室。

「火星，鴉羽來了。」葉掌向她的部族族長點頭致意。「他從風族護送我回到這裡。」

「謝了。」火星朝這名年輕的風族戰士走去。「一切都還順利嗎？」

「葉掌救了晨花，」鴉羽的口吻聽起來一點也不心懷感激。「一鬚也託我跟你說雷族可以在小溪對岸的林地設置氣味標識。他不介意將風族的邊界移到樹林邊境。」

火星詫異地瞪大雙眼；顯然他並沒有料想到可以不費吹灰之力就贏得領土。「一鬚心腸真好，」他答道：「請幫我向他道謝。」

「也謝謝你送我回家。」葉掌說道。雖然鴉羽的表現宛若腳爪生刺的狐狸，但這並不表示她也要如此無禮。

鴉羽意味深遠地看了她一眼，目光中除了敵意，同時也別有意涵。他似乎有話要說，最後卻只點了點頭，匆匆離開營區。

「嘿！」松鼠飛追在他身後叫喚。「對你的老朋友視而不見嗎？」

這位風族的戰士就這麼頭也不回地消失在蕨叢之中。

火星注視著將鴉羽吞沒、微微顫動的綠色蕨葉。「一鬚為人十分慷慨，」他說，不過他的語氣並沒有如葉掌預期的那樣歡喜。「跟影族簡直就是天壤之別。」他繼續說道。

「影族？」葉掌問道，心中不解究竟發生了什麼事，讓她的父親對影族有這種看法。

「差點都要打起來咧！」松鼠飛情緒激昂地說道：「棘爪踰越了影族的氣味標識，然後有一支影族的巡邏隊想要把他趕走。」

「我們原本可以應付他們的，」棘爪邊說邊從育兒室走出來，只見他嘴裡已少了那球苔蘚的負擔。「我認為他們只將自己部族的利益擺在第一順位；或許一鬚也會認同我說的話。我的意思是說，他才剛把一塊獵物豐碩的土地無條件讓出啊。」

他的口吻聽起來十分好奇，而非充滿敵意，但松鼠飛將蓬鬆的尾巴環繞著他，請他住口。

「至少他忠於昔日的朋友！」她突如其來地說：「這道理你恐怕早忘得一乾二淨了。」

憤怒有如一把烈火，點燃了棘爪的眼眸；但他不發一語，邁開沉重的步伐而去。火星憂心忡忡地跟在他後頭，但走沒幾步又掉頭到獵物堆旁跟刺爪說話。

「這到底是怎麼一回事？」葉掌沮喪地詢問她姊姊。「妳跟棘爪的友誼為什麼變得如此不對勁？」

松鼠飛聳聳肩。「別問我。打從我們搬進新家，他的心情就一直很差。」她不再假裝自己毫不在意，那雙受傷困惑的綠眼宛若一池碧波蕩漾的湖水凝視著葉掌。「我覺得他再也不喜歡我了。」

葉掌想不到任何能夠安慰她的話。她知道如何治癒傷口，也知道腹痛要吃哪種藥草，但她姊姊和棘爪之間的裂痕卻完全不在她能掌握的範疇之內。那是一塊巫醫永遠無法洞悉的生活領域。葉掌心想她或許應該慶幸自己永遠不用受這種苦。接著她看見松鼠飛凝視棘爪的眼神中流露無限熱情，回憶起兩隻貓兒曾經如此真心地關懷對方。一想到沒有貓兒對她產生這種情感，葉掌的心靈突然出現一個小小的空洞。

塵皮拉著另一根長卷鬚從有刺灌木叢中鑽了出來，還差點絆倒跟在卷鬚後頭拉扯的小白樺。「小白樺！你比痙攣發作的狐狸還討厭。」

「你就別罵他了，」蕨雲一邊呢喃，一邊跟著她的伴侶走進空地。「他開心玩耍不是很棒嗎？」

塵皮深表贊同地低嗚；兩隻貓兒望向他們的孩子兇猛地對著有刺灌木咆哮，利齒緊咬灌木、還不時搖頭晃腦、好不快樂，只見塵皮的眼中閃爍無比幸福的光芒。

葉掌看著此情此景，內心的空洞突然向外擴大。她永遠無法像松鼠飛對棘爪那樣，對另一隻貓產生感情；也不能享受伴侶和孩子相陪的天倫之樂。她從未懷疑自己為星族奉獻生命的決定，以及踏上巫醫終其一生孤獨無依的不歸路——但她頓時覺得自己的生命好像有些什麼缺憾。

第十四章

棘爪在樹叢間潛行，涼爽的青草掠過他的皮毛。小動物們在灌木底下奔跑的聲音，使得棘爪滿腦子都是獵物的味道。

在他大顯身手獵食之前，棘爪來到一片開闊的空地。他面前的土地向下陷落，成為一個凹形裂縫，裂口兩邊陡坡可見突起的岩石穿雜其中。

眼前的景象讓棘爪瞠目結舌。這正是通往雷族老家營區的深谷。他抬頭小心翼翼地吸了一口氣。空氣中沒有兩腳獸怪物刺鼻的味道，除了微風吹過樹林、葉片窸窣作響之外，幾乎萬籟俱寂。他們的家園平安無事！森林裡的殘酷浩劫、恐懼與饑餓、翻山越嶺的漫長旅程，全都只是一場夢而已。

棘爪快步走入深谷，非常興奮地穿越谷底的金雀花叢隧道。他馬上可以與他的族貓重逢：灰紋並沒有被兩腳獸捉走；蕨雲所有的孩子也全都活著；長老在他們的洞穴中，頤指氣使地叫見習生幫他們抓身上的蝨子。

帶著興奮震顫的心情，棘爪越過金雀花叢隧道來到營區。他張嘴準備打招呼，卻在轉瞬間愣住了，只有一隻貓兒孤零零坐在林中空地中央外。

那隻貓兒抬起頭來，用熾熱的琥珀大眼望著棘爪。

那是虎星。

棘爪差點因為震驚和懷疑而說不出話來。灰紋被捉、蕨雲孩子的死，以及長路漫漫的旅程──一切都是千真萬確。如今他身在夢中，而且是一場夢魘。

虎星扭扭尾巴，示意棘爪靠近一點。棘爪先是嚇得全身僵硬，然後緩緩踱步向前。他一走近，父親的身形便一覽無遺：肌肉結實的背膀、寬闊的頭部，還有烈焰一般的琥珀色眼眸。

「歡迎啊，」虎星扯開低沉的嗓音說道：「我等了好幾個月，才有機會跟你說話。」

棘爪站在幾尾距離之外。他不知道該說些什麼，唯一浮上心頭的就只有他是他父親的翻版──肩膀的寬度、頭形、眼珠的顏色，簡直就像在凝視自己水中的倒影。

「我已見識你過人的勇氣與力量，我可以自豪地說，你是我的親屬。」虎星說道。

「謝……謝謝你。」棘爪的前爪不安地搓揉土壤。「你為什麼會來這裡？星族派你來的嗎？」

「我並沒有與星族一同狩獵，」虎星厲聲說道：「除了銀毛星群外，還有更廣闊的天際，甚至還有連星族都不曉得的獵場。」

虎爪的目光飄向棘爪背後。「歡迎，我一直希望你能過來，並且滿心期待與你相見。」

棘爪轉身一看，發現鷹霜正從金雀花叢隧道鑽了出來。他呆愣地望著這位河族戰士穿過林間空地，走到他身旁坐下。月光在地面投射出一對完全相同的影子，而此時棘爪明白即使一隻半盲的貓也能一眼認出他們的關係。

他告訴自己，除了困惑和好奇外，他應該對同父異母的弟弟和父親的身世有其他更強烈的感觸。他們來自不同的部族，除此之外，虎星為了滿足自己對權力的渴望，謀殺眾多貓隻，並且背叛自己的同胞。儘管如此，棘爪還是無法擺脫自己對這一刻期待已久的心情。就算他們分屬不同族裔，他們的體內卻流著相同的血液。

「你是虎星嗎？」鷹霜問道。他提醒了棘爪早在鷹霜來到森林前，虎星就被殺死了。「你是我的父親嗎？」

虎星點了點頭。「我是。嗯，你們的新家如何呢？」

「在一個全然不同的環境生活並不容易。」鷹霜坦承。

「我們都很懷念森林老家。」棘爪補充說道。

「很快湖畔的土地就會像過去那般熟悉了，」虎星向他們保證。「劃定邊界、用生命保衛，因為領土是維繫一個部族最重要的基礎。」

「是的！」鷹霜的眼中閃現一絲微光。「河族已將氣味標識設置妥當。昨天我跟黑爪還趕走一隻獾。」

「很好，很好。」彷彿有個聲音在召喚虎星，只見他豎起耳朵又抬起頭。樹梢上的天空也因第一道曙光而漸漸變白。「我得走了，」這隻暗色虎斑貓喵道：「棘爪、鷹霜，再會了。當我們一起漫步夢境之路，就是再度相聚的時候；我深信一定會有這麼一天。」

他踱步離開。就在此刻，一朵雲彩飄過，遮住了月亮，林間空地也頓時變得漆黑一片。當雲朵飄散時，虎星已不見蹤影。

「我也得走了。」鷹霜與棘爪互觸鼻頭，然後走向營區入口。

「不——等等。別走啊！」棘爪叫道。

「我一定得走；我是黎明巡邏隊的一員。你到底在說些什麼啊，棘爪？」

棘爪眨眨眼，坐直身體。只見雲尾一面清除身上的苔蘚，一面大惑不解地看著他。「發生什麼事了嗎？」他問道：「需不需要我跟蕨毛說我不能去巡邏了？」

棘爪茫然地搖搖頭。「不用了，我沒事。」他再度躺回床上，緊閉雙眼，好像自己能將那如荊棘般銳利的悲痛，從腹部連根拔起。

夢境已退散，他又回到石洞。虎星、鷹霜、雷族的舊營區全都消失無蹤。

ϟϟϟ

棘爪接下來睡了一會兒無夢的好覺，醒來時不再那麼困惑，卻也感到悲痛。他走出蕨叢、弓起背伸了個懶腰。一想起今晚是月圓之夜，各族要在大集會重逢，頓時感到欣喜若狂。

他環顧營地，林間空地跟之前相比變得不一樣。許多有刺灌木被連根拔起，築成一道入口的屏障；最大的灌木叢是育兒室。見習生將岩壁裡的一個淺穴當成睡窩；而戰士則睡在棘叢的枝葉底下。長老們還是沒有找到滿意的小窩；每晚他們都換不同的地方就寢，隔天醒來又開始抱怨地點太過潮溼或風太大。棘爪發現其實金花跟長尾蠻享受尋覓寢室的過程，因為這表示他們可以視察每個角落，甚至開始建議可以曬太陽、或免受風雨侵襲能享用美食的地點。

石洞逐漸變得有過去的味道，但棘爪還是對那場夢境無法釋懷。不只是因為懷念過去的渴望讓他坐立難安；同時他也無法停止想念他的父親及弟弟。虎星說在不同天際中狩獵是什麼意思？他是否從他現在狩獵的地方看顧火星和整個雷族呢？

棘爪使勁甩頭，想把那場夢忘個一乾二淨。舊營地已成廢墟殘骸，再回憶也無濟於事。他努力將心思集中在他的職責上。定睛一看，發現營地入口附近的獵物堆已少了一些。同時，塵皮走出育兒室，朝他踱步而來。

「嗨，」棘爪喵道：「想不想去打獵啊？」

「太好了！」塵皮的眼睛為之一亮。「我們要帶誰一起去呢？」

棘爪原本想找松鼠飛，但他聽見有貓在呼喚塵皮，環顧四周發現是蕨毛正朝他們跑來。

「塵皮，」他緊急停下腳步，氣喘吁吁地說道：「昨天白掌一整天都在幫忙鋪青苔。不曉得今天能讓她接受戰士訓練嗎？現在也該讓見習生回歸例行的訓練課程了。」

「當然可以嘍，」塵皮答道：「順道一提，你想跟我們去打獵嗎？」

「也可以帶蛛掌一起來，」棘爪提議。「依照鼠毛的復原情形，恐怕還是無法擔負巡邏隊的任務。」

「好主意。」有個聲音從棘爪身後冒出；他回頭一看，發現火星迎面而來。

「我剛剛才跟鼠毛聊上兩句，」火星接著說道：「昨天蛛掌將一隻在營區入口徘徊的年輕狐狸驅逐出境。我們倆都認為他已能勝任戰士一職，所以決定將於日升之時舉行他的戰士命名儀式。你可以跟他說這是他最後一次以見習生的身分打獵了。」

棘爪心滿意足地捲起尾巴。戰士命名儀式是部族最重要的活動，而蛛掌的命名儀式更讓石洞彰顯家園的意義；想必這也是值得在大集會報告的大事。

火星祝他們此行豐收，隨後就踱步離開；而蕨毛也帶著兩個見習生過來。這五隻貓兒啟程爬上石洞邊緣的坡道，然後深入營區上方的樹林。當他們即將抵達懸崖頂端時，突然聽見後方傳來一陣悲傷的貓叫聲。

「等等我啊！」

棘爪回頭一看，發現小白樺上氣不接下氣地追著他們跑，還因為害怕趕不上而被一簇草叢絆了一跤。

「小白樺！」塵皮驚聲大叫。「你在幹嘛？」

這隻小貓楚楚可憐地仰望父親，苦苦哀求道：「我也想要打獵。拜託嘛，可不可以讓我去？」

蕨毛對棘爪翻了個白眼。「喔——小貓！」

顯然塵皮覺得這一點也不有趣。「不行，當然不可以，」他厲聲喝斥。「除非你當上見習生，否則絕對不能參與狩獵。」

「可是我對打獵很在行呢！」小白樺開始自吹自擂。「不信我秀給你看，我會抓住那隻小鳥的。」

他面向一隻停在洞口棘叢的知更鳥，大夥兒還來不及攔住他，他就扭動臀部，朝鳥兒飛撲而去。

「不！」塵皮跟棘爪追在他後頭大聲叫喚。

棘爪先追上他，旋即張開大口咬緊小白樺的頸背；就在此刻，棘叢無法承受小白樺的重量，所以他開始向下滑進石洞。只要再差一秒，他就會跟松鼠飛一樣墜落洞底。

就在千鈞一髮之際，棘爪急忙向後爬行，將小白樺放在跟洞口有段距離的地上。只見小貓蜷縮身子、直打哆嗦。氣急敗壞的塵皮毛髮直豎地站在他身旁。

「你的脖子上真的是長了個鼠腦袋嗎？」他嘶聲叫道：「你不覺得小貓在成為見習生前，乖乖跟母親待在育兒室的規矩，一定有它的理由存在嗎？」

小白樺點點頭，一雙大眼寫滿驚恐。「對不起。」他嗚咽地說道。

「別太苛責他了，」蕨毛在一旁安慰。「他不是有意的。」

塵皮旋即掉頭瞪了他一眼。「有意無意又有什麼分別？要不是棘爪及時相救，他這條小命早就沒了。」他用尾巴戳戳小白樺。「我還沒聽見你向他道謝咧。」

小白樺洩氣地拖著尾巴、垂著耳朵說道：「謝——謝謝你，棘爪。我真的很抱歉。」

「沒關係。」棘爪喵道。他對這隻魂不附體的小貓感到相當同情——從小白樺驚嚇過度的臉龐就知道，這次的教訓足以讓他反省好幾個月了。

「來吧，先站起來；你並沒有受傷。」塵皮彎腰在孩子身上用力舔了幾下。棘爪知道塵皮之所以會如此憤怒，其實是因為他差點又要失去一個孩子。「回去找蕨雲，下次別再亂來。」

小白樺點點頭，塵皮用鼻子磨蹭安慰，然後這隻不懂事的小貓就邁開步伐朝營區入口走去。他的父親目送他離去的背影，直到看不見小白樺為止。

「我們得立下規定，」他毅然決然地說道：「嚴禁小貓靠近崖邊。見習生也不許接近。」他的耳朵朝白掌和蛛掌輕彈表示；而這兩位見習生早就被生死一瞬間嚇得說不出話來。

白掌點點頭；蛛掌則捲起尾巴，像是提醒自己日升過後這項規定對他就不再管用。不過蛛掌好像忘了當雷族初次接近營地時，他自己也差點失足跌進谷底。

「我們可以在崖邊設置氣味標識，」棘爪提議。「這樣就能提醒大家別擅自踰越。」

「好主意，」塵皮喵道：「等我們回去以後，就立刻將這個建議告訴火星。走吧，我們得趕緊打獵，可別讓蛛掌錯過他的戰士命名儀式了。」

棘爪跟在其他貓兒身後，危機感仍在他的腳爪隱隱作痛。他回望棘叢，想像小白樺微小的身子跌進洞底的林中空地、粉身碎骨的悽慘畫面。他開始納悶：**我真的將族貓帶到一個安全的家園嗎？**

他們抵達新居已經快半個月了，仍然沒有得到星族看護子民的徵兆。這裡真的就是他們的歸屬之地嗎？

ϟϟϟ

棘爪帶領巡邏隊橫渡小溪，來到一鬚讓給雷族的那片林地。不過一眨眼的時間，他就發現一隻松鼠在樹下步行。棘爪匍匐前進，然後技巧純熟地撲向他，喀嚓一聲將牠的脖子擰斷。

「幹得好！」塵皮叫道。

棘爪開始將泥土鋪在松鼠身上，直到白掌走到他身邊才停下來。

「你覺得我們真的可以霸占這隻松鼠嗎？」她焦慮不安地問道：「小溪另一頭的領土應該歸風族所有。」

「但一鬚已經讓給我們了，」棘爪繼續用土覆蓋這隻獵物。「這是我們的獵物。」區區一位見習生居然敢暗示他盜獵異族的獵物，這項指控把他氣得火冒三丈。風族自願割讓獵場又不能怪到他頭上。

他率領巡邏隊深入樹林，而白掌也不再提出異議。

到了日升之時，全族已飽餐一頓，而且還剩餘一堆為數可觀的獵物。大夥兒吃飽後全都留在石洞中央；這裡的灌木叢已被清除，為部族開會的場地預留空間。

這裡少了老營區的高聳岩，不過火星找到一個高度約到頭頂幾尾長的岩架，他可以靠著碎石做成的粗糙踏腳石登上那兒。岩架下方——已經有貓兒開始稱此處為擎天架了——有個通往洞穴的狹窄凹形裂縫，火星決定將那裡當作他的小窩。新營地裡的所有小窩，就屬這個最像以往的窩，被一道苔蘚圍牆環繞，還有乾燥、覆滿沙子的地板。

火星放聲一吼，毛髮在藍灰色岩石的襯托下，宛若一團橘紅色火焰般。「請所有已成年的貓全都到岩架底下集合。」

聽見熟悉的話語在石洞迴響，棘爪的皮毛不由得因興奮而隱隱作痛。他望著蛛掌四肢纖長的黑色身影——他整潔的毛髮好似烏鴉翅膀一樣光滑——穿越林間空地，來到他的導師鼠毛身邊。她看起來弱不禁風，好像腹痛還沒完全康復；不過看著自己的見習生迎面而來，她的眼睛卻閃爍著驕傲的光芒。

棘爪蜿蜒前行，希望能坐在松鼠飛旁邊；不過他發現她已經跟灰毛、黑毛及雨鬚坐在一起了。四隻貓兒的頭湊在一塊兒，只見他們肩頭微微顫動，好像在講笑話一樣。棘爪噘起嘴，突然感到空虛寒冷。他陰鬱地坐在離他最近的貓兒——雲尾旁邊，試圖集中精神。

「吵架啦？」這位白毛戰士低語道。他的眼神飄過棘爪，耳朵朝著松鼠飛輕彈幾下。「你究竟做了什麼事，把她給惹毛啦？」

「沒什麼啦。」棘爪倔強地回答。他們吵架的理由複雜而且跟自己有關，不適合跟其他貓兒分享。

「嘿，別擔心了，」雲尾同情地用尾巴輕拂他的身子。「很快就會沒事的。」

「或許吧。」棘爪嘆了口氣；他真的不想再繼續討論這個話題了。

「我們即將舉行命名儀式，」大家都就定位，火星開口喵道：「鼠毛，蛛掌將要升任戰士，妳對他的表現還滿意嗎？」

這位棕毛戰士點點頭。「我很滿意。」火星輕踏著碎石，然後搖尾示意蛛掌到他身旁。蛛掌踱步向前，全身緊張得不停顫抖。

「我，火星，雷族族長懇請祖靈俯看這位見習生。」火星的嗓音清楚地蓋過微風和洞穴邊緣窸窣作響的枝葉。「他歷經種種磨練，完全恪遵祢們崇高的守則。因此，我在此鄭重推薦他為戰士。」他的眼神直視著蛛掌，繼續說道：「你是否願意遵守戰士守則保衛這個部族，甚至不惜犧牲性命？」

「我願意。」蛛掌殷切地回答。

「那麼在星族的見證下，我賜予你戰士名。蛛掌，從現在開始，你的名字是蛛足。星族將以你的勇氣和熱忱為榮，歡迎你成為雷族的戰士。」

他往前跨了一步，將鼻子輕抵蛛足的頭。這位年輕戰士充滿敬意地回舔火星肩膀，然後走回貓群之中。

「蛛足！蛛足！」整個部族高聲叫喚他的新名字，向他問候。塵皮的驕傲之情溢於言表，而蕨雲看見長子終於得到戰士的殊榮，雙眸也散發出喜悅的光芒；小白樺在他哥哥的爪子周圍又蹦又跳，將前幾天早上恐怖的經歷拋到腦後。

火星舉起尾巴，示意大家安靜，現場嘈雜的聲浪頓時消失，族貓們全都好奇地望著他。

「在我們回到各自崗位之前，還有另一個儀式要舉行，」火星喵道：「我跟鼠毛長談之後，她做了一個決定。鼠毛，妳確定真的要這麼做嗎？」

這隻老母貓一邊踱步向前，一邊點頭表示同意。

「鼠毛，」火星接著說道：「妳是否希望放棄戰士的名號，加入長老的行列？」

棘爪彷彿聽見鼠毛用顫抖的聲音說：「是的。」他心想如此高傲的戰士承認自己的年老，內心一定經歷痛苦的掙扎；漫長的旅程加上她罹患的重病，在在驗證了鼠毛的體力已不如從前。一想起她過人的膽量和精湛的技巧，棘爪就感到十分悲傷。

「妳的功勞都讓雷族備感榮耀，」火星繼續說道：「我會向星族禱告，祈求祂們賜與妳更多無數個季節。」他將尾巴放在鼠毛肩上，只見這隻老貓鞠躬，然後走到長尾和金花身邊。

「火星，其實我不需要活得太長命，」她厲聲說道：「我可是老當益壯；只要麻煩一來，我隨時都能上場迎戰。」

她的周圍響起貓兒低語的聲浪，大夥兒都被她這席話逗得樂不可支，同時也對鼠毛肅然起敬；然後有一、兩隻貓兒開始以迎接新戰士的禮數呼喊她的名字：「鼠毛！鼠毛！」一旁的金花也友善地在她耳朵周圍舔了一圈。

儀式結束、貓群紛紛離開會場。棘爪走到蛛足身旁恭賀他取得戰士頭銜，同時也發現火星叫他到旁邊，似乎有話想對他講。

「白掌跟雲尾提起你今天早上抓到的那隻松鼠。」他的族長喵道。

棘爪氣得毛髮倒豎。他刻意迴避影族的領土，所以才帶巡邏隊往相反的方向走；現在火星該不會要責備他侵犯風族的領土了吧？「是一鬚自己說要把那塊林地讓出的。」他試著不讓嗓音出賣自己憤怒的情緒。

「我知道。」火星語氣平和地說道：「你並沒有做錯什麼。不過從現在起，盡量避免進出那塊土地。至於要怎麼處置那塊領土，我們最後一定會想出辦法；但在事情解決以前，我們不要因為一鬚對我們好就占他便宜。」

「我並不是想占他便宜，」棘爪得知火星並沒有責難他的意思，如釋重負地鬆了口氣。

「可是捍衛風族的領土，是他的責任。還是他認為兩族過去一個月來一起跋山涉水、同甘共苦，所以希望我們把他的屬地當成自家土地一樣保護？」

火星瞇起雙眼。「別煩惱了，棘爪，」他喵道：「各族劍拔弩張地保衛自己家園的時刻終有一天會到來。但現在還不是時候。」他轉身準備離去，但又停下腳步，回望棘爪。「棘爪，去休息一下吧，」火星向他建議。「今晚你還要參加大集會呢。」

棘爪眨眨眼，希望他的族長沒有從他渾身豎直的毛髮中，看出他高興、期盼的心情。我又能跟鷹霜見面了！他急欲知道他同父異母的弟弟是否也跟虎星見面了。手足間會心有靈犀地做同樣的夢嗎？這很難說——但在他的夢境中，營區老家是如此的真實，幾乎要比雷族找到的新家更為真切。如果虎星真的在天上守護他的兒子，想必他也希望造訪他們兩位吧？

他屏住呼吸，罪惡感使他哽咽窒息。鷹霜是一隻來自敵族的貓兒，他跟棘爪的血親關係哪可以跟忠於族貓、敬愛族長的情操相提並論；所以他跟鷹霜會做同一個夢，也許是再荒謬不過的想法了。

儘管如此，當棘爪走向戰士小窩，準備在啟程參加大集會前先補個眠時，與弟弟再度相聚的念頭又讓他亢奮不已。

第十五章

雷族出發之際，太陽西下，但地平線仍閃耀著血紅色的光芒。棘爪在等待蕨毛通過隧道時，發現松鼠飛從他身邊溜過。

「嗨，你好啊，」她喵道。她的語氣友善，卻彷彿因為無法預知他的反應為何，而顯得有些不確定。「你還好嗎？你看起來一臉迷惘，好像整天都在夢遊似的。」

棘爪的臉部肌肉冷不防抽搐了一下；他跟虎星和鷹霜會面的回憶占據他所有心思，所以每當他闔上眼，總能感到他兄弟的毛髮掠過他的脅腹。他非常渴望回應松鼠飛碧眼中的熱情，卻又不能向她吐露夢境的情節，或向她傾訴他對那位河族戰士的情感。

他在泥土地上拖著腳行走。「我昨晚沒睡好，就是這樣。」

松鼠飛瞇起雙眼，大概猜到棘爪並沒有向她吐實。「如果你想搞神祕就算了。」她嘆了口氣。「我才不在乎咧。」

她二話不說、掉頭就跟在蕨毛身後揚長而去。

「松鼠飛，等等！」棘爪追在她後面跑，氣自己假裝拒絕跟她重修舊好的機會。當他衝到隧道的另一頭時，發現她跟葉掌一邊交頭接耳，一邊愈走愈遠。他大聲呼喊松鼠飛的名字，但她卻連頭也不回，對他的呼喚置之不理。

栗尾是最後走出隧道的戰士，蕨毛則在一旁清點每位應該出席大集會的貓兒。當她走過他身邊時，蕨毛磨蹭她的耳尖。「嘿，栗尾，」他低語道：「真高興妳也來了。」

這隻玳瑁色的貓戰士向他眨眨眼，發出一聲開心的低鳴。

火星率領族貓爬坡，然後腳踩踏腳石渡溪，沿著小溪往下走，最後來到湖畔。「如果我們要在馬廄場附近召開大集會，」他喵道：「勢必得先確定風族理解每逢滿月，我們就有跨越他們領土的必要。」

「這應該也不難理解吧。」雲尾對塵皮嘀咕道。

這位棕毛虎斑戰士喃喃道：「是啊。搞不好我們直搗風族的大本營，也沒有半個戰士出場迎敵咧。」

「你們這樣太過分了！」栗尾提出異議。「一鬚跟任何貓兒一樣會誓死鎮守家園。」

塵皮和雲尾互換了一個眼神；棘爪看得出來他們並不相信。

貓兒沿著湖畔前行；只見血紅色的斜陽逐漸從地平線散去，湖水轉為幽暗，點點繁星也布滿了夜空。棘爪發現自己不止一次回望在隊伍後方並肩而行的松鼠飛和葉掌。至少她不是跟灰毛走在一起，這點讓棘爪稍感欣慰；灰毛此時正在跟雨鬚和煤皮說話，不過棘爪覺得這隻年輕的灰色戰士對松鼠飛實在太過殷勤。

他們一靠近兩腳獸的馬廄場，夜空中圓潤的玉盤就從幾縷纏綿的雲朵中飄了出來，宛如明鏡的湖水和沿岸頓時浸濡在它陰柔的銀光之下。在他們抵達籬笆之前，看見一鬚和他的族貓出現在山巔。當棘爪看見泥爪跟一鬚走在一塊兒時，備感訝異，更令他覺得不解的是，新副族長灰足居然不見蹤影。

火星停了下來，讓風族跟上腳步，同時也發出友善的低鳴，跟一鬚打聲招呼。儘管兩位族長並肩而行，他們身後的戰士卻各自劃分隊伍。棘爪在貓群中發現鴉羽的身影，搖尾吸引他的注意；不過鴉羽只是冷淡地點頭示意，沒有趨身向前迎接棘爪。

此刻火星突然舉起尾巴，示意隊伍停止前進。棘爪踱步向前，想要一探究竟。他停下腳步，嗅了嗅空氣；沒想到一股陌生的貓味兒撲鼻而來，頓時把他嚇一跳。

「還有寵物貓啊？」他對鴉羽喃喃道。

這位風族戰士寒毛直豎、頓時立起耳朵。棘爪跟著鴉羽的目光望去，發現一個小小的身影在兩腳獸籬笆另一頭的草地中移動。不一會兒，兩隻貓兒就從草叢現身。領頭的是一隻肌肉結實、灰白相間的公貓；他縮緊雙脣、作勢咆哮，怒目注視著新訪客。

「你們是誰？來這裡做什麼？」他開口問道。

泥爪跟雲尾雙雙向前一躍、準備開戰，但火星伸出尾巴將他們攔下。「我們不是來這裡惹是生非，」他喵道：「我們是剛搬來附近的新鄰居。」

「你們數量也太多了吧！」第二隻貓——乳黃色的長毛貓后——驚聲叫道。從她圓胖沉重的肚子看來，她應該快生小貓了。

「事實上，我們的貓兒還不只這麼多咧，」一鬚對她說。「不過火星說的對，我們並不打算侵擾你們的生活。」

「如果你們不來找我們麻煩的話。」泥爪吼道。

那隻陌生的公貓頓時毛髮直豎。「如果你們敢將一隻爪子伸進這道籬笆……」

「我們幹嘛要進去？」松鼠飛邊問邊往前跨了一步，一雙碧眼閃爍著好奇的光芒。「我們又不跟兩腳獸住。」

「兩腳獸？」長毛貓后一臉疑惑地問道。

「就是那些用後腿走路的粉紅怪物啊，」棘爪向她解釋。在他們遇見午夜的旅程中，冒險犯難的戰士們發現貓兒不見得會使用相同的語詞。「牠們住在那種紅石砌成的窩裡。」他的尾巴指向馬場另一頭的兩腳獸窩。

「哦，你是指無毛獸啊，」貓后喵道：「我們也沒有跟牠們一起住啊。我們跟馬兒住在馬廄裡。」

棘爪頭歪向一邊，臉上寫滿疑惑。聽起來這兩隻貓兒跟以前住在穀倉附近的大麥跟烏掌一樣，都是獨行俠；但是除了寵物貓之外，他無法想像有任何貓兒願意跟兩腳獸比鄰而居，更別提把隨時都會被馬腳踏個稀巴爛的地方，當成安身立命的家園。

那隻灰白相間的公貓抽動了一下尾端。「快走吧，」他發出命令。「不要待在這裡。」

「沒必要這麼不友善吧。」松鼠飛不滿地說道，而泥爪也亮出利爪，將爪子插進草地。棘爪縮緊肩膀，將重心移到臀部，準備隨時進攻。要是這隻陌生公貓再出言挑釁，勢必會引發一場腥風血雨的戰役。

一位嬌小、毛髮雪白的風族貓后啪地伸出尾巴攔住泥爪的去路。「冷靜一點，」她喵道：「你們沒聞到小貓的氣味嗎？他只是想保護育兒室罷了。」

那隻乳棕色的母貓看起來滿懷感激。「還有另外一隻貓住在這裡，」她喵道：「絲兒昨天才剛生下小貓。這些貓兒很友善，」她用肩膀撞了一下她的同伴，補充說道：「我想我們用不著擔心他們。」

「我們絕不會傷害小貓。」火星向他們保證。

這隻公貓向後退了一步，頸部的毛髮逐漸平坦。「你們最好保證你們絕對不會！」他厲聲吼道。只見他轉過身子，又回頭一看。「我叫小灰，她是黛西。提醒你們，有隻狗兒跟無毛獸住在牠們的窩裡。牠個頭很小、有著黑白相交的毛髮，而且很愛亂叫。無毛獸通常會把牠關在窩裡；不過有時牠獸性大發，還是會跑到外頭。」

「謝了，」火星說。「我們會保持警覺。」

小灰倉促地點點頭，扭頭叫黛西跟他一道離去。她在原地躊躇了好一會兒，才跟他回去。轉眼間，她淡色的毛髮就消失在黑暗之中。

「再見！」松鼠飛叫道：「下次見嘍！」

於是族貓們再度啟程，繞著籬笆、沿著湖畔前進，最後抵達當初臨時紮營的矮樹叢。影族跟河族已經先到了，棘爪第一眼看到的就是姊姊褐皮。他邁步向前、跟褐皮開心地打招呼時，雨鬚從他身邊經過，跑去跟一位河族的年輕戰士打招呼。

「嗨，燕雀尾！打獵還順利嗎？」

這隻深色的虎斑母貓面有難色地朝她的族長豹星望了一眼；此時她正坐在幾尾距離的不遠處。「還不錯。」她低語道。

雨鬚低下頭，想輕舔她的雙耳向她致意，後來又突然把頭縮了回去。他尷尬地舔了舔自己的手爪，然後朝自己的臉上揮了一拳。「抱歉，」他喃喃道：「我老是忘記現在很多事都已經跟過去不同了。」

褐皮朝著棘爪迎面而來，不過棘爪突然想起部族間的差異隔閡，於是刻意跟她保持一尾長的距離，而且拘謹地點了點頭。「很高興見到妳。」他喵道。

「我也是，你這個鼠腦袋。」褐皮向前跨了一步，跟他親密地用口鼻相互磨蹭。「這也太不合情理了吧！我們一起歷經了艱苦長遠的旅程，將過去各族間的對立衝突拋諸腦後。因為這份情誼，我們共享回憶、相互友愛，但這並不表示我們出賣自己的部族啊！」

棘爪向她眨眨眼。褐皮說的沒錯，不過他知道其他貓兒可就不這麼想了。不遠處有一群影族的貓兒不懷好意地瞪著他倆，其中包括他無意踰越異族氣味標識時，跳出來攻擊他的花楸爪。當棘爪正面迎視他憤怒的目光時，花楸爪卻掉頭跟他的一位族貓冷嘲熱諷地說話。棘爪因為距離太遠，所以聽不見他們交談的內容，不過用膝蓋想也知道不是什麼好話。

他朝樹墩走去，想找個好位置聆聽各族族長發言。他沒走幾步路，鷹霜就出現了。這位魁梧寬肩的虎斑貓滿心期盼地望著他，似乎在等他先開口說些什麼。

「呃，嗨，」棘爪喵道。月光撒在鷹霜的身上，使棘爪猛然想起夢境中的場景。「新家還住得慣嗎？」

鷹霜微微點頭。「嗯，挺好的，謝謝。」他的嗓音十分冷酷，棘爪見狀向後退了一步，感到皮毛像被針扎一樣隱隱作痛。難道鷹霜認為棘爪找他講話，就是背叛雷族的表現？

「對不起，」他喃喃道：「我只是想——」

鷹霜把頭撇到一邊，冰藍的雙眸中傳遞一種心照不宣的訊息。「別擔心！我不是那種認為異族之間就該壁壘分明、打死不相往來的貓兒。我剛看到其他貓兒是怎麼對待褐皮了。」他語帶同情地說道：「要將自己對部族和朋友的忠誠完全劃分，實在是一件很困難的事。現在大夥兒明明都交到了異族的朋友，卻又得裝出毫不相干的模樣。」

棘爪好想忘情吶喊：對！我也這麼覺得！不過他隱約感到好奇的眼光從四面八方向他投射而來，所以他只是輕描淡寫、匆匆帶過：「我們同甘共苦的患難情誼，實在讓人難以忘懷。」

鷹霜抖了一下尾巴。「事實上，我也是這麼跟泥爪說的。他一直跟我抱怨風族遇到的困擾。」

棘爪聽聞後嚇得身體僵直。「什麼困擾？」

「你不知道嗎？」鷹霜訝異地望著他。「比方說，一鬚沒有在一開始建立穩固的邊界。據泥爪所言，只因為雷族給了一些治病藥草，他就割讓一大片領土作為回報。」

棘爪不禁瞇起雙眼沉思。看來泥爪正無所不用其極，想讓大家認為一鬚不是當部族族長的那塊料。

「或許高星當初挑上一鬚，真的是選錯接班人了，」鷹霜接著說下去。「如果族長軟弱無能，對風族來說還真的很可惜。想展開新生活，卻沒有一個好的開始。」

「我確信一鬚能夠成為一位優秀的族長，」棘爪反駁道。他試著將高星在兩腿一伸之前，用顫抖的嗓音完成交接族長儀式的畫面，從記憶中抹去。「風族在新家無法跟別族一樣強大？這一點道理也沒有。」

「唯有行事強悍的族長，才能建立一個強大的部族，」鷹霜喵道：「一鬚尚未領取他的聖名跟九命。說不定這是星族拒絕讓他成為領導者的一種徵兆，你說是吧？」

他的語氣平穩、有點好奇卻不帶敵意，而且棘爪也無法辯駁。要是星族真的不認一鬚為風族的族長，那該如何是好？祂們到目前為止都沒有捎來徵兆，以告訴他取得九命的方法，這點倒是千真萬確。

「泥爪也是這麼認為，」鷹霜繼續說道：「他很清楚對他的族貓而言，現在比任何時刻都還需要一個強而有力的領導階層。每隻貓兒都曉得在比鄰而居的情況下，設定新邊界是多麼困難的一項任務；但如果我們不這麼做，各族又要如何自力更生？我們現在所做的決定，會對後代的貓族子民造成極其深遠的影響。如果一鬚沒有占領足夠的土地，風族最後的下場就是餓而死。」

泥爪另一番新面貌如一道射進森林的陽光，闖進棘爪心中。他原本認為風族的前一任副族長，只對滿足私人野心感興趣；可是泥爪所展現的膽量和決心，並不亞於旅程中的任何一隻貓兒。他是否真能成為一位比一鬚更有戰鬥力的族長呢？

「泥爪是位相當優秀的副族長。」棘爪若有所思地說。

這時鷹霜瞇起眼睛。「說到副族長，火星打算什麼時候封你當他的副族長呢？」

只見棘爪的前爪來回在枯葉間摩擦。「族裡還有許多具有豐富經驗的戰士——」

鷹霜不屑一顧地輕彈尾巴。「是年長的戰士吧，」他糾正棘爪所說的話。「以你來說，論經驗嘛，我認為無人能出其右。有幾隻貓兒能像你一樣，千里迢迢走到太陽沉沒之地，然後又率領貓族來到這兒？你堅忍不拔、才能出眾，而且信守戰士守則。憑什麼你不能當副族長？」

「火星之所以不指派新副族長，其實有充分的理由。」棘爪開始顧左右而言他。

「你是指灰紋嗎？」鷹霜眨了眨眼。「大家都知道灰紋已經死了。他誓死搏鬥，而非被兩腳獸抓起來當寵物貓。火星不派你當副族長只有一個理由，而且你跟我一樣心知肚明。全都是因為你父親的身分；因為我們父親的身分。」

棘爪目不轉睛地看著鷹霜，意識到自己的倒影又再一次映入眼簾：他們有相同的深色虎斑毛皮、同樣強壯英挺的肩膀、眼中散發一樣堅決的光芒，唯一不同的是眸子的顏色——鷹霜的眼珠是冰藍色、而他則是琥珀色。

「你在河族也有相同的困擾嗎？」他輕聲問道。

鷹霜搖搖頭。「虎星對河族來說，稱不上是什麼血海深仇的敵人。如果非要說有什麼問題，大概就是我並非部族出生的貓兒。它以前的確困擾著我，但現在我把火星當作借鏡。如果寵物貓能當上族長，那麼我也可以。」

他說話的當兒，薑黃色的毛髮一閃而過，抓住了棘爪的目光，原來是松鼠飛繞著樹墩衝了過來。她沒有注意前方的路，差一點就迎頭撞上他跟鷹霜，幸好她及時煞住腳步，他們才沒摔得人仰馬翻。

「對不起，我正在找——」當她瞧見眼前的對象，卻突然封口、打住不說。「哦，是你啊。」她無禮地向鷹霜喵道。

「妳好啊，松鼠飛。」這位河族的戰士客氣有禮地點了點頭。「棘爪正在跟我討論風族的狀況。我們擔心要是一鬚再不快點取得他的九命，恐怕會出問題。」

棘爪很慶幸鷹霜沒有提及他對雷族新副族長的看法，但他也高興不了多久。松鼠飛毫不掩飾內心對鷹霜的敵意，不懷好意地打量著棘爪同父異母的弟弟，而且開始豎起頸部的毛髮。

「就算是這樣，那又干河族什麼事？」她問道。

鷹霜那雙冰藍的眼睛睜得老大，卻不發一語。

「這當然跟河族有關嘍，」棘爪對他的同族貓兒喵道：「在森林裡，強而有力的領導階層對每個部族來說，都無比重要。」

松鼠飛只是嫌惡地哼了一口氣。她本想再多說些什麼，不過這時霧足卻一蹦一跳地跑了過來。「鷹霜，豹星有事找你，」她喵道：「我們得先討論一下待會大集會要報告的內容。」

「有關我族對邊界劃分的最後定奪。」鷹霜向棘爪解釋。

「不只如此，」霧足喵道：「豹星也要跟其他部族報告你和黑爪將獾驅逐出境的經過。」

鷹霜聳聳肩。「今天要是換作別的貓兒看到有獾在自己領土出沒，我相信他們也會做同樣的事。」他語氣平和，絲毫沒有傲氣凌人、自以為是的姿態。

於是兩隻貓兒踱步離開，留下震驚的棘爪凝望他們離去的背影。鷹霜居然提到他夢裡的那隻獾！在這之前，他不可能知道這些事。這表示他的夢境成真了，而且不可思議的是他們三個當時真的齊聚一堂。他感到一股寒意在體內流竄，讓他冷不防打了個寒顫。

他想叫鷹霜回來，但突然有貓兒在他肩上拍了一下，轉移他的注意力。松鼠飛仍然站在他身旁，她的眼神既憤怒又沮喪。

「你想惹禍上身嗎？」這隻薑黃色的母貓嘶聲叫道：「你選擇與那個卑劣的毛球為伍，而不願跟我站在同一陣營！」

「這跟選邊站一點關係也沒有，」棘爪怒不可遏地喵道：「對我來說，鷹霜是名優秀的戰士；而妳才是挑起是非的真正元兇。」

「就只是因為我每次都剛好撞見你跟他說話，我就變成罪魁禍首了！」松鼠飛厲聲喝道。

「我為什麼不能跟他講話？」棘爪意識到自己開始怒髮衝冠。「鷹霜是我的弟弟。妳難道不能理解光憑這一點，我就有理由多認識他嗎？而且讓我順便提醒妳一下，我們現在正在大集會，所以本來就應該跟異族貓兒相互交流。我不敢相信妳居然對鷹霜如此無禮。」

「我也不敢相信你居然跟他一起批評一鬚的領導能力，」松鼠飛回嘴道：「一鬚一直以來都是雷族的朋友。」

「那言下之意是說鷹霜是我們的敵人嘍？」

松鼠飛沉默了好一會兒。她眼中的怒火已然退去，取而代之的是深切的憂傷。「算了，我放棄了，」她喵道：「你跟我之間沒辦法繼續下去了，對不對？」

「什麼意思?」棘爪驚慌失措地望著她。

「因為我終於看清我在你生命中的位置。對你而言,我沒有其他貓兒重要——沒有鷹霜重要。」

棘爪張開大嘴,試圖辯駁,但另一個聲音卻將他的話打斷。

「嘿,松鼠飛!我在那裡幫妳留了個位子。」原來是灰毛站在幾隻狐狸遠的距離吆喝。

松鼠飛意味深遠地看了棘爪最後一眼,憤怒和悲傷在她的目光交戰,接著她就昂首闊步朝那隻灰毛公貓走去。

棘爪追在她身後跑。「松鼠飛,等一下!從來沒有任何貓兒可以取代妳的地位。」

但她就這麼頭也不回地離去,而棘爪也沒有理由沿途追著她跑到灰毛身邊。他才不想給那位年輕戰士任何機會看他倆的脣槍舌劍,然後隔岸觀火、幸災樂禍。

此時,他身後的黑爪跳上樹墩,請大家準備開會。貓兒們從四面八方群聚而來,而棘爪也發現鷹霜正一臉好奇地凝望他。他現在沒有心情談論那場夢。不管松鼠飛怎麼說,其實在棘爪心中,沒有任何貓兒比她重要;而且此刻他的腦中除了她與灰毛比鄰而坐的畫面之外,其餘什麼也容不下。只見那位灰色戰士三不五時就低頭在她耳邊呢喃細語。

棘爪的眼神飄過鷹霜,落在林間空地邊緣的暗影上;失落與懷疑有如太陽沉沒之地那令人窒息的滾滾浪花,不斷在他身邊奔騰湧現。

第十六章

葉掌站在林間空地邊緣看著群貓川流不息地湧入會場，小心翼翼地與老友相互問好，同時也環顧四周尋覓個好位子。她想問鴉羽關於晨花的復原情況，以及是否吃了葉掌留下來的藥草。她曉得他也有參加此會，因為當雷族與風族在馬場邊相逢時，葉掌有看見他跟族貓走在一起，但他一直低頭不語，似乎不想跟她或其他貓兒攀談。如今他卻消失無蹤。**他實在很討人厭耶！**葉掌沮喪地在內心默想。

「葉掌！葉掌！妳在做夢啊？」

突然有隻爪子在她側身戳了一下。葉掌嚇了一跳，發現原來是煤皮在叫她。在此同時，她也看見鴉羽走過林間空地。

「對不起哦，煤皮。」她低語道。

「待會大集會結束後，」煤皮喵道：「所有的巫醫要先留下來。」

葉掌豎起耳朵。「有新月亮石的徵兆了嗎？」

「不曉得耶，或許有吧。」接著她又迅速地補充道：「來吧，找個地方坐下。大集會馬上就要開始了。」

葉掌瞄了一眼鴉羽，不知有沒有機會先跟他聊上兩句。

煤皮跟著她的目光放眼望去。「注意自己感情宣洩的對象，葉掌，」她輕聲警告。「千萬要牢記自己巫醫的身分。」

「我當然記得，」她反駁道：「妳該不會真的以為我對那團脾氣暴躁的毛球，產生什麼感情了吧？每次我跟他見面，他總是不斷製造麻煩。我只不過是想知道吠臉有沒有把剩下的水薄荷給晨花服用而已，就是這麼簡單。」

煤皮淡藍色的眸子疑信參半地望著她，然後帶她在群貓之中穿梭。葉掌拖著腳步，跟在後頭，惱羞成怒地想著那隻風族戰士。**感情？**他身上的每一根毛，她都恨之入骨！

煤皮在樹墩附近找了個空位坐下，讓自己的瘸腿得以休息；而葉掌準備就座時，發現松鼠飛正走向灰毛。悲痛有如狂潮向她襲來，葉掌對於他們情感上的煎熬感同身受。

黑爪嘶吼一聲，示意群貓保持肅靜，於是葉掌急忙衝向松鼠飛，一屁股坐在她身旁。「怎麼回事啊？」她輕聲問道：「妳又跟棘爪吵架啦？」

「不要跟我提到他的名字！我跟他之間已經玩完了！」

葉掌不可置信地瞪著她。「快跟我說到底發生什麼事了？」她喵道。

「他跑去跟鷹霜說話。事實上，他根本就跟他——一位異族戰士——站在同一陣線！我跟他說過好幾遍不能相信那隻貓，為什麼他總是聽不進去？」

「就這樣？」

「什麼叫作就這樣？」松鼠飛怒不可遏地抽了一下尾巴。「我跟他說妳知道鷹霜很靠不住，但他不以為意。整件事的始末都跟『信任』這兩個字有關，而棘爪顯然比較相信鷹霜。如果他真的不信任我，我們又怎麼可能繼續交往下去？」

葉掌感到澈底絕望。她是一隻巫醫——她對男女之情又知道多少？如果棘爪情願跟鷹霜而非松鼠飛相處，那松鼠飛覺得受到傷害，她倒也可以理解；可是她不明白為什麼松鼠飛要完全否定棘爪。她與姊姊互觸口鼻，試圖安撫松鼠飛的情緒。「別忘了他們是同父異母的兄弟，偶爾想要聚一聚是天經地義的事。」

松鼠飛的一雙碧眼在月光的照耀下閃爍光芒。「這跟信任有關，好嗎！虎星是他們的生父，這點我並不在意。信任比血濃於水的親情更重要！」

血……這個字眼不斷在葉掌耳邊迴響，把她嚇得毛骨悚然。鮮血將會濺染鮮血，湖水將會血紅一片。她原本已將這場惡夢忘得一乾二淨，如今它卻又湧上心頭，濃稠的湖水好像從傷口滲出的鮮血徐徐流動。這句話到底有何涵意？又是誰得流血犧牲？

她環顧四周，尋找煤皮的下落；她迫不及待想要問她這個夢境的意義，但是火星、黑星和豹星已經站在樹墩上準備開會。葉掌只好安分地坐在她姊姊旁邊，試著透過自己溫暖的毛髮帶給松鼠飛無言的安慰。

一鬚往樹墩跑去，想往上爬卻失足滑落，場面頓時顯得難堪尷尬。樹墩上的空間無法容納四隻貓兒；火星跟豹星互換了一個不安的眼神，而黑星卻扯開嗓門粗暴地說：「一鬚，待在下頭。我們得召開大集會了。」

一鬚坐在樹根之中，低頭舔了舔胸前亂成一團的毛髮。

「看樣子他好像不怎麼適合當族長。」松鼠飛喵道。

「我知道，」葉掌低聲說道：「我們最好趕快找到新月亮石，這樣一來他就可以受領九命跟聖名了。」

黑星首先發言。「如同先前我們的協議，我族沿著通往湖泊的小轟雷路設置邊界標誌，」他向貓族宣布。「豹星，希望這樣能如妳所願？」他的眼神穿透河族的族長，似乎想要正面迎接對方可能的挑戰。

出人意表的是，豹星只是微微點頭。「再完美不過了。謝謝你，黑星。」

黑星一臉驚愕，而且葉掌的腦筋繞了一大圈，才想通豹星如此樂於合作的原因。松鼠飛曾跟她說過小轟雷路跟河族營地之間的距離並不遠。上回大集會只是粗略劃分了一下新邊界的位置，她以為豹星應該會想要擴張自己部族的版圖才是。然後她又想到：要是將轟雷大道作為邊界，兩腳獸的半橋跟松鼠飛曾經跟她形容的小窩，就會納入影族的領土。如果兩腳獸惹了什麼麻煩，就得要影族自己收拾了。

「我們跟雷族之間的邊界也以氣味標記劃分妥當了，」影族的族長繼續說道：「從注入湖泊的小溪，一直到小溪彼端的枯樹，都是我族的領土。」

「我認為如果全都以小溪作為邊界比較合理。」火星冷靜地喵道。

「或許是對雷族比較合理吧，」黑星回嘴。「小溪急轉直入林間空地的盡頭，然後轉向深入我族領土，而且兩岸都有松樹。火星，你要知道，一旦設下氣味標記，天王老子也改變不了。如果你對邊界有意見，只能怪自己手腳太慢嘍。」

雷族族長意味深長地看了黑星一眼，然後鞠躬示意。

「非常好，」他喵道：「不過沿著枯樹，一直到那一株聳入雲霄的冬青，再到白色岩石下的廢棄狐狸穴，雷族也都設下了氣味記號。如果貴族膽敢將一隻爪子伸進這塊領土，就別怪雷族不客氣嘍。」

「這倒也合情合理，」灰毛喵道：「火星對新家園的領土果真瞭若指掌！」

「至於我族另一頭的邊界，」火星低頭看著一鬚，然後接著說道：「我建議我們沿用原案，以流經山腳的小溪作為界線。如此一來，兩族的貓兒都能使用水源。」

「好主意！」葉掌低語。

「我不懂火星幹嘛這麼擔心水的問題，」松鼠飛不解地抽動鬍鬚。「我們一出家門就有湖水可用，怎麼可能會缺水？」

「我想妳並沒搞懂火星的用意，」葉掌對她說道：「如果火星同意將小溪作為我們的邊界，那就表示風族可以要回一鬚讓給我們的林地。」

松鼠飛恍然大悟地眨了眨眼。「所以火星就用這招來拒絕他，好讓一鬚起先的決定看起來不會太過慷慨嘍？」

葉掌點點頭。

「謝了，火星。」雖然無法確知一鬚究竟是因為想在林地打獵，還是因為他知道如此一來可以平息戰士的不滿與怒氣，但一鬚的語氣聽來如釋重負。「我們對這點沒有異議，而風族另一頭的邊界則是馬場彼端的籬笆。」

「那麼其他的領土都歸河族所有了。」豹星喵道。

「除了我們現在開會的所在地之外，」火星提出警告。「這兒不得為任何一族私有，這樣我們才有地方大集會。」

這位河族的族長瞇起雙眼。「我看你迫不及待就想瓜分我族的領土！」她厲聲叫道。

而黑星此時居然站在火星這邊，這是他頭一回幫火星說話。「我們一定得找個地方大集會，而且沒有地方能像這裡一樣擁有足夠的空間來容納四族的貓兒。」

「不過這裡確實是河族的土地，」豹星仍然不肯讓步。「許多珍貴的藥草都在這裡的沼澤地生長。」

火星用尾巴輕碰她的肩膀。「豹星，我們的巫醫希望星族指引貓族一個更好的大集會場所。請先放棄妳的領土產權，或許下次滿月時，妳就能收回這塊領土了。」

只見豹星猶豫了一會兒，然後突然地點了點頭。「從現在起，河族同意四族在此大集會，」她喵道：「不過如果兩個月內星族還是沒有捎來音訊，我們就會考慮收回這塊領土。」

火星繼續跟其他部族報告雷族適應新居的經過，並且志得意滿地向大家介紹剛得到戰士封號的成員。「今晚由蛛足負責守夜。」最後他說道。

此時一片陰影越過林間空地。葉掌抬頭一看，發現夜空中飄來一朵烏雲，將圓月遮蔽：這朵薄雲沒有完全將月光掩蓋，不過這個夜晚卻因此顯得格外陰森詭異。一陣潮溼的陰風吹過湖面，吹皺了貓兒身上的毛髮，他們頭頂的枝葉也窸窣作響。葉掌注意到周遭有某些貓兒開始不安地挪動身軀，同時也焦慮地左顧右盼。

「這裡不比四喬木，」灰毛輕聲呢喃。「那裡比較安全。」

「無論我們身在何方，星族都與我們同在。」葉掌提醒灰毛，不過這席話似乎並沒有讓他或其他貓兒重拾信心。

「一鬚？」火星說道：「有事要向大家報告嗎？請站到樹墩上，好讓大家聽見你的聲音。」他往下一跳，讓出樹墩的空位給一鬚發言。

「我們正在安頓新家。」一鬚開始說道。

「大聲一點——聽不見啦。」暴躁不耐的聲音打斷了一鬚的發言，原來是河族的長老沉步扯開嗓門挑釁。

「如果你不保持安靜，怎麼有辦法聽到呢？」讓葉掌大吃一驚的是，居然是泥爪挺身而出，捍衛一鬚。「我們的族長有要事報告，你最好仔細聽著。」

沉步惡狠狠地瞪了泥爪一眼，乖乖閉嘴。

一鬚再度開啟話匣子。「我族有兩位長老患病，但他們很快就恢復健康。我們要感謝雷族給予風族的協助。」

「他不該提起這檔子事，」葉掌對松鼠飛輕聲說道：「聽起來好像沒有雷族的幫忙，風族就沒辦法妥善處理。」

「搞不好他們真的沒辦法。」松鼠飛乾巴巴地說道。

葉掌的視線越過松鼠飛肩頭，發現有東西在群樹下方的陰影中移動。她意識到危險悄步逼近，嚇得寒毛直豎。別的貓兒也注意到有異狀發生；當兩個輕盈的影子溜出樹蔭，半數的貓兒都紛紛站起身子、伸出利爪。**狐狸來了！**

牠們不因貓兒陣容龐大而退卻，躡手躡腳地向眾貓靠近：狐狸縮緊嘴唇、作勢咆哮，葉掌還看見牠們利齒閃爍的寒光。只見塵皮兇狠地嘶吼一聲，衝向其中一隻狐狸。那隻狐狸也不是省油的燈，牠旋即轉身，準備用力咬塵皮一口；但塵皮以迅雷不及掩耳的速度，用利爪狠抓牠的側身，然後飛也似地逃出牠的尖嘴範圍。雨鬚、鷹霜跟枯毛也加入戰局，後面還跟著成群齜牙咧嘴、怒髮衝冠的眾貓。

兩隻狐狸眼見勢不如人、情況不妙，只得掉頭就走、落荒而逃；塵皮和其他幾隻貓兒依然嚴陣以待、毫不鬆懈。葉掌凝視暗處、心兒七上八下地怦怦直跳，直到貓兒一隻隻返回會場，情緒才稍微和緩下來。所幸這場意外的插曲，並沒有造成任何貓兒受傷，這讓她終於放下心中一塊大石。

塵皮走向樹墩、縮緊利爪。「下次牠們就不敢如此大膽放肆了。」

一兩隻貓兒前來向塵皮道賀致意，但大部分還是坐立難安、不時凝視著陰影深處，擔心狐狸隨時又會回來。葉掌從雜木林稀疏的枝葉中仰望天際，迫切地希望他們能返回四喬木。那兒有四株巨大的橡木作為屏障，貓兒的身家性命安全無虞，同時貓兒也知道他們的戰士祖靈在那兒鎮守了無數歲月；然而，現在卻沒有任何跡象顯示他們的祖靈在此落腳。

「好吧，」黑星喵道：「在還沒發生意外前，大集會就到此結束。除非還有貓兒想要發言？」

台下沒有回音，眾貓開始挪動腳步，回到各自的部族裡。貓兒不似以往還會閒話家常幾句、或互訴別離，大家只想快點啟程回家。

「我得先留下來，」葉掌對松鼠飛說。「巫醫們有個會要開。」

「這樣好嗎？」松鼠飛問。「那些狐狸有可能又會回來。」

「要是壟皮抓得妳皮開肉綻，妳還敢再回來嗎？」

松鼠飛用尾尖輕拂葉掌的耳朵。「有道理，不過總而言之小心一點喔！」

灰毛正在等她，同時也有兩隻貓肩並肩地朝湖泊跑去。這是松鼠飛第一次沒有停下來尋找棘爪。過沒多久，葉掌看見那隻虎斑公貓，他停下腳步觀望鷹霜召集河族的貓兒。葉掌感到一陣陰風襲來，讓她不寒而慄；葉掌的信念開始動搖，松鼠飛說他滿腦子只容得下手足的指控，說不定是真的。

突然間有東西輕輕碰了一下她的側身。葉掌轉頭一看，原來是蛾翅站在她身邊。

「快走吧，我們要在那裡開會。」

葉掌揮動尾巴、托住蛾翅的後背。「你們的長老都還好嗎？」她放低音量問道。罪惡感立即在蛾翅的眼中湧現。「都還好，不過我真的很抱歉，葉掌。我實在應該先仔細檢查水源的。」

「這不是妳的錯。」葉掌輕拂她的身體，試圖使她寬心振作。「全身都是老鼠膽汁的情況下，又怎能聞出水有問題呢？現在一切都沒事了，而且這也表示我們必須加緊腳步、尋覓藥草。這倒也是好事一件。」

看來葉掌這套安慰的說詞，並沒有在蛾翅身上生效。她領著葉掌來到當初他們初抵湖泊時，巫醫大集會的有刺灌木。煤皮跟吠臉已蜷伏在枯葉鋪好的床上，多虧有微風吹來、窸窣作響的枝葉作為屏障，樹葉才能保持乾燥。蛾翅跟葉掌也鑽了進去，不一會兒小雲也現身了。

「如果還有四處徘徊的狐狸，想要找到這裡也不容易。」他一邊低頭鑽進有刺灌木、在煤皮身邊坐下，一邊說道。

吠臉身為年紀最長的巫醫，為這場會議揭開序幕。「狐狸出沒的小插曲說明了我們需要一個更好的大集會場所。在此同時，也得找某個像月亮石一般的地方，如此一來我們才能與星族溝通。你們有得到什麼徵象嗎？」

眾貓全都搖搖腦袋。

「尋找月亮石這檔子事，刻不容緩，」煤皮說道：「除非豹星改變心意，那麼下個月我們就不必為大集會地點發愁，可是一鬚現在就需要他的聖名和九命。」

「星族知道我們要的是什麼，」小雲低聲喃喃。「或許祂們試著與我們對話，只是我們認不得祂們的徵兆。」

「或許連刺蝟都能飛上天了咧，」吠臉回嘴。「難不成你認為星族向我們捎來某個重要的徵兆，但我們卻毫無所覺？」

「這個嘛，搞不好這裡根本就沒有月亮石。」蛾翅喵道。

吠臉注視蛾翅的冷酷眼神，著實讓葉掌退卻三分。「如果沒有月亮石，就表示這裡不是星族賜予我們的應許之地。妳是不是想跟貓族說他們又得搬家了？」

蛾翅盯著自己的腳爪、一語不發。

「不管怎麼說，」煤皮喵道：「要是我們沒辦法趕快得到徵兆，我們勢必得叫大夥兒搬家。貓族無法在一個不能與星族溝通的地方生存。」

「或許這裡根本不是星族希望我們落腳的地方。」小雲大膽提出假設。

吠臉噘起嘴脣。「如果我們跟貓族說他們要離開此地，一定會有許多貓兒無法接受。到時候我們又該怎麼做？」

罪惡感有如一隻惡蟲啃嚙葉掌的內心。她的姊姊是帶領貓族跋山涉水來到此地的其中一名成員，而她則負責解讀映照在湖水上的星光，將它作為星族等待眾貓的徵象。她們是不是打從一開始就全搞錯了呢？

「或許星族希望我們繼續尋找徵兆啊？」她說。

煤皮點點頭。「葉掌，搞不好被妳說對了。我們一定要擦亮眼睛、不要放過任何蛛絲馬跡，等到半月時分我們再聚首共商大計。」

「還有要請巡邏隊特別留意像慈母口那樣的隧道，」吠臉補充道：「如果他們發現任何類似的地方，可以請巫醫將訊息帶給我們。」

「好主意。」煤皮喵道。

「如果沒其他要討論的議題，那我們就各自回家吧，」吠臉扯開嗓門、厲聲說道：「我還要謝謝葉掌，在我族長老生病時伸出援手。他們身體的恢復情形都十分良好。」

葉掌微微點頭示意。

「你們的長老也生病了嗎？」小雲問道：「我族也有好幾位長老患病。想必是我們一道旅行時罹患了腹痛。蛾翅，河族有沒有相同困擾呢？」

蛾翅瞥了葉掌一眼，回答：「有。」

「嗯，廢話少說，直接切入重點好嗎？」吠臉咆哮道：「你們族裡的長老現在都還好嗎？妳用什麼藥草醫治他們？」

「杜松果。他們現在身體復原得很好。謝謝你，吠臉。」

吠臉點了點頭，起身離去。當巫醫扭動身軀，從有刺灌木中蜿蜒而出時，蛾翅輕掃尾巴，將葉掌拉到遠處。

「葉掌，謝謝妳沒告訴他們事情的真相。」她喵道。

「小事一樁。」葉掌可以想像如果鼠毛發現自己生病是因為有貓給她喝汙水所致，以她的個性肯定會暴跳如雷。

蛾翅憂慮的藍色眸子意味深長地注視著她。「葉掌，我們是朋友，對不對？」

「當然是嘍。」葉掌大惑不解、一臉驚愕地答道。

蛾翅猶豫了好一會兒，縮緊爪子、深埋土裡。最後她深吸一口氣說：「剛才煤皮說要留意星族捎來的徵兆。其實妳知道我沒辦法得到任何徵兆，對不對？」

「妳在瞎扯什麼啊？妳是河族的巫醫耶！星族不跟妳對話，要跟誰說？」

「葉掌，不要再假了。」蛾翅不耐煩地抽動尾巴。「對我而言，星族、我們的戰士祖靈、我們理應解讀的徵兆——全都只是為了哄貓族開心，所編造出來的故事罷了。」

葉掌一臉驚恐地望著她的朋友，心想，妳怎能身為巫醫而不信星族？「但——但是妳受洗成為巫醫的時候，不也在月亮石跟星族溝通嗎？」她結結巴巴地說道。

蛾翅一派輕鬆地聳聳肩。「我只不過是做了個夢，如此而已，別這麼大驚小怪。」她接著說道：「這又不是世界末日。我的醫術跟其他巫醫一樣精良，可以醫治我族患病的貓兒。我不需要星族跟我說什麼病該用什麼藥醫。」

葉掌開口告訴蛾翅她接收過的徵兆，以及先前在夢中與雷族的前巫醫——斑葉相遇的情形。後來她發覺蛾翅只將這些訊息單純當作夢境罷了。

「得了吧，葉掌，」蛾翅繼續往下說。「妳剛才也說了我們必須尋找自己的徵兆。如果星族主動將徵兆捎給我們，那我們又何苦去找呢？」

「這個嘛……這麼說是沒錯啦。但這不是重點。尋找徵兆並不等於編造故事。」

蛾翅動動耳朵。「對我來說，這沒什麼不同。」

葉掌頓時覺得天旋地轉。蛾翅正在質疑每件打從她是小貓起就深信不疑的信念。但她卻無從辯護，因為她所了解的星族，以及她和祂們相遇的經過，全都在自己的腦袋裡，沒辦法舉出實證。

「這完全是兩回事，」她仍舊堅持立場。「那代表我們對星族的信念——先去尋求、進而相信，即使沒有徵兆，信念也未曾動搖。在我們壽命將盡、跟星族相會之前，永遠無法確定祂們是否真的存在並守護貓族。」

蛾翅搖搖頭。「葉掌，對不起。我還是不能接受這種講法，或許因為我媽是個無賴貓吧。不過即使我不相信戰士祖靈的神話，還是可以做一隻忠心耿耿的河族貓兒啊。」

「那妳的飛蛾翅膀的徵兆又怎麼說？」葉掌提醒她。由於蛾翅的母親不是部族出生的貓兒，所以起初大家對於她是否能勝任巫醫一職都存有疑慮。當她還是見習生的時候，河族的前巫醫——泥毛在他的小窩門口發現一片飛蛾的翅膀；他將它視為星族捎來的徵兆，認為蛾翅是他繼承職志的不二人選，而且當時她也早已展開她的見習生生涯。「妳總不能說那不是星族的徵兆了吧？」葉掌堅持己見。

「飛蛾的翅膀？」蛾翅的眼中閃現一絲驚恐的光芒。「那是——」

「葉掌！到底要不要走啊？」煤皮叫道。

葉掌揮動尾巴示意。她想知道蛾翅接下來要說些什麼。

但是這隻河族的貓兒卻轉身離去。「煤皮在找妳了，」她喵道：「下回半月時分再見嘍。」葉掌還沒來得及吭聲，她就快步跑走了。

葉掌走到導師身邊，一道返回湖畔。蛾翅居然不相信星族！一直以來她都曉得蛾翅對巫醫的某些職責適應不良，不過她以為那只是因為蛾翅覺得學習所有的治病藥草，是件苦差事罷了。她作夢都沒想過她的朋友完全不相信有戰士祖靈這回事。

葉掌全身上下都毛骨悚然。她應該跟煤皮說嗎？即使說了又能怎樣？恐懼如狐狸般悄步逼近，甚至有個更恐怖的念頭掠過她腦海：會不會因為星族知道有隻巫醫不相信祂們，所以一直保持緘默？會不會因為蛾翅缺乏信念，而讓四族陷入失去新家的危機？

葉掌長嘆一聲。

「妳還好嗎？」煤皮問道。

葉掌緊張地倒抽一口氣。她不希望導師詢問她有關蛾翅的問題。「嗯，很好，謝謝。」她答道。

「那聲嘆息跟某隻風族的戰士無關，對不對？」

葉掌訝異地眨眨眼。「當然無關嘍，」她回嘴道：「跟某隻風族的戰士一點關係都沒有！」

煤皮的雙瞳泛著光亮，但她就此噤聲，不再多言。葉掌凝望映照在湖面上的星光，強迫自己透過蛾翅的視角，將眼前的景致當作尋常的光點。她從鬍鬚到尾端都不由得打了個寒顫。不！她必須相信這裡就是戰士祖靈希望貓族落腳的地方。

星族，告訴我們這裡就是貓族的應許之地，她在心中暗自祈禱；但就算有任何一位祖靈回話，葉掌也沒有聽見。

第十七章

大集會的隔天，葉掌開始拚命地尋找任何有可能被解讀為星族徵兆的事物。她在樹林間漫步，在溪畔找到牛蒡和金盞花叢生的地點，又在營區附近找到一簇生長茂盛的山蘿蔔。雖然這對治病藥草的庫存來說，無疑是一大斬獲，但它們卻無法讓她覓得一個貓族跟戰士祖靈會面的地方。要是半月時分到來，而星族還是沒捎來徵兆，可該怎麼辦才好呢？莫非貓族真的要考慮離開新家，再另外尋找別的新家嗎？

半月時分的前兩天，葉掌帶著一捆氣味濃烈的蓍草，從遠征隊返家。蓍草的味道薰得她淚水盈眶，但她還是認得眼前穿過荊棘，從隧道走出來的貓兒不是別人，正是蕨毛。他跑到栗尾跟前，而她剛好在執勤守衛。

「嗨，妳好啊，」他一邊喵道，一邊與這隻玳瑁色的戰士互觸鼻頭。「等等要不要來打獵——就只有我們兩個？」

栗尾忍不住輕聲笑道：「沒問題。日升時分我就值完勤務了。」
「太好了！那到時候見嘍。」蕨毛在她兩耳飛快地舔了一下，然後又鑽回隧道。
葉掌走到她朋友身邊，將嘴裡銜著的那捆蓍草放下。「哦，原來你們都是這樣打獵的呀？」
栗尾轉身面對她。「我不知道妳在說什麼啦！」她出言抗議。
葉掌快樂地捲起尾巴。「雖然我是一隻巫醫，但不表示我看不出來蕨毛在喜歡妳。」
「這個嘛……」栗尾的白色腳爪開始不由自主地搓揉土地。「他很棒，對不對？」她喵道。只見栗尾的眼中交雜著驕傲和尷尬的光芒。
「他的確很傑出，」葉掌探出口鼻，磨蹭她朋友的側身。「我真的很替妳感到高興。」她祝栗尾打獵順利、成果豐碩，然後拾起她的蓍草，鑽進保衛石洞入口安全的荊棘底下。
「妳在這兒啊！」煤皮一瘸一拐地從林間空地的另一端朝她走來。「快過來瞧瞧這個。」
葉掌隨著煤皮爬到懸崖頂峰。岩石上方幾尾長的地方有個裂縫，有刺灌木在此生根茁壯，它們的卷鬚宛如簾幕般垂掛。
「這兒的有刺灌木真的滿布荊棘，」煤皮向她解說。「即使要遮風蔽雨，也稍嫌太過濃密，所以今早我請雨鬚跟黑毛將這些植物搬開。看看他們找到什麼了。」
她溜進多刺簾幕後頭，並搖尾示意。葉掌小心翼翼地盯著卷鬚周圍打轉，被眼前的景色嚇得目瞪口呆。她面前有個深邃的凹形裂口，彼端的稜角消失在暗影之中。流水往下滴落，形成一個小池。地面的其他部分鋪了一層碎石；在碎石地和水池中間，有幾塊清涼乾燥的沙地，可供貓兒躺臥休憩。

煤皮的眼神閃爍著半暗的光芒。「完美的巫醫小窩！」她宣布道：「妳覺得怎麼樣？」

葉掌環顧四周。這裡的確比她跟煤皮在突出岩架下的寢室要好得多。有了小水池，就能夠方便患病的貓兒就近飲水，而且岩石中也有足夠的縫隙儲藏藥草。她可以在外頭剩餘的有刺灌木屏障中就寢，這麼一來煤皮晚上睡覺時也就有更多的隱私。

「實在太棒了！」她興奮地喵道：「我會清除這些碎岩，然後帶苔蘚來築窩。」

煤皮叫火星來看她的新發現，而這位部族領袖也傳喚雲尾和亮心幫忙清理窩巢。等到夕陽西下，一切都已經打理好了，兩位巫醫都擁有苔蘚和蕨類築成的舒適小窩。

葉掌蜷縮在新窩中，將鼻子塞到尾巴底下。在糾結的刺藤屏障下，她感到格外安全溫暖；而且裂口近在咫尺，如果夜間有病貓需要協助，她兩、三秒就可以跑到跟前照料。搬了一整個下午的岩石，精疲力竭的葉掌闔上雙眼。

沒過多久，她就發現自己的腳爪浸濡在星光之中，沿著湖畔步行。前方幾尾長的距離，有個灰黑毛髮的纖細身影站在一顆岩石上，低頭俯瞰波光粼粼的湖水。原來那是鴉羽。

「羽尾？」葉掌朝他走近，聽見他口裡喃喃自語。「羽尾，妳在哪兒？」

葉掌跳上岩石，站在他身邊，她的毛髮輕柔地掠過他的脅腹。他轉過身子望著她，眼底寫滿哀愁。

「羽尾就在這兒，與群星同住，」她語氣溫柔地對他說。「鴉羽，她永遠都與你同在，在繁星之中守護你。」

「為什麼她得死呢？」他輕聲問道。他的目光有如烈火般切地注視著她，葉掌感覺好似有一根荊棘刺進她的心窩。

「我不知道。」祂坦誠答道。

一陣芬芳的氣息朝她撲鼻而來，她回眸一望，發現斑葉正站在後方等她。

「我得走了。」她喵道，然後隨即轉身離開這位灰毛戰士。

鴉羽沒有吭聲。他再度俯視湖水，似乎想從點點星光中覓得羽尾閃閃發亮的不死靈魂。

葉掌沿著湖畔朝那隻巫醫奔去。「斑葉！」她叫道。葉掌猛然停下腳步，小卵石在她腳下翻滾；葉掌直視斑葉的眼神，差點迷失在祂光芒璀璨的雙眸之中。「我好怕再也見不到妳了。」

「我現在不就在這裡嗎？」斑葉低語道。祂用口鼻磨蹭葉掌的兩耳，力道猶如蜘蛛網般輕柔。

葉掌閉上雙眼，沉浸在這股熟悉的氣味之中。然後她後退一步、深吸一口氣。「星族為什麼一直保持沉默？」她問道，努力將抱怨斑葉讓她獨自擔心這麼久的怒氣按捺下來。「我們一直不斷尋覓另一個月亮石，可是始終遍尋不著。要是我們沒有地方與星族交流，又該怎麼辦？我們是不是得要搬家了呢？」

「冷靜些，小不點，」斑葉喵道：「別忘了星族也得跋山涉水才能抵達此地。對我們而言，這裡也是嶄新陌生的環境，而且我們同樣需要時間探索每寸土地。不過映照水面的星光會指引妳該去的方向。」

沒。

「祢是指湖面嗎？」

「不是。這回妳必須另尋他途。」

「在哪裡？請祢指示我啊！」她懇求道。

沒想到斑葉突然轉身跑走。「等等啊！」葉掌大聲呼喚，但那隻美麗的巫醫早已被暗影吞沒。

葉掌連忙急起直追。此時湖泊忽然消失不見，她發現自己正在一條星光照耀的小溪旁往山上狂奔；雖然她看不見斑葉的身影，但那陣斑葉特有的幽香卻在空氣中繚繞，為她指引方向。葉掌的耳邊充斥著流水翻滾發泡的聲音；當她俯視小溪，頓時覺得自己要被點點星光淹沒。

「斑葉，祢在哪裡？」

她的叫聲在四面八方迴響，從岩石彈起、粉碎了瀑布的流水聲。此時葉掌猛然驚醒，上氣不接下氣地在苔蘚巢裡一陣亂扒。有隻貓頭鷹在枝頭吟叫，葉掌也發出一聲挫敗的噓聲。她跟丟了斑葉的蹤跡，而且搞不好永遠都找不到那隻巫醫要指引她的東西。想要翻山越嶺、疾馳追尋那條瀲灩小溪的衝動，讓她心兒怦怦直跳。

葉掌往裂口望去，只見煤皮背部灰色的曲線；她的脅腹隨著睡眠的吐納輕柔起伏。葉掌溜出有刺灌木，然後停下腳步將身上的苔蘚碎片抖落。早先曾經下了一場大雨，洞穴的四壁因顆顆水珠而閃爍微光；不過現已雨過天晴。月兒從枝葉間探出頭來，夜空也布滿星斗。一陣涼風吹過枝頭，而葉掌在沙沙作響的樹葉中，再度聽見斑葉的呼喚。「我在這兒。快跟我來。」

斑葉，我這就來了，她輕聲回道。**等等我**。

她輕巧地挪動步伐，走向營區入口。葉掌在林間空地的半途上，突然發現一個龜甲色的身影從蕨葉間現身。她屏息問道：「斑葉？是祢嗎？」

「葉掌？」對方訝異地答道。原來那是栗尾。「妳要去哪兒啊？」

「我——我不確定耶，」葉掌坦白說道：「我從星族那裡得到一個消息。我必須去尋找我們的新月亮石。」

「現在？難道不能等到白天再去嗎？」

「不能。」葉掌縮緊利爪。「我得沿著星光閃爍的小溪尋覓月亮石。」

「什麼小溪？」栗尾的尾巴開始不安地抽搐。「是不是在我族領土之外呢？妳怎麼知道要到哪裡找？」

「總之我要去找就是了。」

「那我跟妳一起去。」栗尾喵道。

葉掌不由得猶豫了一會兒。星族會不會介意她帶了一隻貓戰士，而不是帶巫醫去尋找月亮石呢？後來她想起所有的貓兒，其中包括戰士，至少要去月亮石一次，所以帶栗尾去應該不至於造成什麼問題。除此之外，有栗尾在身邊作陪，葉掌也比較安心；至少遇到危難時，兩隻貓兒彼此都有個照應。畢竟連她自己都不清楚該往哪兒走。

「那我們快走吧！」葉掌領頭鑽進荊棘隧道，剛好碰見蕨毛俐落地將尾巴盤在腳邊，坐在地上執勤守衛。

「妳們要去哪裡？」蕨毛看見兩隻貓兒向他走近，於是站起身子問道。

「沒特別要去哪兒，就出去而已。」栗尾答道。

「我得到一個星族的徵兆，」葉掌喵道。她心裡明白如果非要蕨毛在大半夜將她們放行、讓她倆離開營區，勢必得給他一個理由。「我得去找新月亮石。」

令她氣餒的是，蕨毛看起來依然猶豫不決。「天亮前出發，對妳們來說實在太過危險。這塊領域我們都還沒摸透呢。」

「你難道不相信我們嗎？」栗尾懇求道：「難道你不能相信我嗎？我跟你保證，我絕對會將葉掌毫髮無傷地帶回家。」

她和蕨毛意味深遠地對望許久，最後那隻薑黃色的貓戰士終於點頭答應：「好吧，但務必要小心。」

「你是不是覺得我們無法照顧自己咧？」栗尾一邊喵，一邊用尾巴輕彈蕨毛的耳際。

蕨毛不禁噗哧一笑。「栗尾，如果非要選出一隻最會照顧自己的貓兒，那絕對非妳莫屬。」

於是葉掌帶頭在樹林間奔馳，最後來到作為雷族和風族邊界的那條小溪。淙淙流水既隱密又幽暗，兩岸茂密的灌木叢在溪面投上了一層陰影。她夢裡沿岸奔跑的溪流波光瀲灩，跟眼前這條黑暗無光的小溪截然不同。

葉掌繼續往上坡爬，停在樹群邊緣。她記得夢中曾在一個開闊的山腰疾奔，因此知道她們現在必須越過這片樹林。

「接下來該怎麼走？」栗尾氣喘吁吁地說道。

「往上吧。」葉掌答道。

她們繼續往前邁進，沿著邊界小溪奔出樹林，往上坡爬。葉掌闔眼時，感覺有兩隻貓兒在她脅腹左右、與她並行：其中一隻是她的好友栗尾，另一隻則是斑葉；雖然肉眼看不見，但葉掌仍能感到斑葉的毛髮與她擦身而過，還有她身上散發的一抹幽香。當葉掌再度睜開雙眼，覺得自己能夠依稀聽見第三種腳步聲。

她們沿著溪流爬山的中途，葉掌決定把她夢境的內容告訴栗尾。「我在湖邊遇見斑葉，她跟我說映在水面的星光，即為一種徵兆——不是在湖中，而是在溪裡；然後我沿著溪流往山上跑，發現水面布滿點點星光。」

「妳知道當時自己身在何方嗎？」

「我完全不認得那兒的景致，只記得一棵樹也沒有，冷空氣讓人精神為之一振，彷彿我站在高處似的。」

「那我們最好再往上爬了。」栗尾喵道。

小溪在石床上輕聲細流，幽暗的溪水不時閃爍粼粼波光。斑葉帶她見識的洶湧波濤、奔騰溪流仍在葉掌的腦海中打轉。她們愈往前行，聲音就愈大；即使她們抵達邊界小溪的源頭、將它拋諸腦後，汩汩水聲仍不減反增。

「斑葉，我來了。」葉掌輕聲說道。

她們來到小山裡的一個凹形裂口，這兒的土地宛如被巨爪劃開一樣向下沉陷。溪谷中長了一排金雀花和蕨叢，而且愈往上走，植物也愈加陡峭狹密；腳底下踩的土地到處散布著碎石。

葉掌首先到達溪谷的盡頭，只見那裡通往一個布滿岩石的陡坡。她停下來等栗尾，她的好友開始因為疲倦不堪而尾巴下垂，不過栗尾依舊意志堅定地邁步前行；反觀葉掌，她覺得自己好像能永無止境地奔馳下去。她腦海中滾滾浪潮的怒吼聲，猶如急水部落山區裡的瀑布。她已習慣流水在心中迴蕩，過了好一會兒才發現原來在現實世界裡，也能聆聽澎湃水聲。

「加油！」她對栗尾喊道：「我們就快到了！」

她縱身一躍，爪子在潮溼的岩石上失足亂扒。拂曉的第一道微光下映照出她頭頂的山巔，而此時群星依然在靛藍的天際閃耀。

等等我啊！她懇求那位全身閃爍微光的戰士。葉掌回頭望了栗尾一眼，大聲叫道：「快點啊——我們得趕在星光消失之前找到月亮石！」

她轉身準備繼續向前奔馳，卻被眼前的景象嚇得呆若木雞。有隻貓兒站在她幾尾距離的前方，只見對方豎直耳朵、抬起尾巴。難不成還有別的巫醫被帶來這裡？後來葉掌才恍然大悟，原來站在面前的不是別人，正是斑葉；祂一直在這兒耐心等候葉掌的到來，即使葉掌在夢裡曾經跟丟過，斑葉依然相信她能找到這裡。

她奮力跳上岩石，發現自己站在溪畔，淙淙流水向下傾注，在岩石間形成一道深邃的水道。溪水濺撒石塊的同時，星光也在水面上閃閃發亮。

「我們到了！」葉掌驚喜地輕聲說道：「我們找到了！」

「跟我來吧！」斑葉慫恿道。

葉掌搖尾示意，要栗尾跟上腳步。「快點！斑葉在這兒！」

這隻龜甲色的貓戰士三、兩步地就跳到了葉掌身邊，然後開始東張西望。「在哪兒？」

「那兒！」葉掌指向與溪畔間隔幾尾距離、全身籠罩星光的身影。

「我看不見啊！」栗尾喵道。她一臉憂愁地看著葉掌。「我是不是有什麼問題呢？」

葉掌用尾巴溫柔地拂拭栗尾的雙眼。「沒有，當然沒有嘍。祂看見妳在這裡，這樣也就夠了。相信我，祂與我倆同在。」

斑葉轉身循著溪流向上爬，葉掌也心急如焚地緊跟在後。愈往上走，山勢就愈發陡峭，星光閃爍的小溪消失在棘叢之間，而那道棘叢屏障也宛若潛入水中的魚兒，將斑葉吞沒。

葉掌停下腳步，歪頭打量棘叢。她一定得跟著斑葉走，但若貿然跑進林中，勢必會被荊棘割得皮開肉綻。然後她發現一個狹小的裂口，趕緊低頭鑽入滿是針刺的莖梗之間；裂口的大小剛好可以容納她的身體，雖然四周的荊棘不斷拉扯葉掌的皮毛，值得慶幸的是她並無大礙。她可以聽見栗尾在後頭緊追不捨的聲音，以及她賣力跳上最後一片岩板的嘶吼。

轉眼間葉掌就在陡峭的洞穴邊緣現身。棘叢另一邊的地面猛然下陷，葉掌的身子搖晃不穩，努力保持平衡。這裡比雷族紮營的洞穴要小得很多，少了金雀花和有刺灌木，斜坡上淨是滿覆苔蘚的岩石，坡度相較之下也較為和緩。唯有彼端的地面冒出一個陡峭的懸崖，上頭苔蘚密布、蕨類叢生。這裡無疑是葉掌見過最美麗的地方。山泉從懸崖一半高度的裂縫源源不絕地流出，注入洞中央的水池之中。池面波光瀲灩、映照著點點星光。

斑葉站在水邊。「來吧！」祂邊說邊揮動尾巴示意。

剛好在葉掌腳邊，有條環繞洞邊的羊腸小徑呈螺旋狀向下蜿蜒，最後通達水池。

她聽見身後栗尾竄出棘叢的聲音。「哇！」她輕聲說道：「這裡就是了嗎？」

「我想應該是吧，」葉掌答道：「斑葉希望我到底下水池那裡。」

「要我陪妳一起去嗎？」栗尾問道。

葉掌搖搖頭。「我想這回我該獨自上路了。」

她將栗尾留在洞穴邊緣，小心翼翼地踏上小徑。岩石上留有無數古老的爪印，而且每走一步路，她就覺得自己宛若跌進時光隧道般，愈加深入千百月以前貓兒設下標記的區域。貓兒或許早已不在，但葉掌只要一想起他們曾經待過這兒，毛髮就興奮地隱隱作痛。

最後她來到池畔，站在斑葉身旁。

「葉掌，看看水面。」斑葉的魂魄對她說道。

葉掌一臉困惑地往下一看，頓時覺得天旋地轉、一陣踉蹌。池中沒有繁星的倒影，反倒映照出許多貓兒的身影，祂們的毛髮在瀲灩池水中閃爍微光。無數雙殷切盼望的眸子盯著她瞧，彷彿早就知道葉掌要來此處與祂們相逢。

葉掌屏住氣息，不可置信地抬起頭來。環顧四周，洞穴的斜坡上坐滿了星族的戰士；祂們的雙瞳好似一輪輪小巧的明月，毛髮上結了一層閃閃發光的寒霜。

「別害怕，」斑葉輕聲說道：「我們一直在等妳找到通向星族的道路。」

葉掌並不感到害怕。在無數星辰般閃亮的目光中，她只感受到溫暖跟友善。大部分的戰士祖靈她都不認識，但在前幾排的戰士中，她發現了花尾，也就是一位雷族的長老，先前因為誤食被兩腳獸下毒的野兔而死。這隻母貓看來雍容華貴、貌美如花，完全不像葉掌見她最後一面時那樣骨瘦如柴、為了食物鋌而走險；祂的眼神洋溢光彩、像在歡迎葉掌的到來，然後祂往池畔兩個小小的身影點了點頭。只見那兩個身影為了追逐一束月光而跌撞在一起。祂們邊玩邊向葉掌的方向靠近，此時葉掌也從他倆身上聞到一股小貓的香氣。讓她驚喜不已的是，眼前的貓兒正是小冬青和小葉松，他們兩隻小貓在兩腳獸大肆摧殘森林之際，因食物短缺而餓死；一隻半大不小的貓兒伸出爪子將兩隻星光小貓從池邊推開：那是祂們的哥哥潑掌，祂曾是雷族的見習生——在幫族貓狩獵時被兩腳獸的怪獸襲擊喪生。

葉掌心想：我一定得告訴蕨雲；她曉得要是祂們的母親知道三個孩子都平安地住在星族的星群中，一定會非常高興。

然後她發現有隻貓兒不在其中。她連忙掃視洞穴四周、尋覓他的蹤跡，可是仍然遍尋不著灰紋的身影。葉掌的心情為之一振，莫非真的被火星說中了，他的朋友還活著？

水池彼端有隻藍灰色的貓戰士向她走來。這隻貓讓葉掌想起另一隻貓……對了，當然嘍，祂根本就跟霧足是一個模子刻出來的！祂一定就是藍星，也就是霧足的母親跟火星前一任的雷族族長。

「葉掌，歡迎光臨，」藍星喵道：「看見妳來，大家都很開心。這裡就是巫醫與星族交流溝通之處，以及族長受領九命和聖名的所在地。」

「藍星，這兒的景致真的美不勝收，」葉掌輕聲喵道：「多謝祢派斑葉帶領我到這兒。」

「妳一定得回去將這個訊息向全貓族報告，」藍星繼續說道：「不過在此之前，這裡有位朋友想跟妳聊聊。」

一隻銀灰色的美麗貓兒出列，沿著池畔向她走來。

「羽尾！」

這位光芒四射的戰士在她面前停下腳步。祂與葉掌互觸鼻頭，親切的光芒猶如一陣微風掠過葉掌的口鼻。

「我還以為祢留在殺無盡部落裡呢！」葉掌喵道。

羽尾聽了搖搖頭。「我現在遊走在兩片天際之間，與部落祖先和我們的部族祖靈同在。不過無論我身在何方，我絕對不會忘記族貓們。」祂頓了一會兒，繼續說道：「尤其不會忘了鴉羽。」

「他非常想祢，他取的戰士名號就是為了要紀念祢。」

「是的，我當時也在天上觀禮，」羽尾滿意地低鳴。「我深深以他為榮。他會成為一位偉大的戰士。」祂再度彎下身子、湊到葉掌跟前，祂溫暖的鼻息吹起這位見習生的毛髮。「請叫他不要悲傷。我永遠都深愛著他，只不過還要等很久很久之後，我們才能再度聚首；而現在，他必須跟他的族貓一起在新家園開啟嶄新的生活。他不能一直對身邊的貓兒視若無睹。」

「我會轉告他的。」葉掌向祂承諾。

羽尾微微點頭示意，然後轉身離去，點點星光在她銀色的皮毛上閃閃發光。戰士祖靈也漸漸消散，最後只比環繞洞穴斜坡的星光大不了多少，然後消失無蹤。在斑葉消失之前，葉掌又聞到一絲祂的氣息。

她抬頭一看，發現天空逐漸明亮。栗尾站在洞頂俯視著她。

葉掌往上坡爬，與栗尾聚首。「妳看到祂們了嗎？」她興奮地問道。

栗尾歪著腦袋。「看到誰了？」

「星族啊！祂們在洞穴四周啊！我剛還跟藍星與羽尾說話咧！」可是一見栗尾大惑不解，而且戒慎恐懼的神情，葉掌講話的音量就愈變愈小。

「我看見一陣縹緲的薄霧從水池緩緩升起。」她遲疑地喵道。

「那一定就是祂們了，」葉掌對她說。她環顧洞穴，星光閃耀的澎湃水聲不絕於耳。「就是這裡了。」

「妳確定嗎？」

就在那一刻，月光撒落水面，一束純白的光芒湧入洞穴。

「對，我確定，」葉掌喵道：「我們現在沒有月亮石了——取而代之的是月池。這裡就是星族與我們交流溝通的地方。」她正視栗尾，感到她的毛髮彷彿也在星光的照耀下閃閃發亮。

「我們找到了！這裡就是貓族的應許之地！」

第十八章

棘爪一邊鑽進矮樹叢，一邊豎起耳朵、聆聽獵物的聲音，他可以聽見刺爪和塵皮緊跟在後、鑽進蕨叢時匍匐前進的聲響。棘爪試著跟自己說他不介意松鼠飛沒有與他們同行，如果松鼠飛決意跟他爭到底，那就是她本身有問題了。讓族貓三餐溫飽以及探索新領土才是當務之急。她從沒擔心過他跟褐皮之間的情感聯繫，那為什麼要對鷹霜如此反感？

巡邏隊竄出蕨叢，沿著一條寬闊的兩腳獸小徑行走；這是他們搬到此地後，離營區最遠的一次。到目前為止，他們都一直忙著在洞裡組織窩巢、建築屏障。現在巡邏隊開始要向外探索拓展，小心謹慎地探索領土最遠的邊境。

這條道路不知怎地總讓棘爪感到焦慮不安。「我不怎麼喜歡這裡，」他低聲喃喃道：「這裡太像轟雷路了。」一想起兩腳獸摧殘森林的情景、留下跟這兒同等筆直、但更加寬廣的蹂躪印記，他就緊張得胃痛。

刺爪小心翼翼地嗅了一口空氣。「我想應該不是吧，」過了一會兒他喵道：「這裡沒有兩腳獸或怪獸的氣味。」

棘爪深吸一口氣，發現這隻金棕色的貓戰士所言不假。這裡完全沒有兩腳獸的徵象，甚至連陳舊的氣味也遍尋不著，不過左看右看，這條路還是十分眼熟。「或許這是一條舊的轟雷路，」他推測道：「或許兩腳獸刻意讓這兒雜草叢生。」

「那牠們幹嘛要這麼做？」刺爪百思不得其解。

「因為牠們都有一顆鼠腦袋！」塵皮刻薄地回嘴。「所有的兩腳獸都是鼠腦袋。」他在離他最近的灌木下發現一隻田鼠，隨即躡手躡腳地走向牠。

棘爪一面望著他，一面神情迷惘地繼續思索那條道路。如果兩腳獸當初從石洞裡挖出岩石，那勢必需要一條轟雷路把石塊運走。他動了動耳朵。只要現在沒有兩腳獸出現，其他的問題倒也無關緊要。

塵皮徒手宰殺田鼠，用沙土覆蓋這隻可憐的獵物後，巡邏兵就繼續前行。棘爪不願踩在兩腳獸建造的東西上，即使是許久以前留下來的，他也唯恐避之不及，他猜想他的族貓們也是心有戚戚焉。

突然間塵皮發出一聲刺耳的噓聲，當棘爪沿著這位棕毛戰士的目光往樹林那頭望去時，頓時嚇得呆若木雞、寒毛直豎。他認出那是兩腳獸巢穴的石牆。

「這裡還是沒有可疑的氣味，」刺爪喵道：「你打算怎麼做？」

棘爪一方面想轉身拔腿就跑、奔回石洞。他的腦海中又再度浮現當時第一批巡邏隊繞湖巡察時，在影族的領土發現的巢穴，以及他們無意叨擾的兩隻寵物惡貓。可是部族需要知道新領土的每一件事。「過去瞧瞧吧！」他下定決心說道。

另一條更窄的小徑銜接他們現在走的那條路，通往兩腳獸的巢穴。不過棘爪捨棄小徑，選擇直接穿過樹林，壓低身子、匍匐前進，躡手躡腳地走近巢穴。

這兒跟兩腳獸地盤的巢穴截然不同。有道扁木片做的門，不過現已破爛腐朽，而且全都扭曲變形垂向一邊。四面牆中間的正方形洞穴空無一物，而風雨也能長驅直入。整間巢穴看起來陰森幽靜、鬼影幢幢，到處瀰漫著一股令人困惑的氣味。

詭異的氣氛讓棘爪不寒而慄，連毛髮都忍不住豎了起來。他好想什麼都不管，趕快逃之夭夭，可是他知道松鼠飛會這麼說：**你居然連一步都沒踏進去！你真是膽小如鼠耶！**

「在這裡等我。」他吩咐完同伴後，昂首闊步走到門口。

不過刺爪跟塵皮並沒有服從他的指令。棘爪心想：他們也沒有理由唯命是從，畢竟他現在還沒當上副族長。他爬上階梯，溜進兩腳獸的巢穴，另外兩隻貓兒則小心翼翼地緊跟在後。

微弱的光線射進門內，映照出粗糙不平的灰牆和碎木片所做成的地板、以及裂縫中雜草叢生的景象。而正前方則是一階又一階突起的塊狀物。

這裡完全感受不到一絲兩腳獸的氣味，反倒有股濃濃的獵物香。石牆的縫隙中和地板下的空間都是老鼠和田鼠絕佳的藏身之處。棘爪聽見刺爪砰的一聲重擊地板一拳，轉頭一看發現他族貓口中叼了一隻老鼠。

「好樣的！」他輕聲說道。

塵皮面帶激賞。「這裡說不定能派上用場，」他喵道：「只要兩腳獸不回來的話。」

棘爪深感贊同——這兒獵物豐盛、獵捕容易——不過整個氛圍卻不怎麼討喜。這裡如同空穴一樣景致荒涼、杳無人煙，他不禁開始懷疑兩腳獸遺棄此地的原因。

「你想上去看看嗎？」刺爪的耳朵朝一階階陡峭的塊狀物動了動。

「除非星族來拜託我，」塵皮喵道：「那看起來並不安全。」

「我會快速地看一下。」棘爪喵道，想像松鼠飛的輕蔑聲在耳邊響起。

他往上跳了一階，得知這些塊狀物跟下面的地板一樣，都是由木片做成的。此時小鳥的嘎嘎驚叫和揮動翅膀的聲音，把他嚇得心兒怦怦直跳。不一會兒他就發現原來那是隻被他突如其來的造訪而飽受驚擾的鴿子。鴿子全身都是灰白交雜的羽毛，只見他振翼拍翅，從屋頂破洞飛了出去。

棘爪謹慎地向前移動並環顧四周，直到確定此地真的空無一人，心情才稍微放鬆。當他爬下階梯、回到平地，他看見塵皮又抓到另外一隻老鼠，而刺爪則蹲在灰牆的一個裂縫前面，豎直雙耳、虎視眈眈地等待獵物。

「現在沒時間打獵，」棘爪出言警告。他覺得自己好像囚禁在兩腳獸的圍牆裡，渴望回到開闊的空間重拾自由。「外頭也有不少獵物，而且我們必須將這件事回報火星。大家走吧。」

刺爪心不甘情不願地跟他出去，於是三隻貓兒重回那條廢棄的轟雷大道。

塵皮跟刺爪直接走向獵物堆，棘爪卻選擇先去見他族長；此時火星正與沙暴、松鼠飛比鄰而坐。「火星，我想你得聽聽我們的新發現。」他開始向火星描述那個空無一人的兩腳獸巢穴。

「真的一點兩腳獸的氣息都沒有嗎？」等棘爪一講完，火星立即問道。

棘爪搖搖頭。「那裡看來似乎獵物頗為豐碩，我認為有朝一日說不定會派上用場。」

「搞不好可以當作貓兒的避難所，」沙暴提議。「如果氣候太過惡劣，或者又發生一場大火……」講到這裡，她冷不防打了個寒顫。棘爪完全了解她的感受——那場席捲雷族老營區的祝融之災吞噬了他們的一切，至今仍讓他記憶猶新。他甚至無法確定兩腳獸巢穴的石牆能否阻擋森林大火的侵害、保護貓兒的身家性命。

「或許吧。你們大家都表現得很好。」火星喵道。

「我現在還要出去一趟，」棘爪對他說。「我們需要更多獵物。」他突然感到難以啟齒，好似有一隻硬邦邦的歐掠鳥卡在喉頭；儘管如此，他還是鼓起勇氣說：「松鼠飛，妳要不要跟我一起去？」

這隻薑黃色的貓戰士意味深長地望了他一眼，那一刻棘爪覺得她一定會答應他的請求。只見她站起身子、輕彈尾巴。「抱歉，我答應灰毛跟蛛足一起去打獵了。」

「好吧。」棘爪隱藏受傷的心靈，決意不讓她瞧見自己失望的神情。

「不要再往外跑了，棘爪，」火星喵道：「從大集會開始你就忙得不可開交、一刻也沒閒過，真的需要好好休息一下，而且這是我的命令。」一見棘爪張嘴作勢反駁，他又繼續說道：「天才剛亮，你就巡邏一回了。先吃點東西、睡個覺，太陽升起時再起床也沒關係。你難道認為我希望雷族最優秀的戰士積勞成疾嗎？」

棘爪微微點頭、轉身離去。

刺爪一直都在一旁觀望。棘爪從獵物堆中叼起一隻田鼠，然後坐在他身邊，這時刺爪將耳朵轉向松鼠飛。「吵架了是不是？」他眼中閃過一絲興致盎然的光芒喵道：「你幹了什麼好事啊？」

「星族才曉得又是怎麼回事！」棘爪喃喃道。他不希望族裡每隻貓兒都把他跟松鼠飛的爭執當作閒話在聊——而且他更不想大家知道他倆一開始吵架的原因。他不耐地彈了一下尾巴。

為什麼她不能明白他對部族的忠心耿耿，以及對她一如以往的關懷？在他的內心深處，棘爪確定自己已找到了答案。她質疑他忠誠度的原因是：只要她每次一看見他，就有另一隻貓兒在她心頭浮現。

虎星。

⚡⚡⚡

棘爪猛然驚醒。陽光穿透戰士小窩枝葉的角度，告訴他日升之時即將到來。外面嘈雜喧嚷，他立即寒毛直豎、站起身子。等到腦袋稍微清醒，棘爪才發現外頭是貓兒們欣喜若狂的歡呼聲，而非恐懼或憤怒的嘶吼。

他連忙抖落身上的苔蘚，快步走向空地。只見幾隻貓兒在林中空地歡欣鼓舞地相互擁抱；棘爪走近一看，才發現他們將葉掌和栗尾團團包圍。

兩隻年輕的母貓一臉倦容，卻難掩喜悅之情。葉掌正在對火星講話，而且不時舉尾示意，像是在指引方向。

「發生什麼事了？」棘爪問道。

亮心環顧四方，眼中閃爍著興奮的光芒。「葉掌和栗尾找到月池了！」

「月池？那是什麼玩意兒啊？」

沒有半隻貓兒吭聲應答，大家都急著聽葉掌的報告，於是棘爪也湊上前。

「我們沿著風族的邊界向上攀爬，遠離我族領土、進入山區，然後發現一條小溪，溪面星光閃爍著耀眼光芒，我知道它將為我們指引迷津；於是我們就循著湖走，找到一個水池。」接著葉掌壓低音量。「那兒就是貓族與星族交流溝通之處。」

棘爪閉上雙眼，向他的戰士祖靈誠心祈禱。祂們告訴貓族這個地方將會取代月亮石。這裡果真是族貓們的歸屬之地；他們不必展開另一趟漫長艱辛的旅程了。

煤皮用口鼻磨蹭葉掌的肩膀。「妳今天做了一件非常特別的事，」她告訴她。「無論經過多少寒暑，貓族都會將妳建立的功勳銘記在心。」

「每隻巫醫都有可能感知到這個幻象。」葉掌睜大雙眼喵道。

「但是星族選擇向妳顯靈，」火星說道：「我代表我的族貓們向兩位道謝。」他向栗尾點頭示意。

「明晚就是半月時分了，」煤皮輕快地說道：「我們必須馬上捎信息給其他巫醫，這樣一來大家才能在月池會面。」

「讓我去好了。」葉掌說。

「妳今天跋山涉水已經夠辛苦的了，」火星溫柔地說道：「不能再讓妳繞著湖畔忙碌奔波。」

煤皮輕彈耳朵、表示贊同。「如果我們想要準時會面的話，只派一隻貓兒捎口信，路程恐怕太遠了，」她說道：「依剛才葉掌所言，我們最晚也要在明天日落時出發。我先去通知影族跟河族，葉掌可以稍事休息再傳話給風族。」

「好主意，」火星喵道：「不過一定得妳本人去嗎，煤皮？我可以派戰士去啊。」

煤皮搖搖頭。「不行。一定得由巫醫發布消息。」

「那我要加派兩名戰士與妳同行。大集會當晚我們都感受到各族對自己的領土有多敏感。」

棘爪跨步向前。「我願意去。」他想要親眼目睹消息傳給小雲和蛾翅，向他們證明此地千真萬確就是貓族的歸屬之地。最初因為一場夢境，他前往太陽沉沒之地尋找一隻叫午夜的獾，而如今就宛如是這趟旅程的最後階段。

「棘爪，謝謝你。沙暴，妳願意同行嗎？」

「樂意之至。」沙暴喵道。

當棘爪跟隨煤皮和沙暴步出營區的同時，他回頭一瞥，看見松鼠飛正神情激動地跟葉掌說話。她並沒有看見他，而他也沒有多做停留與她交談。

看來棘爪這次得獨自完成他們的旅程了。

第十九章

葉掌跳過一顆顆踏腳石、越過小溪，然後朝風族的方向往山上爬。火星原本要幫她安排一位隨行的護衛，但她認為造訪風族沒必要如此大費周章、勞師動眾。她本來想請栗尾陪她一起捎口信，不過當葉掌去找她時，她正在跟蕨毛濃情密意，於是葉掌決定還是別打擾這對小兩口了。

風兒吹過荒原短矮的青草，送來一陣濃烈的野兔味，同時也讓葉掌的毛髮貼緊兩側。雖然她從月池返家後只瞇了一下眼又再度啟程，但她負責傳送的訊息卻有如泛著星光的溪水，在她體內注入源源不絕的活力。

她聞到一股貓味，知道自己即將抵達風族營區；在此同時，剛好又有一支巡邏隊竄出金雀花叢。隊伍的成員包括泥爪、網足以及他的見習生鼬掌。葉掌繃緊神經，在這個非常時期，各族對於自己的疆界無不異常敏感，而她希望風族的貓兒能在將她驅逐出境之前，給她一個機會解釋她此行的任務。

「妳在這兒做什麼？」泥爪厲聲咆哮。「這裡可是我們的領土耶。」

「我有項消息要告訴吠臉。」

泥爪遲疑了一會兒，然後扭頭說道：「那就跟我來吧。」他帶她翻過高崗、走進山谷。

一鬚正坐在營區中央的一株灌木附近，與灰足共享一隻看來肉質堅韌的野兔。葉掌左顧右盼，尋找鴉羽的身影。吠臉並不是唯一得到星族重要訊息的貓兒。

「一鬚，我們有個訪客嘍！」泥爪宣告。

這位風族的族長起身，伸出舌頭舔了舔大嘴四周。「葉掌，有什麼事要我們幫忙嗎？」

「我有話要跟吠臉說。」她喵道。

一鬚豎起耳朵。「星族捎來消息了嗎？」他推測道。

葉掌點點頭，沒多說什麼；因為將口信傳遞給風族貓兒是吠臉的責任。

「那可真是天大的好消息！」一鬚的眼睛頓時變得炯炯有神。「颰掌，請吠臉立刻回來。」

於是網足的見習生飛也似地消失在坡底的隧道中。那個隧道看起來好像曾經是個兔穴或獾窩。一眨眼間，他又重新從隧道現身，這回後頭還跟了一隻巫醫。

葉掌立刻跳到他跟前，而吠臉則輕甩尾巴，把身邊的見習生打發走，並示意葉掌到他身邊坐下。「有什麼消息嗎？」他問道。

葉掌口若懸河地講個沒完，話語有如澎湃的浪潮流過星光點點的石塊，滔滔不絕地一湧而出。「而明晚就是半月之時了，」她最後說道：「煤皮已經通知蛾翅跟小雲，所以大夥兒就可以一起去月池了。」

吠臉身子往前一探、將口鼻靠在葉掌的耳尖上。「這是我聽過最棒的消息了，」他低聲呢喃。「謝謝妳為我捎來口信。」他起身走向一鬚及灰足，其他貓兒也紛紛向他們靠攏，大家都猜想勢必有什麼重大消息要宣布了。

吠臉跟大家簡短描述一下葉掌的旅程。「明晚所有的巫醫都要在月池會面，」他喵道：「一鬚，會面過後，你再跟我去月池一趟領取九命和族長頭銜。」

葉掌一度在一鬚的眼中看見驚恐的光芒一閃而過。終於能如願與星族交談，並且獲得戰士祖靈認可的族長地位，一鬚理應要鬆口氣、放下心中的大石才對。他為什麼會想要拖延領取聖名和九命的時間呢？

一鬚眨眨眼、搖搖頭；他驚慌失措的表情，讓葉掌確定自己猜中了一鬚內心的焦慮不安。「根據葉掌的說法，想必這會是條漫長的旅程，」一鬚喵道：「怎麼可以讓你在短短兩天內來回往返月池兩次呢？你一定會操勞過度、疲憊不堪。既然我都等九命和頭銜這麼久了，也不在意再多等一會兒。」

葉掌因一鬚的心思縝密而深受感動。她再仔細端詳他一眼，懷疑他其實是因為垂死的高星在倉促中派他繼任接班，所以害怕星族不願承認他族長身分的正統性。她不禁同情地對他眨了眨眼。大家都知道只要族長一喪失第九條命，部族副族長就得順位繼任——即使他們才剛當上副族長沒多久，也有接任資格。這是戰士守則的其中一項原則，無論大家撤離森林的旅程中歷經多少改變，戰士守則仍然永存各族貓兒心中。

吠臉似乎對於前往月池的兩趟旅程中能夠稍事休息，感到相當滿意；因為他並沒有設法改變一鬚的心意。「葉掌，那明天日落見嘍。」他喵道。

「我會告知煤皮，」她答道：「我們可以在樹林邊緣見面。」

吠臉點點頭。「一路順風。」他低聲與葉掌道別，然後走回他的寢室小窩。

一鬚和灰足開始交頭接耳；而泥爪也在網足耳邊輕聲嘀咕，他倆講完話旋即跑到洞頂，一眨眼間就已不見蹤影。

葉掌突然感覺有人輕碰她的肩頭。她轉身一看，發現鴉羽熱切地凝視她的雙眼，讓她大吃一驚。「妳真的找到跟星族交流的地方了嗎？」他開口問道。

「對啊，真的找到了。」葉掌努力抑制內心的訝異說道：「鴉羽，我得跟你說件事。有沒有安靜的地方可以講話？」

「跟我來這兒。」鴉羽帶她到洞穴邊緣，坐在一棵枝幹盤錯的無葉矮樹底下。他歪著腦袋，滿心期待葉掌的消息。

她深吸一口氣。「昨晚我不只夢到月池，而且還遇見了羽尾。」這是她向吠臉訴說故事時，唯一漏掉的情節。

只見鴉羽驚愕地睜大雙眼。「羽尾？」

「是的。祂託我捎口信給你。」葉掌的心兒緊張地怦怦直跳，她深信鴉羽能聽進去這番話，但是他聽了之後會不會怒火攻心、暴跳如雷呢？不論如何，他或許還是會繼續為羽尾的死而悲慟萬分。葉掌告訴自己這不是她的問題；搞不好羽尾正在天上注視他們，她也必須信守承諾、完成傳話任務。

「祂說：『叫他不要悲傷。』還要等許許多多、難以計數的月份，你們才能重逢聚首。祂請你不要對在世的貓兒視若無睹。」

鴉羽一臉熱望地凝視葉掌的眼神，彷彿想將這隻與他摯愛會面的貓兒狼吞虎嚥、全吃下肚。葉掌眨眨眼。如果他對羽尾的感情依舊如此強烈，又怎能停止悲傷呢？

最後這位風族的戰士只是默默盯著自己的腳爪。「我沒有一天不希望祂活在世上，」他低聲說道：「難道羽尾覺得我忘得了祂嗎？」

「祂不是這個意思！」葉掌出言抗議。

「這世上再也找不到跟羽尾一樣的貓兒了。」他抬起頭，一絲怒光在他眼中閃過。「我不在乎要等多久才能再見到祂。如果祂能夠等，那我也可以！」

他旋即轉身，疾馳越過林中空地，徒留葉掌無助地凝望他離去的背影。

半月高掛夜空，溫柔的銀光流瀉在急流旁的斜坡。五隻巫醫吃力地爬上通往棘叢屏障最後幾尾長的山坡地。煤皮一臉倦容，眼神呆滯、步履蹣跚，不過意志堅決的她仍然不肯放棄、繼續前行。蛾翅似乎一點也不覺得這是趟漫長艱辛的旅程；打從一開始，她就當開山前鋒衝第一，而且還有精力回頭詢問葉掌該走哪條路，好像等不及馬上抵達這個與星族交流溝通的地方。葉掌心想：如果她真的相信星族，一定迫不及待想要親眼目睹聖地；不過她懷疑蛾翅之所以如此急切，只是不想錯失證明星族並不存在的機會。一想到這裡，她就趕緊把這個念頭拋諸腦後——蛾翅忠心耿耿、心地善良，而且葉掌深知自己會竭盡所能地守口如瓶，不讓其他巫醫知道她不信星族的祕密。

葉掌指引他們一條穿過荊棘屏障的裂口，最後他們終於來到洞頂，向下俯視月池。池水誠如她記憶中的印象閃耀粼粼微光，而從岩縫中傾洩而下的滾滾流水也映照著點點星光。除了溪流溫柔濺撒水池的聲音外，這兒可說是萬籟俱寂。

「是啊，就是這裡了。」吠臉低聲呢喃。

他甩尾示意，請葉掌帶頭引路；此時葉掌覺得自己的腳爪，又再一次滑入貓兒祖靈遠古留下的足印中。

「真不知道我們該如何與星族交流。」當所有的巫醫都圍著月池坐下，小雲開口說道。

葉掌眨眨眼。她倒沒考慮過這點。以前在慈母口時，貓兒們都躺臥地上、以鼻頭輕觸月亮石；她還記得那陣冷若冰霜的刺骨寒意向她直撲而來，讓她瞬間進入深沉的睡眠之中，在夢中與星族相會。

她左顧右盼，四處搜尋被星族點亮、有如月亮石般閃閃發光的事物；然而這裡除了苔蘚覆蓋的岩石、到處蔓生的蕨類，以及滿布星光的池面外，什麼也沒有。「或許我們可以觸碰水面，你們覺得如何？」她靈機一動說道。

巫醫們面面相覷。「值得一試。」吠臉欣然同意。

渾身發抖的葉掌匍匐前進，舔了幾滴水。透心涼的池水嚐起來有星辰、微風、靛藍天空的滋味。葉掌闔上雙眼，當香味湧入口裡時，她還深吸了一口氣。

寒意從她耳際蔓延至尾端，葉掌覺得腳下踏的再也不是堅硬的石塊，自己彷彿在黑暗的太空中飄浮，舉目所及、耳聞所至皆是陰暗寂靜。她依稀可以聽到些許聲音，但一開始太過微弱刺耳，所以無法辨明祂們說話的內容。呼嘯的風聲和嘩啦作響的水聲逐漸退散，葉掌頓時意識到祂們正在呼喚她的名字。

「我在這兒。」她輕聲說道。

她睜開雙眼。眼前是一片漫無邊際的潮水在坑洞中翻湧奔流：但這兒不是月池，而是湖泊。微風輕拂湖面，掀起陣陣漣漪，捲起千堆白雪般的泡沫。水面好似映照著夕陽西下熾烈光芒，猩紅的浪潮不時拍打湖畔；但當葉掌抬頭仰望天際，竟然只見繁星點點的夜空。湖裡鮮血滿溢！

聲音再度叫喚著她，這回音量大到讓葉掌聽得一清二楚，不過她卻希望自己沒有聽見祂們最後這段談話。

和平降臨之前，血，依舊要濺血，而湖水將會染成血紅一片。

葉掌想拔腿就跑，卻失足跌進濃稠的鮮血之中，死亡的惡臭將她吞噬。她倒抽一口氣、猛然睜開雙眼，發現自己又回到月池邊，肚皮緊貼冰冷的石塊，其他巫醫也都在她左右躺臥。只見貓兒挪動身軀、伸展四肢，從各自的夢境甦醒。月兒滑落山巔；葉掌因為長時間蜷伏，感到四條腿僵直生硬，同時也證明了巫醫們在此地待了不少時光。

吠臉和小雲一臉狐疑困惑；葉掌想知道他們是否跟她得到相同的警訊。煤皮神情憂慮地端詳葉掌的面孔，而蛾翅則緊盯著自己的爪子。

葉掌心想他們應該要立即打道回府。她想跟煤皮單獨交談，不敢將星族顯示給她的幻象告知其他巫醫；不過煤皮此時並沒有率領眾貓往上坡爬，而是坐回月池池畔。

「在我們回到各自部族之前，」她開口說道：「我還有另外一項任務要做。」等貓兒全都就座、聚精會神地凝視著她，煤皮這才繼續往下說。

葉掌很想知道究竟是什麼任務，畢竟前來月池的途中煤皮完全沒有向她透露。蛾翅憂心忡忡地瞥了她一眼，而葉掌只能輕輕搖頭，表示自己對煤皮要宣布的話一無所知；她並沒有將蛾翅不信星族的事告訴煤皮或其他貓兒。

「當戰士的導師認為他的見習生學藝精良、歷練豐富，自然就會拔擢他升為戰士，」煤皮接著說道：「而巫醫亦是如此。」她面向葉掌、眼神閃現一抹微光問道：「妳認為非要等到我隨星族而去，才能領取妳的聖名嗎？」

葉掌被這個突如其來的問題嚇得倒退三步、瞠目結舌。她壓根兒沒想過這個問題。或許她認為理應如此沒錯，但是巫醫見習生的身分其實跟戰士見習生大相逕庭；葉掌跟其他巫醫一樣，擁有使用藥草以及與星族交流的能力。她似乎預料到有事即將發生，頓時感到異常興奮。

「只要星族認為某隻巫醫應該得到聖名，她就能夠領取聖名，」煤皮喵道：「葉掌，戰士祖靈選擇首先向妳顯靈、並將妳帶來月池，就表示祂們對妳非常重視。」

「的確如此。」吠臉嘟噥道。

小雲也發出同意的低嗚聲；蛾翅的雙眼為之一亮，只見她一躍而起，歡喜地用口鼻磨蹭葉掌側身。欣喜若狂之際，葉掌頓悟到蛾翅早已受領全名，然而星族怎麼可能接受一隻對祂們失去信念的貓兒呢？

「請往前走。」煤皮向葉掌甩尾示意。

葉掌左搖右晃、跌跌撞撞地繞著池畔走，不知到底該哪隻腳在前、哪隻腳在後，最後好不容易站穩腳步，來到煤皮跟前。

煤皮抬頭仰望銀毛星群。「我，煤皮，雷族巫醫，在此召喚戰士祖靈俯視這位見習生。她學藝精良、閱歷豐富，領悟巫醫做人處事的道理，在您的協助之下，她將服侍部族月月年年。」

這些加冕用語對葉掌來說十分熟悉，因為在她族貓的戰士命名儀式上也曾經聽過。她感到爪子陣陣刺痛，彷彿星光灼傷了她的皮毛。

「葉掌，妳是否願意堅守巫醫規範、對部族間的衝突對立保持中立、對貓族子民一視同仁、盡心保護，甚至不惜犧牲性命？」

「我願意。」

「那麼以星族的力量，我賜予妳巫醫之名。葉掌，從現在開始，妳的名字是葉池。星族將以妳的勇氣和信念為榮，妳證實此地真的是貓族的新家園。」

誠如一族族長會在戰士命名儀式上所做的動作，煤皮將她的鼻子抵在葉池頭上。葉池彎腰回舔導師的肩膀。

「葉池！葉池！」蛾翅帶頭呼喊，而吠臉跟小雲也起而效尤。

葉池欠身鞠躬。「謝謝——謝謝大家。我做過的每件事都是在星族冥冥之中引導之下所完成的，我希望在往後的日子裡祂們能夠繼續為我指引迷津。」

「願星族讓妳得償所願。」吠臉低聲說道，其他貓兒也應聲禱告。

所有的貓兒齊聲禱告，唯獨蛾翅例外；但當葉池注視她時，這隻河族的貓兒臉上洋溢著驕傲和熱情的光采，所以葉池知道蛾翅替她高興的程度絕對不亞於其他貓兒，即使她不相信他們的信仰，對葉池而言卻一點關係也沒有。

當葉池跟隨其他巫醫走出窪地、行經布滿岩石的下坡時，她覺得自己元氣十足、對巫醫規範重拾忠貞不渝的獻身信念，好像只要念頭一動，就能插翅飛回樹林裡的坑洞。她讓別的貓兒走在前頭，自己獨自跟在後面，腦子裡想的全是星光、藥草，還有嚐起來宛若夜空的池水。

突然間她感到某種溼黏的東西拉住她的腳不放，她的四隻腳爪開始在滑不溜丟的液體中打滑。她低頭一看；腳下除了荒野的短草外，其餘什麼也沒有。可是死亡的惡臭卻朝她撲鼻而來，雖然她知道斜坡路清爽乾燥，卻依稀覺得自己步履艱難地在鮮血之河中涉水而過。猩紅滾燙的血水正從死氣沉沉的湖泊中，源源不絕地注入河流。

第二十章

棘爪停在湖畔，凝視小溪對岸影族的領土。溪流彼端的松木林在深灰色天空的襯托下形成一塊藍黑色的陰影。放眼望去，沒有半隻貓兒的蹤影，然而瀰漫溼氣的風兒卻帶來一股熟悉的影族臭味，一如往昔的強烈。

這又是另一個證明貓族適應新居的徵象。不過月池這個新發現才是更強而有力的表徵。那天清早煤皮跟受領新名的葉池，結束巫醫與星族的初次會面，返回雷族營區；而一鬚也會在兩晚內領取他的族長九命。

「好噁心哦！」雨鬚驚聲叫道：「我怎麼樣也無法忍受影族的臭味，簡直跟死了一個月的狐狸一樣臭。」

「我想他們對我們雷族的氣味也不怎麼感興趣。」棘爪說道。

此時後方傳來東西撲通落水和驚恐的叫聲，頓時打斷他的思緒。他回眸一望，發現蛛足站在湖裡，波浪不時在他腿部一半以上的高度來回拍打。

「我的星族啊，你到底在搞什麼鬼？」

蛛足困窘地低著頭，涉水走回湖畔。「我看見一隻魚，」他試圖解釋，接著又猶豫不決地說：「牠溜走了。」

棘爪嘆了口氣。「抓魚不是這樣抓的，記得提醒我找機會教你如何抓魚。羽尾曾經在我們的旅程中教大家捕魚的技巧。」一想起那隻美麗的河族母貓，他的心中又再度隱隱作痛。「來吧，我們最好趕快巡完這條邊界。」

他轉身往上游方向走去，卻突然發現某個東西在影族那頭移動，便停下腳步定睛觀察。有隻灰色的貓兒鑽出樹林，沿著湖畔朝他跑來。棘爪認出來者居然是霧足，吃驚地睜大雙眼。一隻河族的貓兒跑來影族的領土做什麼？

「棘爪，等等我啊！」她扯開嗓門叫道。只見她步伐穩健、急速涉水而過，彷彿腳下踩的不是河水，而是平坦的土地，然後在他面前猛然煞住腳步，上氣不接下氣地說：「我有話要立刻跟火星說。」

蛛足怒髮衝冠地踱步向前。「妳到我們這裡來做什麼？」

「就是說嘛，把她趕走。」雨鬚咆哮道。

棘爪不耐煩地對那兩隻年輕戰士一彈尾巴。「我們不會把她趕走。她是霧足——記起來了嗎？她一直以來都是雷族的好友。」

「謝了，棘爪。」霧足微微點頭；從她驚嚇的眼神可以得知她目睹了某個恐怖的景象。

「請帶我去見火星。」

「好的。」棘爪實在無法想像究竟何事如此緊急，但他很清楚霧足不是那種大驚小怪、小題大作的貓兒。「你們兩個繼續巡邏，」他對蛛足和雨鬚說道：「留意兩腳獸的行蹤，還有別忘了走到枯木區域時，要注意影族留下的氣味標誌，確定自己不要誤觸他們的領土。」

雨鬚和蛛足互換一個眼神，似乎不確定是否應該放棘爪單獨跟霧足共處，不過他倆並未提出異議。於是他們開始往上游走，不過雨鬚走沒幾步路就頻頻回頭，好像以為霧足會趁他轉身時立刻攻擊棘爪。

「出了什麼問題嗎？」棘爪一邊帶霧足抄捷徑回營區，一邊問道。

「你馬上就可以知道了，」霧足陰鬱地說道：「棘爪，我們能不能再走快一點？」

棘爪被這突如其來的一句話嚇得立刻加緊腳步向前狂奔；只見兩隻貓兒如疾風般在樹林穿梭，直到抵達通往營區的隧道時才放慢步伐。棘爪帶頭鑽進隧道，讓他安心的是一眼就看見火星在獵物堆附近跟沙暴共享一隻歌鶇。棘爪叫霧足緊緊跟在他身邊，然後朝雷族族長走去。

火星吞下一口獵物，然後站起身子。「霧足，歡迎妳來，」他向這位河族副族長問好。

「發生什麼事了？」

「這回可不是什麼好事。」霧足回答。

火星動了動耳朵，而沙暴也一臉好奇地抬起頭來。

「恐怕全貓族都要有麻煩了。」霧足接著說道。

「先等等，」火星出言打斷她的話。「我想最好讓塵皮跟蕨毛也來聽聽。棘爪，麻煩你叫他們過來。」

棘爪連忙跑到戰士小窩。他擠進外層的枝葉中，發現蕨毛正悠哉地蜷在栗尾身邊，於是二話不說就在這隻薑黃色的公貓身上猛戳一下。

蕨毛抬起頭來，無辜地眨眨眼。「什麼事啊？」

「火星想見你，」棘爪喵道：「你有看到塵皮嗎？」

蕨毛搖搖頭，不過在幾尾距離的地方跟亮心說話的雲尾，此時卻抬頭說道：「他跟蕨雲在育兒室。」

「謝了。」棘爪又衝出戰士小窩、越過坑洞、頭也不回地衝向有刺灌木。他在入口緊急煞住腳步時，塵皮恰巧在他面前出現。塵皮一見到棘爪，便滿腹狐疑地豎起耳朵。

「火星有事找你，」棘爪又再解說一遍。「霧足來了，她說我們遇上麻煩了。」

這隻黑棕毛虎斑貓不解地瞇起雙眼，跟在棘爪後頭走向獵物堆；剛好蕨毛也在此時加入眾貓。

「現在，」火星向霧足揮揮尾巴喵道：「請告訴我們究竟發生什麼事了。」

她已稍微恢復鎮靜，但兩眼依舊寫滿焦慮。「三天前的夜裡，我在準備回營地的路上發現兩隻貓兒在小島對面的湖畔逗留。那天晚上大雨滂沱，所以我不能理解他們為什麼要在不能遮雨的地方閒蕩。我打算命令他們回營區的時候，赫然發現他們倆的身分。」

「究竟是誰呢？」火星催促道。

「其中一位是鷹霜，」霧足回答。好像有塊堅硬的食物卡在喉頭似的，蕨毛痛苦地嚥下一口口水。「另一位則是泥爪。」

「什麼？」塵皮驚叫道。

棘爪感到自己身體非常不舒服。鷹霜為何會跟風族的前副族長在一起？

「我還來不及追上他們，泥爪就跑回自己的領土範圍了，」霧足繼續說道：「可是當初鷹霜並沒有驅逐他。他們倆聊得很開心，我感覺他們互相認識。在此之前，我早就懷疑他趁夜晚溜出營區；而且不瞞你說，」她尷尬地對棘爪說道：「我原本以為他偷溜出去是為了見你。我在大集會那晚看見你們在一起交談，況且你又是他的手足……」接著她又像是在辯解地繼續說道：「不過我覺得那倒也沒什麼關係，所以從來沒有叫鷹霜交代去處；但如今我知道自己鑄成大錯，他見的一定就是泥爪。」

棘爪低頭看著自己的腳爪，族貓的目光宛如烈焰般灼傷他的皮毛。他絞盡腦汁，想幫泥爪想個與河族戰士交談的好理由，但怎麼想就是找不到。

「然後鷹霜就走回營區了——而我也沒攔他，」霧足繼續說道：「他不曉得我發現了他，而且我打算釐清真相後再直截了當地與他質問。」

「那妳接下來是怎麼做的？」沙暴問道。

「我不相信他們選在湖畔會面，因為貓兒輕而易舉就會發現他們的行蹤。我還記得大夥兒剛抵達新居時，鷹霜就一直對那個小島展現濃厚的興趣，於是我游到對岸，看看是否留有他們的蹤跡。果然不出我所料，我在那裡找到他們的氣味……有的新鮮，有新的也有舊的。據我推測，他們至少去小島三、四次了。」

「泥爪游到小島上？」塵皮不可置信地提出質疑。「而且不止一次？如果妳說他願意把腳沾溼，就夠我吃驚了。風族裡沒有貓兒喜歡游泳。」

「那你倒是告訴我他的氣味怎麼飄到小島？」霧足回嘴道。

「妳跟豹星稟報此事時，她有什麼反應呢？」火星問道。

霧足看來有些侷促不安。「其實我並沒有跟她說，」她坦承道：「鷹霜是傑出的戰士，尤其又受到年輕戰士的擁戴。某些貓兒認為我從兩腳獸的魔掌逃脫後，他應該繼續留任副族長一職，其實早就是公開的祕密了。我怕要是向豹星稟報，她會以為我認為鷹霜是絆腳石，所以才故意找他的麻煩。此外，除了他跟異族貓兒交談外，我也看不出來他犯下什麼罪行，於是我決定密切留意他的一舉一動，查出他與泥爪會面的原因。」

「現在查出來了，對不對？」蕨毛臆測道。

火星瞇起雙眼。「是的，妳絕對不會只因為三天前的夜裡看見他們倆會面就專程跑來雷族。到底還發生了什麼事？」

「今天清早，鷹霜自願率領黎明巡邏隊外出巡視，」霧足說道：「他選了三隻貓兒與他同行，剛好這三隻都是力挺他當副族長的心腹之交；然而一直到現在，他們都沒有回來。」

棘爪瞥了一眼天空，水氣瀰漫的烏雲遮蔽日光；不過據他推測，應該再過不久就要太陽西下了。所以這支黎明巡邏隊要不是迷路走失，就是沒有打算巡邏完畢馬上打道回府。

「搞不好他們找到獵物豐盛的地方，開始打獵也說不定啊。」火星說道。

「再說他選好朋友一起巡邏，這也不為過啊。」沙暴公允地補充道。

「你們不會明白的，」霧足喵道：「他們天亮時還沒返回營地，我就決定追蹤這幾隻貓兒的去處。我的意思是，顯然他們並沒有按照平時的路徑來巡邏。」

「他們該不會跑到小島去了吧？」塵皮喵道。

「我一開始也這麼以為，不過當我循著他們的氣味走出營地，發現最後竟是通往影族。」棘爪頓時感到自己寒毛直豎。他們真的會沒事跑到那兒去閒逛嗎？

「我知道雷族沒有牽涉其中，所以就直接過來了，」霧足補充道：「有支影族的巡邏隊差點發現我，幸虧我連忙跑到邊界，才沒被發現。火星，我相信鷹霜正在密謀準備攻打風族！」

從火星的一雙碧眼不難發現他已經陷入深思。「或許還有其他什麼理由……」

「那你倒是說說看啊！」霧足厲聲說道：「大家都知道高星選一鬚當接班人，泥爪有多火大。難道你認為他不會採取行動嗎？」

「等等！」蕨雲猛然起身。「如今葉池已發現月池，一鬚很快就能從星族手中受領九命了。所以如果泥爪想要奪權篡位，他勢必要趕在一鬚成為族長之前發動攻勢。」

「那表示他今晚就要進攻了！」棘爪扯開粗野的嗓門喵道。

「火星，你一定要想想辦法！」霧足慫恿道。

火星的腳爪不斷刮擦土地。「為什麼要找我幫忙？怎麼不找妳自己的族長？」

「豹星只會懷疑我要找鷹霜麻煩而已。而且她絕對不肯對風族伸出援手。但是一鬚是你的朋友……」

「他現在是風族的領袖，他就需要負起保衛部族的重責大任！總不能每次一遇上危難，就希望雷族出面幫忙吧。」火星凝視自己的四肢，只見他將爪子狠狠插進土裡。然後他抬頭說道：「不過妳說的也沒錯，我們不能視而不見。雷族將派一支巡邏隊到風族營區視察情況，我也會召開會議警告部族裡的其他貓兒。」

「有必要這麼做嗎？」棘爪提出異議。

火星意味深長地望了他一眼。「我們現在還無法確定他們會不會攻打雷族。我跟大家一樣都希望這個假設是錯的，不過誰也不能承擔這個風險。」

他旋即起身，越過窪地、爬上碎石堆來到擎天架。「請成年的貓兒過來集合。」他厲聲咆哮。

雲尾、亮心和栗尾馬上鑽出戰士小窩；沒多久，長老們也出現了，金花領著長尾緩緩加入其他貓兒的行列。煤皮走出小窩，而葉池也緊跟在後；這隻年輕的虎斑貓滿臉驚恐。

松鼠飛、灰毛、刺爪一步入洞口就發現情況不妙，隨即將滿口的食物扔到獵物堆裡，飛也似地衝過去。

「雷族的族貓們，」火星開始說道：「霧足帶來一個壞消息，泥爪跟鷹霜準備計劃攻打風族。我將帶領一支巡邏隊到風族營地視察，但我要每隻貓兒保持警覺，要是他們襲擊我們，一定要做好萬全的準備。」

台下頓時傳來此起彼落的低語聲，震驚有如一層黑紗籠罩在每隻貓兒臉上。棘爪低頭凝視自己的腳爪，覺得大家正在談論他，只因為他和鷹霜是同父異母的兄弟，就把鷹霜犯的惡行也算在他頭上。他沒有勇氣注視松鼠飛的面孔，深怕在她臉上看見輕蔑的表情。

「雲尾，你跟亮心負責鎮守營區，」火星繼續說道：「刺爪，帶兩隻貓兒看守影族的邊界；一旦發現他們的戰士，立即追蹤他們，千萬別隨便發動攻勢。」

刺爪點點頭，召喚松鼠飛和灰毛兩位戰士。而火星則準備從岩架一躍而下，但還沒來得及抬腳，就看見煤皮踱步向前。

「火星，我想有件事必須讓你知道。葉池跟我提起她做過一個夢，夢境內容或許跟這場陰謀有關。」

「好吧。」火星示意他的女兒向前。「葉池，跟我們說吧。」

「在夢裡，我看見湖水染成血紅一片，而且還聽見某個聲音，」這隻年輕的母貓開始講解夢境。「它說：**『和平降臨之前，血，依舊要濺血，而湖水將會染成血紅一片。』**」

「只有這樣嗎？」火星催促道：「沒有向妳揭露是誰的鮮血？或何時會爆發衝突嗎？」

葉池搖搖頭。

「不過這足以顯示大難臨頭，」煤皮喵道：「如果我是你，絕對不會小看這場襲擊。這是泥爪奪權篡位的最後機會，他要趁一鬚只有一條命時叛亂造反。」

「說的有道理。」火星從擎天架跳了下來。「我們這就動身吧。」

棘爪跟在族長後頭，經過刺爪身邊時，忍不住朝松鼠飛瞥了一眼；他原本預期發現她勝利的神情，因為一切如她所料，鷹霜果真鑄成大錯。沒想到在松鼠飛眼裡只流露了無限憐憫。

一直到火星帶隊越過樹林，奔向風族邊界，她悲傷的臉還是烙印在棘爪的心中，久久揮之不去。

第二十一章

雷族貓兒涉水進入風族領土時，已夜幕低垂。離開樹林的庇護，一陣狂風向他們迎面吹來。時而可見月亮或星辰從雲朵的縫隙中露出微光，但大部分的時間荒野還是被黑暗層層籠罩。伸手不見五指的幽暗中，眾貓只能憑藉氣味來尋找方向。

「沒有邊界巡邏隊的跡象啊。」塵皮嗅了嗅空氣，輕聲說道。

「搞不好他們在鎮守營區。」霧足回答。

「噓！」在一片漆黑中，火星發出低沉的噓聲。「保持警戒。誰都不曉得我們處於什麼樣的險境。」

轉眼間他們就抵達從風族順流而下的那條小溪。火星沿著溪流走了一會兒，然後停下來細聞空氣的味道。棘爪也依樣畫葫蘆——一股濃烈的風族貓兒氣味從前方撲鼻而來，但始終聞不到別族的氣味。四處也沒有貓兒的打鬥聲，大夥兒豎直耳朵，卻只聽見疾風呼嘯而過和溪水的流動聲。棘爪心中亮起一線希望：說不定是霧足搞錯了。

「一點動靜也沒有。」眼見寂靜持續向外擴散，火星終於開口說道。

「我們可以問問一鬚，看一切是否平安。」蕨毛提議道。

「什麼？大搖大擺地晃進風族營區，然後跟他說我們是來幫他殺敵的？」塵皮喵道：「這太離譜了吧！」

沙暴也低聲附和，而火星在經過沉思後也說：「你說的對，我們當下最該做的事就是回去部族。」

「可是我很確定真的有問題，」霧足的雙眼寫滿焦慮。「那葉池的夢又怎麼說呢？」

「葉池的夢境究竟有什麼涵意，我們無從得知，」火星說道：「在此同時，我們還在異族領土內準備大打出手。即使一鬚攻打我們，也算是捍衛領土的表現了。」

塵皮嗤之以鼻地說道：「我倒想見識見識。」

此時一陣疾風差點將棘爪也給吹走。他依稀聽見遠方響起雷聲。「在暴風雨來襲之前，我們還是趕快回家吧。」火星喵道。

於是眾貓聽從火星的命令，隨他一起轉身離去。殿後的棘爪，回望風族營區最後一眼，卻嗅得駭人的氣息。

鷹霜！

「火星，等一等！」他厲聲叫道。

他眺望山丘，發現幾個黝暗的身影從反方向湧上頂峰，並且開始往下方的山谷爬行。棘爪一眼就認出鷹霜寬闊的頭骨和健壯的肩膀，他正帶領群貓下山。

一聲尖叫劃破寂靜的夜空。火星旋即轉身，往山坡上衝。「動作快啊！」

棘爪與火星並肩抵達谷口。尖叫聲化為夜空中此起彼落的交響曲，除了貓兒們糾結的毛髮外，棘爪什麼也看不見。他嗅出河族、影族和風族的氣味，但無法辨認每隻貓的身分，也無從得知自己該攻擊哪隻貓。

此時他聽見火星大吼一聲：「泥爪！」然後發現自己的族長拚命地沿著下坡衝到營區。棘爪跟雷族巡邏隊隊員見狀也立即緊跟在後。一眨眼間，棘爪失去族貓的蹤影，投身一場扭打的混仗中。還來不及喘口氣，就有隻貓撲向他的脅腹、伸出利爪將他撂倒。他在地上轉了一圈，發現影族的杉心宛如兇神惡煞般與他怒目相視。

「別多管閒事！」這隻暗灰色的公貓怒斥。「這不是雷族的戰役！」

棘爪二話不說，旋即伸出後腿，在杉心的肚子狠狠踹上一腳。這隻影族的貓戰士往後摔倒，然後消失在暗處，徒留棘爪蹣跚不穩地站在原地。**偉大的星族我求求您，別讓褐皮參戰！**他低聲祈禱。

貓兒的利爪和糾纏的毛髮，夾帶著刺耳的吼叫從四面八方朝他撲來。雖然他看見一位河族戰士越過山谷、張牙舞爪縱身跳進金雀花叢，卻始終看不到鷹霜的身影。此時，棘爪可以清楚看見網足跟一鬚扭打在一起；一鬚緊咬網足的肩膀，而這隻虎斑公貓也不甘示弱，硬生生地從他的族長身上抓下幾團毛髮。

棘爪往前一跳，想幫助一鬚；不過泥爪此刻也從暗處現身攻擊一鬚。轉眼間火星也加入戰局，他緊咬泥爪的頸背，把他從一鬚身上拉開。

泥爪努力脫困。「你以為這跟你有什麼關係嗎？」他向火星咆哮。「勸你想清楚再行動，寵物貓！風族即將產生一位新族長，一位讓部族再次壯大的強者。」

「一鬚才是風族的族長！」火星駁斥道。

泥爪猛然撲向雷族族長。就在兩隻貓兒扭打成一團時，網足從一旁竄出，狠狠地咬火星的腿。棘爪作勢奔向那兩隻敵族貓兒，卻被另一隻貓撲倒在地，河族的氣味撲鼻而來，不過攻擊他的是一隻黑貓。

此時敵方看準目標、亮出爪子，而棘爪則感到脅腹有一陣難以言喻的刺痛。他心想：**這回我們要輸了**，火星以一打二、以寡敵眾的畫面，讓他努力與心中的恐懼交戰。

然而恐懼也賦予他一股嶄新的能量，他逼迫自己站直身子，以迅雷不及掩耳的速度狠狠咬住對方尾巴，把敵手擊退。突然間遠方傳來一陣號叫，他馬上認出這是松鼠飛的聲音。一道微亮的月光映出她奔向谷頂的身影，她的身後還跟著刺爪跟灰毛。

火星在泥爪跟網足身子下方一閃而過。棘爪還沒來得及趕去支援，松鼠飛就宛如疾風呼嘯而過，發出一聲怒吼投身戰場。網足眼見情勢不妙、掉頭就跑，而泥爪則轉身攻擊這隻薑黃色的貓戰士，松鼠飛後腿直立、揮舞利爪；泥爪也不甘示弱，想要咬住她的咽喉。棘爪奔向火星，看到他的族長振作精神、加入戰局，頓時放下心中的一顆大石。火星其中一邊的脅腹鮮血直流，但這點傷勢對他來說絲毫沒有影響他作戰的速度。

棘爪旋即轉身，想再與泥爪打鬥。可是山谷間互相攻擊的貓兒卻將泥爪跟松鼠飛淹沒；棘爪發現自己正與鴉羽並肩作戰，因為之前所培養的默契，他們倆可說是合作無間；霧足跟沙暴也在附近與另外兩隻河族的貓兒捉對廝殺。

然後棘爪又再度發現松鼠飛的蹤影，這回她則與夜雲陷入激戰。雖然松鼠飛的腹部滲出殷紅鮮血，仍然死咬夜雲的頸背不放，同時後爪也朝這隻肌肉結實的母貓猛攻。

棘爪縱身一躍，加入戰局。夜雲見狀連忙抽身、逃之夭夭，而松鼠飛則一臉狼狽、氣喘吁吁地從地上爬起來。

「妳在這裡做什麼？」棘爪問道。

「影族的邊界看起來沒有異狀，」松鼠飛答道：「所以我們來這裡看看，如果有需要幫忙，就能夠加入支援。」

「真高興妳來了！」棘爪熱情地喵道。

「那我們幹嘛浪費時間討論這個話題？」松鼠飛朝幾尾距離遠的一、兩名影族戰士動了動耳朵。她跟棘爪二話不說，馬上再次進攻。松鼠飛一動尾巴，他們倆旋即從兩側分別混淆影族貓兒的視線；然後再合力將敵隊壓倒在地，當對方急著逃跑時，他們還一起追趕敵貓。

「做得好！」松鼠飛一邊伸出利爪，朝一隻薑黃色的公貓耳朵猛扒，一邊喘氣地說。

棘爪與她閃閃發亮的眼神交會的剎那，頓時感到源源不絕的能量注入體內。可惜，另外兩隻貓兒齜牙咧嘴，朝他們撲來。棘爪飛身閃躲時，影族的貓兒就趁機溜走，而松鼠飛也緊跟在後。轉眼間他又失去跟她並肩作戰的機會。

他氣喘吁吁地環顧四周。他已抵達山谷的彼端，眼前的貓兒突然往左右兩側散開，只見一隻寬肩的虎斑巨貓朝他走來。棘爪抬頭與他的兄弟正面四目相接。鷹霜的神情難以捉摸，冰藍色的雙眸在月亮的照耀下閃爍微光。

剎時，有隻灰毛戰士從一旁衝出來，將棘爪撲倒在地。他發出一聲淒厲的尖叫，隨即伸出利爪，銳利的牙刺進棘爪的肩頭，讓他備感痛楚，不過他仍奮力將敵人甩開，步履蹣跚地站起身子。他瞥見鷹霜亮出爪子，在一隻風族戰士脅腹上一陣亂扒；眨眼間，其他貓兒又穿插進來，於是他同父異母的弟弟又消失無蹤。

刺爪與塵皮這時也現身棘爪左右。他們攜手將侵略者一步步逼退。棘爪發現情勢逆轉，他們已將敵人逼到營區邊緣的斜坡。一道閃電劃過天際，他看見泥爪跟鷹霜在山頭相逢。過沒多久震耳欲聾的打雷聲在山間迴蕩不休。雨點開始撒落在山腰；棘爪瞬間全身溼透。

彷彿這場暴風雨是個信號，泥爪發出長嚎，旋即逃之夭夭，而鷹霜也緊跟在後。而有兩隻影族戰士從反方向竄逃，奔向雷族營區。

鴉羽跑到棘爪身邊，他的眼神充滿疑惑，似乎在等待某個指令。

「立刻把他們捉起來！」棘爪把頭撇向奔逃的影族戰士，厲聲說道。鴉羽隨即在黑暗之中追捕敵人。

棘爪則越過草原追尋泥爪。這位前副族長背叛部族，而且還試圖殺害自己的領袖篡位。棘爪誓言沒有貓兒比他更明瞭將泥爪碎屍萬段的快感。

然而，他並沒有停下來問自己，要是遇到鷹霜又該如何是好。

第二十二章

雨點紛飛，葉池蜷縮在谷頂棘叢下避雨。她頭頂的枝葉在狂風暴雨的侵襲下恣意亂顫，但反觀樹枝底下卻是寂靜祥和，只有雨水輕拍葉片聲和從山頭傳來的間歇性雷聲。

等到其他貓兒跟隨火星去風族視察，雲尾就即刻巡守山谷。葉池自願來此站崗，只要有任何風吹草動，就能及早提出警告。巫醫都有接受過戰士訓練，而她也會使出所有招式、鎮守新家園。

到目前為止，除了這場暴風雨籠罩森林外，一切看似相安無事；但整晚卻又隱約夾雜著緊張情勢。只要能得到風族營區的任何消息，她什麼事都願意做。鷹霜跟泥爪真的預謀推翻一鬚的位置，然後成為新領袖嗎？

葉池將思緒轉回月池這項重大的發現，她重溫自己初次探頭凝望池水，注視戰士祖靈倒影的畫面。葉池覺得巫醫是個不可思議的工作，同時她也等不及要在下次半月時分與其他巫醫相逢。她對未來服侍部族的工作滿心期待，憧憬和夢想有如一條閃爍星光的小溪在她面前展開。

忽然間她聽見有貓兒快速接近樹林的聲響。葉池以為是雷族巡邏隊回來，疾風卻捎來一股影族的氣味。她趕忙站起身子，準備張嘴大聲嘶吼，警告谷底的族貓嚴陣以待。但她一個字都來不及說出口，兩道黑影就從矮樹叢竄出，並且朝她直撲而來。兩股惡勢力橫衝直撞將她推向後方，於是葉池就這麼砰地一聲摔入懸崖邊的灌木叢上。她的後腿在空中胡亂揮舞，感覺棘叢就快承受不了她的重量。

「不！」她聲嘶力竭地叫道。

她的警告顯然太遲了。淒厲的嚎叫劃破夜空，兩位不速之客與她快速擦身而過，活生生地墜入谷底的營地。葉池瘋狂地舞動爪子，試圖抓住岩石稜角；但她怎麼也無法控制自己後腿，更別提爬上崖邊。這時上方突然傳來一陣聲響，葉池抬頭張望，深怕有另外一隻影族戰士要來終結她的小命。

但這隻貓兒不是別人，而是鴉羽；他吃驚地睜大雙眼，低頭俯視葉池。

「鴉羽，」葉池咬緊牙關、嘶聲叫道；這時的她不敢輕舉妄動，深怕一個小動作就會讓她步上那兩隻影族貓兒的後塵。「鴉羽，救我！」

但那隻風族的貓戰士卻一動也不動。葉池緊抓不放的石塊因為下雨而變得又溼又滑，而且她覺得自己開始悄然往下滑動。「鴉羽！」她懇求道：「我快要掉下去了！」

鴉羽依舊呆若木雞，毫無行動。只見他眼神呆滯，扯開粗啞的嗓門低語；而葉池發現他並不是在跟她說話。「羽尾，我真的很抱歉！這全都是我的錯。我不該讓妳掉下去的。」

這時葉池才明瞭他回憶起羽尾喪生的山區洞穴。「這不是你的錯，」她喵道：「救救我，鴉羽，求求你。」她發現自己的爪子又往下滑了一點，使命設法將爪子戳進石塊，但想要抓牢溼滑的岩石表面，簡直就是不可能的事。

鴉羽徐徐踱步向前，把頭往下一探。此時葉池倒抽一口氣，感到自己再也撐不下去；不過就在這千鈞一髮之際，他的牙齒咬住了她的頸背。他倆一度在崖邊重心不穩、左搖右晃，葉池也覺得鴉羽全身的重量如大石向她襲來。只見鴉羽的後腿在地上亂扒，使盡全力量將葉池往後一拉，最後終於順利將她拖回崖邊。兩隻貓兒都上氣不接下氣地倒在地上；葉掌將臉頰靠在穩固的地面，知道自己差點跌落谷底，在一瞬間與死神錯身而過。鴉羽氣喘如牛地躺在她身旁，脅腹不停上下起伏。他倆四目相接，而葉池發現她已無法將視線從他身上移開。

「謝謝你了。」她喵道。

「我辦到了，」鴉羽輕聲說道：「我把妳救回來了。」

他倆之間的空氣宛若觸電一般劈啪作響。葉池試圖緩和氣氛，開啟話匣子說道：「我一定是你最不想救的貓兒了。」

「妳真的這麼想嗎？」鴉羽熱切的眼眸如兩道火光凝視著她。「妳難道不知道我對妳有什麼感覺嗎？妳難道不曉得我多恨自己在羽尾死後沒多久，就對另一隻貓產生感情嗎？我愛她，我真的深愛著她！那我怎能又愛上妳呢？」

「我？可是——」

「妳走進我的夢裡，葉池。」鴉羽低語道。

「不……」葉池輕聲回應。「你不能愛我，我是隻巫醫啊。」而我也不能愛你，她絕望地在心底吶喊。但她知道羽尾已不在人世，這是個不爭的事實；而親耳聽見鴉羽說愛她，也是她這輩子最大的願望。

「葉池！妳在那兒嗎，葉池？」依稀可見兩隻貓兒跑到山谷邊，沒過多久雲尾跟亮心就從棘叢鑽了出來。

葉池跟鴉羽趕忙起身。「我在這兒！」葉池叫道。

雲尾奔向葉池，從他蓬鬆凌亂的尾巴不難發現這隻公貓飽受驚嚇。「妳還好嗎？」他問道：「這隻貓兒究竟是敵是友？」他舉起尾巴指向鴉羽。

鴉羽一聽，立刻氣得毛髮直豎。

「我沒事，」葉池倉促地喵道：「鴉羽是我們的盟友，他剛才沿途追趕那兩個影族戰士。雲尾，拜託你，千萬別對他動手！我剛才差點從崖邊墜落谷底，在鬼門關前繞了一回，多虧了他，我才撿回這條小命。」

這隻白毛貓戰士瞇起雙眼。「好樣的。」

「影族的那兩隻貓兒後來怎麼了？」鴉羽問道。

「他們死了。」亮心低頭鑽進一根樹枝，與她的族貓會合。「脖子都摔斷了。」

葉池一想到自己曾經離死亡這麼近，冷不防地打了個寒顫；假如她真從崖頂墜入谷底，脖子早就斷成兩半、粉身碎骨了。鴉羽洞悉人心的敏銳眼光掃過葉池，然後對雲尾微微點頭。

「那我這就告辭了。當我離開我族營區時，戰役已經畫下句點，一鬚仍然是風族的族長。」

「那麼——」雲尾試圖追問詳情，但鴉羽的身影早已消失在樹林之中。

亮心用手肘輕推她的伴侶。「快走吧！我們得趕快回營區去。真希望別再冒出別的不速之客。」

葉池出神地凝望鴉羽消失蹤影的地點，過了好久才挪動腳步，緩緩尾隨她的族貓離去。葉池差點就被攻擊他們營區的影族戰士害死，但她覺得即便腳爪在風中行走，繁星卻始終在她腦海閃爍光芒。

棘爪一路飛奔下山，追趕泥爪跟鷹霜。雨水洗去逃亡貓兒的氣味，在黑暗之中，甚至連棘爪也無法確定自己是否走對方向。然而，怒火使他健步如飛，完全忽視自己被大雨淋得渾身溼透。

一道閃電劃過山腰，棘爪注意到敵貓就在前方疾馳：泥爪快要抵達湖畔，而鷹霜也跟在他幾尾距離的後方狂奔。另外還有兩、三個黑影在他們身邊急速飛奔。狂風暴雨中，棘爪無法確認是否有族貓跟在他後頭，加入追敵的行列；但他仍然勇往直前，全力衝刺。

第二道閃電顯示棘爪跟他追捕的對象，距離已縮短了一半。他匆匆行經馬場，在原野盡頭的兩腳獸巢穴中瞥見一線黃色光暈。他沿著鄰近大集會地點的湖畔飛奔，意識到附近並沒有寵物貓的存在。

到達沼澤地後，他不得不放慢腳步，而且腳爪一直不由自主地從溼漉漉的草叢上滑到泥水塘。泥漿覆蓋他的四肢與腹毛；他沮喪地狂吼一聲，心想泥爪跟鷹霜一定早已逃之夭夭。

他對鷹霜的手足之情已全然消失，取而代之的是遭受背叛的空虛感。如果他同父異母的兄弟認為他倆有血緣關係，所以能夠免去一戰，那他就大錯特錯了！

他聽見前方另一隻貓兒渡水而過的聲音，同時也看到一個在泥沼掙扎行進的黝黑身影。棘爪發出一聲勝利的長嘯，旋即縱身一躍，不過他的後腿一不小心滑到鬆軟的地面，向前伸長的前爪也只是輕輕掠過那隻貓兒的毛髮。他笨手笨腳地著陸，可是千斤壓頂使他無法動彈，那股力量後來又讓他陷入泥沼，對手尖銳的爪子也如利刃般刺進他的肩頭。泥爪充滿恨意的怒目，與他正面交鋒；在此同時，風族貓兒的氣味也撲鼻而來。

「你這個叛徒！」棘爪厲聲叫道。

他想把敵手甩到地上，可是溼滑的地面卻讓他使不出力，泥漿又不斷浸溼他的毛髮。棘爪只能無助地用後腿猛踹泥爪的腹部。

泥爪發出一聲咆哮，露出鋒利的牙齒。此時棘爪已經做好喉嚨被他咬斷的心理準備；突然，泥爪身後冒出一個深黑色的暗影，一隻巨大的虎斑利爪啪地一聲重擊這位風族戰士的腦門。泥爪急忙轉身，一個不穩失去重心；棘爪趁機從他身下溜走，發現他跟鷹霜正在蘆葦叢中扭打纏鬥。

棘爪頓時搞不清楚狀況；他蹣跚起身，沉重的泥漿好似在跟他拔河一般，拚命想將他拖入池中。此刻天空又劃過一道閃光，他看見鷹霜站在泥爪身上，一手壓在他腹部，另一手則按住他的喉頭。鷹霜全身沾滿泥巴，冰藍色的眼眸閃爍著熾烈的光芒。

這個時候，他與棘爪四目相交。

「你救了我一命，」棘爪語氣顫抖地說道：「鷹霜，你為什麼要救我？為什麼你幫的是我，而不是他？」

泥爪在鷹霜爪下痛苦地扭動身體，並且口出惡言，但鷹霜的眼神從來都沒有離開棘爪身上。即使在黑暗之中，這位年輕雷族戰士的視線還是無法逃脫那雙難以抗拒的冰藍眼眸。這一瞬間，在狂風暴雨的包圍下，整個世界彷彿只剩下他們兩兄弟。

「你先前幫助泥爪，」棘爪支支吾吾地說。「還向風族進攻，可是現在……」

鷹霜低下頭來。「你說的沒錯，」他喵道：「我與泥爪同盟，是因為我相信他才是風族正統的族長；可是你是我的哥哥啊，棘爪。我怎能讓他殺了你呢？」

他的話語震撼著棘爪的心房；好像鷹霜早就知道一鬚並沒有依尋正統的儀式繼任王位一樣。不知怎地，他突然慶幸自己不是唯一害怕星族會反對一鬚當族長的貓兒。

「泥爪勸我與他結盟，」鷹霜繼續說道：「他說如果我跟我的同夥幫他趕走一鬚，他就保證還給河族一個平穩的生活環境。」

「我向你保證的不止這些，你怎麼不跟他說？」泥爪在鷹霜爪下放聲咆哮。「跟他說你是怎麼跑來向我提出援助，不過交換條件是要我拉你坐上風族副族長的寶座……還有日後助你完成占領河族的野心。」

「什麼？」鷹霜嚇得睜大雙眼。「棘爪，別聽他鬼扯。我怎麼會想離開河族呢？而且我幹麼向其他貓兒尋求這種協助？」他抬起頭；棘爪覺得自己從未看過如此高尚的貓兒，即便他在這場戰役中鮮血直流、滿身泥巴，卻仍然給棘爪正義的觀感。「如果有朝一日我能當上河族族長，那也一定是依循戰士守則的正當程序，否則我寧可不要。」

「你這個騙子！」泥爪厲聲叫道。

鷹霜搖搖頭。「我只是做了一件我認為正確的事，」他對棘爪喵道：「老實說，你真的從未懷疑過一鬚當族長的正當性嗎？」

棘爪不知如何回答，他同父異母的弟弟這番話還真說進他心裡了。

正在他猶豫不決的同時，泥爪發出一聲勝利的嘶吼，搬開鷹霜的利爪，並將他推向後方的蘆葦池。這位風族戰士旋即準備撲向棘爪，而棘爪也立刻蹲低身子準備迎戰。另一方面，鷹霜則迅速從水池起身，張牙舞爪地對泥爪發動攻勢。泥爪趕忙轉向，掉頭就跑；他黝黑的身影很快就消失在暗夜之中。

鷹霜二話不說就緊追在後，徒留棘爪獨自站在原處。

又有一道電光在夜空閃過，在轟隆隆的雷聲中，棘爪依稀聽見某隻貓兒呼喚他的名字。他回頭一看，發現松鼠飛站在他身後，眼中布滿驚恐。

「你在做什麼？」她倒抽一口氣。「你居然放他走了！」

「不——妳不會懂的——」棘爪開始解釋。

「我聽到泥爪說的話了！鷹霜先幫他趕走一鬚，然後就能獲取風族副族長的位置，接著還要接管整個河族。棘爪，他可不是個好貓啊！」

「泥爪說的都是謊話！」棘爪出言辯駁。

閃電如一隻利爪將天際撕成兩半。一道藍白色的火焰瞬間照亮夜空，只見泥爪站在小島對面的湖畔。同一時間，一聲震耳欲聾的巨響越過水面。閃電從島上其中一棵樹的枝頭劈了下來，頓時將小島映成一片火紅。這株樹開始夾帶磅礡的氣勢向下倒塌。泥爪想要轉身逃逸，卻為時已晚。巨木在轉瞬之間倒在湖畔，枝葉有如骸骨般嘩啦啦地撲到地上，他驚恐的尖叫也戛然而止。

棘爪在泥沼中蹣跚地走向平穩的地面。這場暴風雨在摧毀巨木後，好似已完成它的任務，開始漸漸遠去。滂沱大雨轉為輕柔的雨絲，烏雲也逐漸消散，微弱的月光撒落湖面。

透過月光，棘爪發現愈來愈多貓兒往湖畔聚集，其中也包括了火星、一鬚以及他的副族長灰足。這位風族的族長看起來筋疲力盡，鮮血不斷從他肩頭一道深長的傷口湧出。承受泥爪與其他風族戰士密謀造反的打擊後，一鬚的眼窩顯得格外凹陷無神。

棘爪朝著他們走去，隨後一起邁向巨木。然而樹枝突然窸窣作響，把棘爪嚇得動彈不得。如果泥爪還活著，棘爪做好心理準備，絕對要跟他拚個你死我活。此時，一隻虎斑貓兒笨重地從枝葉中步出。棘爪眨眨眼，原來那隻貓兒是鷹霜。鷹霜緊咬泥爪的頸背，把他拖到空地。只見這隻風族戰士難堪地垂著頭，四肢軟弱無力地拖在地上。

鷹霜將泥爪的屍首放在這位部族族長面前。「巨木將他擊斃，」他厲聲說道：「你的地位保住了。」

一鬚低頭嗅了嗅這位前副族長。「全族將為他哀悼，」他呢喃低語。「他曾是一位優秀的戰士。」

灰足不滿地嘶聲說道：「他背叛了你！」

「你也一樣！」一鬚的眼珠轉向鷹霜。「你幫助他密謀造反。」他亮出利爪，準備撲向這隻身形魁梧的虎斑貓。

鷹霜低著頭，而一旁的棘爪則提心吊膽、深怕一鬚會對他的兄弟採取什麼報復手段。

「我承認自己所犯下的罪行，」鷹霜喵聲說：「也在此懇請你的原諒。我當時堅信泥爪才是風族真正的族長，也因為如此，在他的請求下，我帶領河族及影族的貓兒前來支援。但是星族已向我們顯示一個清楚明確的象徵，祂們捎來閃電，將泥爪擊斃。一鬚，你才是星族挑選的真正族長，所以現在隨便你要怎麼處置我。」

一鬚瞄了火星一眼，但這位雷族的族長只是輕彈耳朵，表示一鬚應該自己設法解決這個難題。棘爪仔細端詳火星的臉，想要解讀他對星族終於承認一鬚族長身分的看法，但火星面無表情，無法捉摸他內心深處的想法。

在此同時，灰足踱步向前，調查那棵被雷劈倒的巨木。「一鬚，鷹霜說的對。沒有比這個更明顯的象徵了。星族讓閃電把巨木擊倒，並壓死這隻圖謀篡位的貓兒。你的確是星族挑選的風族族長，這點不容質疑。」

一鬚抬起頭來，眼神中散發自信的光輝。「那麼我也應該得到九命的殊榮。」他對鷹霜說道：「我不能因為你們心存疑惑，就責怪你或其他支持泥爪的貓兒。當我對自己的族長身分都有所質疑時，又怎麼有資格責怪你們？我無條件原諒你跟其他參與叛變的貓兒。」

鷹霜再度點頭致意，然後退回原處；棘爪走到他身旁，輕拂他溼潤的毛髮。「我還是要謝謝你救了我一命。」他低語道。

鷹霜眼中閃爍溫暖的微光，望了棘爪一眼。「至少這是我今晚唯一值得驕傲的事。」他喵道。

棘爪用尾端輕觸他兄弟的肩頭。「當初你認為幫助泥爪，是遵守戰士守則的一種表現，所以不必為此感到內疚。」

愈來愈多貓兒開始向湖畔聚集，其中也包括了塵皮、蕨毛、霧足跟裂耳。他們在部族族長跟泥爪屍首四周圍成一個參差不齊的半圓。

「你們瞧！」蕨毛喵道。他跳到那棵倒地巨木上頭，朝湖水走了幾步路。

「跟兩腳獸橋一樣耶！」霧足驚呼道。

蕨毛轉身，腳爪夾著沙沙作響的枝葉跳到卵石地。「我們可以用這株倒塌的巨木走到對岸的小島，」他喵聲說：「樹幹很寬，所以即使我們全都上去也很安全。我們終於可以在小島召開大集會了！」

棘爪意識到最後一個難題終於解決了。多虧有葉池，他們才能在月池與星族交流；而如今小島也成為可供各族大集會的安全場所。

他出於本能地環顧四周，尋找松鼠飛的下落，後來發現她就站在塵皮身邊。他朝松鼠飛的方向往前跨了一步，想要使她相信鷹霜幫助泥爪攻擊風族的理由，其實句句屬實；但當她一與棘爪四目相交，立刻瞇起雙眼，刻意轉頭迴避，並沿著湖畔昂首闊步地離去。

棘爪一動也不動地凝視著她離去的背影。松鼠飛擺明想要與他劃清界線。其實原因並不難猜——她一定又看到他與鷹霜講話了。他覺得內心百般空虛。為什麼松鼠飛老是覺得這位河族戰士是個十惡不赦的壞貓呢？

他與虎星和鷹霜會面的夢境又再度浮現腦海。無論松鼠飛喜不喜歡，他們三個都是血濃於水的親人；但他並沒有遺傳虎星邪惡的基因，所以搞不好鷹霜也沒有承襲父親卑鄙的血液啊。

棘爪渴望與松鼠飛一起分享勝利的喜悅，但他曉得如果她只在他跟他同父異母的弟弟身上，看到虎星過往的卑劣行徑，他們之間就毫無未來可言。他凝視她沿著湖岸愈走愈遠的身影；自己還沒來得及啟程返家，松鼠飛就已消失在暗影之中。

國家圖書館出版品預編目資料

貓戰士二部曲新預言. 四, 星光指路 / 艾琳．杭特（Erin Hunter）著；迪特．霍爾（Dieter Hörl）繪；謝雅文譯. -- 三版. -- 臺中市：晨星, 2022.10

面； 公分. --（Warriors；10）

暢銷紀念版

譯自：Warriors : The New Prophecy. 4, Starlight

ISBN 978-626-320-060-9（平裝）

873.59 110022148

貓戰士暢銷紀念版二部曲新預言之Ⅳ

星光指路 Starlight

作者	艾琳．杭特（Erin Hunter）
繪者	迪特．霍爾（Dieter Hörl）
譯者	謝雅文
責任編輯	陳涵紀、謝宜真
文字編輯	郭玟君、陳品蓉、陳彥琪
文字校對	曾怡菁、程研寧、蔡雅莉
封面設計	陳柔含
美術設計	張蘊方
創辦人	陳銘民
發行所	晨星出版有限公司 台中市407工業區30路1號 TEL：04-23595820 FAX：04-23550581 E-mail: service@morningstar.com.tw http://www.morningstar.com.tw 行政院新聞局局版台業字第2500號
法律顧問	陳思成律師
初版	西元2009年06月30日
三版	西元2023年08月15日（二刷）
讀者訂購專線	TEL：（02）23672044 /（04）23595819#212
讀者傳真專線	FAX：（02）23635741 /（04）23595493
讀者專用信箱	service@morningstar.com.tw
網路書店	http://www.morningstar.com.tw
郵政劃撥	15060393（知己圖書股份有限公司）
印刷	上好印刷股份有限公司

定價250元

（缺頁或破損的書，請寄回更換）

ISBN 978-626-320-060-9

☐ 我已經是會員，卡號 ______________________

☐ 我不是會員，我要加入貓戰士會員

姓　名：__________________ 性 別：__________ 生 日：__________________

e-mail：____

地　址：☐☐☐ ________ 縣／市 ________ 鄉／鎮／市／區 _________ 路／街

________ 段 _______ 巷 _______ 弄 _______ 號 _______ 樓／室

電　話：____

☐ 我要收到貓戰士最新消息

貓戰士鐵製鉛筆盒抽獎活動

將兩個貓爪和一顆蘋果一起貼在本回函並寄回，就可以獲得晨星出版獨家設計「貓戰士鐵製鉛筆盒」乙個！

貓爪在貓戰士書籍的書腰上，本書也有喔！蘋果則是在晨星出版蘋果文庫的書籍書腰上！

哪些書有蘋果？科學怪人、簡愛、法布爾昆蟲記、成語四格漫畫...更多請洽少年晨星官方Line ID：@api6044d

點數黏貼處

請填妥後對折裝訂，再貼妥郵票寄出

請黏貼
8 元郵票

407

台中市工業區30路1號

晨星出版有限公司

TEL：（04）23595820　FAX：（04）23550581
e-mail：service@morningstar.com.tw
http://www.morningstar.com.tw

請沿虛線摺下裝訂，謝謝！

加入貓戰士俱樂部

【貓戰士會員優惠】

憑卡號在晨星出版社購書可享優惠、擁有限定商品、還能獲得最新消息等會員福利。

【三方法擇一，加入貓戰士會員】

1. 填妥本張回函，並寄回此回函。
2. 拍照本回函資料，加入官方Line@，再以Line傳送。
3. 掃描後方「線上填寫」QR Code，立即填寫會員資料。

Line ID：
api6044d

「線上填寫」
QR Code

★寄回回函後，因郵寄與處理時間，需2～3週。